Frankenstein

Mary W. Shelley

Ediciones
GRUPO ZETA

Barcelona • Bogotá • Buenos Aires • Caracas • Madrid • México D.F. • Montevideo • Quito • Santiago de Chile

Título original: *Frankenstein*

Traducción: Manuel Serrat Crespo

1.ª edición: enero 1991
1.ª reimpresión: marzo 1995
2.ª reimpresión: agosto 1997
3.ª reimpresión: octubre 1998

© Traducción: Manuel Serrat Crespo, 1981
© Ediciones B, S.A., 1991
   Bailén, 84 - 08009 Barcelona (España)

Printed in Spain
ISBN: 84-406-1953-7
Depósito legal: B. 45.595-1998

Impreso por LITOGRAFÍA ROSÉS

Frankenstein

Mary W. Shelley

PRESENTACION

La herencia de un siglo

El siglo XVIII, «el siglo de las luces», del racionalismo a ultranza, el siglo que combatió la superstición y divinizó la ciencia, ha muerto por fin. Los hombres han salido de él más frustrados, reprimidos e inexplicables que nunca. El hombre, «el ser racional compuesto de etc...», echa una mirada a su alrededor y no entiende nada, sólo sabe que sufre.

Habrán de transcurrir todavía muchos años para que Freud escriba una de sus más estremecedoras frases, «la felicidad no es un valor cultural», pero a medida que la «civilización» avanza el hombre se siente cada vez más alejado de sí mismo y experimenta en su propia carne aquella «infelicidad» que el médico austríaco creía patrimonio del progreso. Encerrado en las estrechas fronteras de una razón utilitaria y conformista, hecha a la medida de una burguesía que ve consolidar sus posiciones y que mide las conquistas humanas usando el patrón de su bolsillo, oprimido por todo tipo de convenciones sociales, religiosas o morales, el hombre siente como en su interior sigue abierto el pozo, cada vez más profundo, de la insatisfacción y el desasosiego.

Y la rebelión estalla. La juventud, nacida con el reciente siglo XIX en el seno de las mejores familias, enarbola la bandera de lo irracional y

7

se lanza a la creación de una de las reacciones vitales que más fecunda ha sido en el campo artístico y literario. De la ciencia esclerotizada y la mezquina razón dieciochesca nace el monstruo idealista, los suicidios precoces y el culto al *mal*, a las más oscuras tendencias humanas, que informan *el romanticismo*.

¿Un paso atrás en el devenir histórico? Aquellos sapientes y barbudos individuos dedicados con furor a la tarea de ordenar, clasificar y legalizarlo todo, aquellos sacrificados mártires de la ciencia empeñados en encontrar explicaciones racionales a todos los fenómenos y, por un perfecto mecanismo de defensa, en negar, ridiculizar o tachar de fantástico o inexistente lo que escapaba a su comprensión; aquellos severos moralistas que se refocilaron en una bacanal de leyes y códigos, divinos o humanos, dan paso a una generación que escupe su desprecio por las reglas, que maldice la «normalidad» y «las buenas costumbres», lanzándose con pasión a explorar lo insólito, lo irracional y lo increíble.

Pasión «versus» razón. ¿Es ésta la disyuntiva? Tal vez, pero, en todo caso, *razón que engendra pasión*, porque el hombre, «el ser racional», descubre que han convertido su cerebro en una cárcel.

Ciertamente, el tránsito del siglo XVIII al XIX es, al mismo tiempo, un paso de lo real a lo fantástico, de lo deducido a lo imaginado, de lo pensado a lo sentido, porque el hombre comienza a experimentar en sí mismo que *lo real, lo deducido y lo pensado* pueden ser, en resumidas cuentas, unas magníficas orejeras que le fuercen a mirar en una sola dirección, en la más conveniente —¿para quién?—, mientras le impiden la visión de regiones imprescindibles, sus propias regiones, los oscuros recovecos de su espíritu (¿por qué no decir *espíritu?*) que un largo período de tabúes y restricciones ha ido poblando de telarañas y *monstruos*.

Naturalmente no es así en todos los estratos sociales; la burguesía en esplendor asienta sus privilegios sobre un proletariado sin posibles romanticismos. Las hermosas ideas, las rebeliones estéticas y literarias, precisan el fecundo abono de un estómago bien cebado y la revolución obrera tiene objetivos mucho más primarios. Carlos Marx no puede ser Lord Byron, Marat y Sade nunca llegaron a encontrarse pese a que ambos estaban luchando por el mismo hombre. Frente al héroe romántico, ávido de aventuras insólitas, hambriento de *mal* como suprema libertad, existe el proletario de la «revolución industrial», ávido de pan, hambriento en el más estricto sentido del vocablo.

Frente al Vampiro de Polidori se levantan los vampiros de las fábricas, los comercios y las bancas. Los monstruos revisten sus levitas de buen paño y sus colmillos no crecen empujados por el deseo de sangre, como máximo admiten la elegante remoción de un recubrimiento dorado.

Al llegar aquí, todo se confunde y debemos cerrar el libro de lo sobrenatural. Sí, Goya estaba en lo cierto y «el sueño de la razón produce monstruos» porque, liberados de la vigilancia de su dormido carcelero, los monstruos abandonan los secretos rincones de nuestra humanidad para, fugazmente, dejarse entrever; pero, y esto Goya no lo dijo aunque sus magníficos pinceles lo expresaron muy claramente, los monstruos más terroríficos, los únicos *verdaderamente* terroríficos, son los que crea, despierta y bien despierta, esta razón ridícula y estrecha que siglos de cuidadosa castración han ido depositando sobre nuestras espaldas.

Enfrentada con la terrible realidad de su tiempo, no hay duda de que la rebelión romántica fue una rebelión de «señoritos», pero en su protesta —tan honesta que les lleva, a menudo, al suicidio—, en su avidez de mal e, incluso, en su *dandysmo* (de claras reminiscencias satánicas) existe un germen de verdadera vida, de auténtico cambio, que no debe ser despreciado.

Razón y pasión, realidad e imaginación son los dos términos antitéticos de una dialéctica todavía en vigor: *«L'imagination au pouvoir»* (la imaginación al poder), exigía un cartel mural durante la revolución de mayo en París. Y los monstruos tienen algo que decir en esta dialéctica, esos monstruos que se cargan de las más oscuras potencias humanas, esos monstruos que —los jóvenes románticos lo intuyeron y Freud lo descubrió más tarde— todos nosotros llevamos dentro.

Míster Godwin crea un monstruo

William Godwin —el gruñón abuelito del doctor Frankenstein— era un hombre de su tiempo. Nacido cuando el siglo XVIII estaba en todo su apogeo (1756), su vida, asombrosamente contradictoria, posee la semilla de aquella fuerza que desembocará en la hoguera romántica. El socialismo es un ideal naciente —un hermoso ideal lleno de palabras, de sueños y de utopías— muy alejado todavía del «materialismo dialéctico», del «socialismo científico» que Carlos Marx elaboraría un siglo más tarde y Godwin —hijo de un predicador protestante y pastor él mismo— se lanza, movido por sus lecturas y, sobre todo, por la conmoción íntima que le produjo la Revolución Francesa, al difícil camino de regenerar con sus palabras una sociedad que no era de su gusto. Para ello tuvo que abandonar su ministerio, pero eso no le importa: la fe calvinista heredada de su padre se ha derrumbado bajo los embates poderosos de Rousseau, Mably y Helvetius.

En 1793, Godwin, en el apogeo de una gloria y una influencia conseguidas gracias a sus avanzadas ideas «izquierdistas», publica *An enquiry concerning political justice and its influence on general virtue and hapiness* (1), donde su socialismo se revela primo hermano de un anarquismo encendido, lo que le vale los ataques furibundos de sus enemigos (2), pero que le granjea la simpatía y la admiración de la juventud universitaria. Tres poetas, Southey, Coleridge y Wordsworth, proyectan en 1794 partir hacia el nuevo continente, la dorada tierra americana, para realizar en alguno de sus rincones la sociedad godwiniana. El socialismo y la poesía, el romanticismo y la justicia social, descubren que sus caminos se cruzan y vuelven a cruzarse; la nueva sociedad, la libertad humana, son metas caras a los teóricos del socialismo utópico (también, naturalmente, al anarquizante Godwin) y chispas que encienden los ardores románticos.

Shelley, cuya íntima relación con Godwin veremos más adelante, plasma en encendidos versos las ideas de *An enquiry concerning...* La poesía de *Hellas* y *Prometheus Unbound* (*Prometeo desencadenado*) encuentra su inspiración en una prosaica investigación sobre la justicia política (3).

Pero la honestidad intelectual es una ardua tarea en una sociedad como la inglesa —como la

---

(1) "Una investigación sobre la justicia política y su influencia en la virtud y la felicidad general."

(2) Malthus escribe para combatirle su célebre **Essay on the Principle of Population.**

(3) Recordemos al respecto que **Frankenstein** lleva como subtítulo la frase: **El moderno Prometeo.** Prometeo, la rebeldía del hombre contra lo que le oprime (sean dioses o tabúes, códigos o policía), es una idea —¿una pasión?— que no abandonará al romanticismo. No es una coincidencia que la revista de André Breton se llamara "El surrealismo al servicio de la revolución".

occidental— tan preñada de convencionalismos e hipocresías, tan rígidamente dominada por el principio de la «respetabilidad» burguesa y la moral aristocrática. William Godwin, ya lo hemos dicho, es un hombre de su tiempo (educado, por añadidura, en las severas reglas de comportamiento calvinistas) y sus ideas, que tan ardorosamente expone de palabra o con la pluma en la mano, encuentran la horma de su zapato cuando se ven obligadas a superar la teoría para ser puestas en práctica.

¿Cómo hacer coincidir la *respetable* relación con una mujer *honesta* y el desprecio al matrimonio que brilla en sus escritos? La tentación es demasiado fuerte para poder resistirla y Godwin, el encendido anarquista, el detractor de cualquier autoridad y cualquier vínculo, el hombre que, pese a su utopismo, tiene como lema la frase: «*Man is a rational being*» («El hombre es un ser racional»), comete la suprema sinrazón, se casa en secreto con Mary Wollstonecraft pese a su teórica oposición al matrimonio y su desprecio por los convencionalismos sociales.

Sin embargo, esta contradicción no hace sino reflejar otra más profunda, mucho más profunda, que aletea en toda su obra. La libertad godwiniana, su curioso anarquismo, oprime al hombre más que liberarlo. Como afirma Henry Avon en *L'Anarchisme* (4), «no es al individuo total a quien Godwin libera de sus ataduras, sino al individuo en la medida que personifica *la razón;* un individuo, por lo tanto, que *reprime* sus instintos y se *somete*, por ende, al dictado de la razón».

¡Un anarquismo racionalista!, *cosas veredes, Mío Cid, que farán fablar las piedras*. El siglo XVIII y el XIX combaten en el interior de un hom-

(4) Publicada por Presses Universitaires de France en la colección Que sais je?

bre y, tanto su obra como aquellos que le rodean, serán víctimas de esta lucha. El mismo no podrá nunca superarla y morirá (¡como modesto empleado del Estado!) despreciado y en la soledad.

El doctor Frankenstein tuvo un curioso abuelito. Se parecían tanto el uno al otro que es imposible dejar de observar su parentesco; incluso en su lucha interna, en el combate íntimo de sus respectivos espíritus —libertad contra convención, progreso contra tradición, prejuicio contra afán de redimir a la humanidad—, el doctor Frankenstein y míster William Godwin se asemejan.

Tan sólo el monstruo les separa, tan sólo falta la víctima. ¿Falta en realidad?

De su secreto y negador matrimonio con Mary Wollstonecraft, el exaltado pensador tuvo una hija que (¡no faltaba más!) se llamó como su madre.

Mary, la joven Mary, fue algo más afortunada que el engendro de Frankenstein. Como mínimo tenía un nombre.

Pero, como el monstruo que ella más tarde engendraría, la hija de William Godwin fue lanzada al mundo por un ser que la hizo a su imagen y semejanza (al menos en cuanto a sus creencias y pensamientos) para luego, cuando su obra actuó, cuando su obra cobró vida propia, renunciar, negar en la práctica aquellos presupuestos que habían ayudado a engendrarla y expulsarla de su lado. El monstruo tuvo, en esto, más fortuna que Mary; su creador no intentó beneficiarse de él, no intentó vivir a su costa.

Una noche en Ginebra

Dejemos transcurrir los años. Es de noche, algo muy importante cuando de monstruos se trata, la noche del 15 de junio de 1816, y en villa

Diodati, situada en los alrededores de Ginebra, está teniendo lugar una curiosa (e importante para nuestra historia) reunión.

Alrededor de los troncos ardientes, unos jóvenes, aburridos porque el mal tiempo les impide gozar de sus vacaciones, se cuentan, para entretener el ocio, consejas terroríficas del folklore alemán. Espíritus aulladores, aparecidos y fantasmas pueblan el aire y, aun sin querer, los reunidos sienten que, en ocasiones, un estremecimien les recorre.

Lo sobrenatural, lo insólito, parece haberse apoderado del ambiente y esto no puede menos que gustar a los jóvenes narradores. Todos forman parte de esa juventud distinguida —¡hasta hay un «lord» entre ellos!— que se rebela contra el racionalismo, todos ellos son románticos, héroes románticos, *artistas románticos*. Son los prototipos que inspiraron a Baudelaire sus poemas, sus angustias y sus pasiones. Algunos dejarán su huella de fuego y mal, de vida y aventura, en la historia y la literatura.

Serán monstruos, *monstruos sagrados* (con perdón), que llenarán páginas y páginas con la reproducción de sus obras y con los estudios a ellos dedicados.

Allí está Lord Byron, el diabólico, de quien Barrés escribió que «su cerebro, formidable, superior, dicen, al de Cuvier, era una masa horrible puesta en ebullición por el alcohol, el opio, cierta tara física y todos los abusos destructivos: *una cloaca*. Tenía una emotividad formidable, una personalidad extraordinaria para todas las fuerzas con que la vida nos conmueve. Hizo sufrir, torturó a todo el mundo a su alrededor, pero supo expresar las ideas más nobles y ser naturalmente sensible a ellas» (5). Lord Byron, cuyo genio satánico es el más representativo ejemplo de la vocación romántica, que se adentra en los abismos del mal, que se introduce en las bases más oscuras e inexplicables de la humanidad, buscando una libertad que· sólo obtendrá con el conocimiento de sí mismo, por el *entero* conocimiento de sí mismo, y que, sorprendentemente, coincide con el mal en todo lo que éste tiene de vida, de movimiento, frente a la quietud y la muerte de una sociedad «comme il faut». Coincide con el mal en su liberación de las pasiones y los instintos, en su busca del placer, puesto que en estas pasiones, instintos y placeres se halla la antítesis, todo lo contrario, de aquella sociedad estructurada, monolítica, moral y rígida que les aleja cada vez más de su realización, de su felicidad; la antítesis de aquella sociedad en la que *la felicidad no es un valor cultural*.

Allí está también Shelley, el hombre que hace poesía con las ideas sociales de Godwin y que, junto con Byron, llenará un brillante capítulo de las letras británicas; e, inquieto, nervioso, admirando y odiando, torturado por el joven y disoluto «lord» al que sirve de secretario, está John William Polidori, padre de los vampiros literarios, tan semejantes, según parece, al propio Byron.

Con ellos una mujer, la ˙amante de Shelley —luego será su esposa—, en cuyo rostro encontramos los rasgos de un contradictorio anarquista inglés. Una mujer que, por ser consecuente con sus ideas y las de su padre, ha sido repudiada por éste; una mujer que no puede entrar en casa de su progenitor, de William Godwin, porque éste, con su social-anarquismo, con su amor

---

(5) Citado por Bergamín en sus "Fronteras infernales de la poesía".

a la libertad y su desprecio por la moral y los prejuicios, le ha prohibido la entrada en nombre de la *honorabilidad*, la *respetabilidad* y todos los convencionalismos de una ética victoriana.

Con ellos Mary, que comienza a ser fecundada por el germen diabólico que la preñará de Frankenstein, piensa en su padre, repasa una a una las ofensas y decepciones que de él ha recibido. Aquellos ideales que supo despertar en ella son, para él, simples palabras; la realidad es muy otra. Godwin, el detractor del matrimonio, se ha casado (por dos veces) en secreto. Godwin, el hombre que maldecía todos los vínculos conyugales, expulsa de su casa a la hija que —siguiendo sus ideas— vive con un hombre al que ama sin ligarse a él en matrimonio. Y, además, intenta medrar a expensas del amante.

Mary, aquella noche, en Ginebra, concibe un doctor que se parece a su padre. Concibe un monstruo sin nombre que muy bien hubiera podido llamarse Mary.

¿Cuentos terroríficos alemanes? ¿Ectoplasmas surgidos ya de otras bocas? Demasiado corriente para un grupo como el de villa Diodati. Ellos crearán sus propios monstruos. La decisión está tomada.

Es una apuesta.

El teológico doctor Frankenstein

Pero cuando Mary Shelley hubo vencido a sus románticos compañeros y su cuento estuvo ya listo, la autora quiere hacer algunas precisiones. «A medida que la obra iba tomando forma —dice—, otros motivos fueron añadiéndose a los iniciales.»

Otros motivos fueron añadiéndose a los iniciales... En efecto, dejando al margen las consideraciones sobre la calidad literaria de «Frankenstein», aspecto este que ha motivado juicios contradictorios (6), la novela tiene un conjunto de detalles y sugerencias suficientes para demostrar que la ambición de la Shelley no fue, tan sólo, escribir un cuento terrorífico.

El monstruo ha nacido y su creador, horrorizado por el espantoso aspecto del ser que ha salido de sus manos, huye del laboratorio donde el cadavérico ensamblaje comienza a cobrar vida, *es* ya algo que piensa y siente. Su deseo de contribuir al progreso humano, tan semejante al del compañero de sus últimos momentos, el capitán Robert Walton, su infinita fe en la ciencia se ha disipado en un instante; ahora el doctor Frankenstein, arrepentido y aterrorizado, maldice el momento en que se le ocurrió suplantar a Dios para que de sus manos saliera una criatura humana. El cuadro está completo y los miopes pueden lanzar al aire sus gritos escandalizados: El «Frankenstein» de Mary Shelley es una novela *reaccionaria* en la que la ciencia cae, al final, en un final moralizante, vencida por el castigo divino al orgullo y la soberbia humanos.

Seamos justos, la apreciación es simplista, sin duda alguna, superficial pero no injustificada. Está todavía muy reciente el tiempo en que argumentos semejantes eran utilizados (¿lo son

(6) El novelista Walter Scott —contemporáneo de Mary Shelley— escribió en el Blackwood's Edimburgh Magazine: "Es a mi entender un mérito notable que la novela esté escrita en un inglés simple y directo, desprovisto de los germanismos habituales en este tipo de historias."
Por el contrario, Michel Boujout ha opinado que "la redacción de la novela desfallece a menudo, su construcción, pueril y apresurada, adolece de excesivas repeticiones y de lentitud". (Citado por Jacques Bergier en el prólogo a la edición francesa —Marabout— de Frankenstein.)

todavía?) como moraleja aleccionadora para fundamentar historias torpes y ridículas (7).

Sin embargo, el supuesto carácter reaccionario de la novela de Mary Shelley proviene de una falta de penetración sintomática. ¿Una moraleja *edificante* en la pluma de una mujer que se mueve en el círculo byroniano? ¿Un romanticismo predicador del conformismo humano? No nos detengamos tan pronto, adentrémonos en la novela para darnos cuenta de que su único protagonista es el monstruo; esto no podía ser de otro modo, puesto que es en la horrible criatura donde su autora se refleja en principio. En la terrible odisea del ser inocente y cándido, lleno de amor, que desde su nacimiento se encuentra con el rechazo de quien le ha creado, en la aventura desoladora que supone un gesto de simpatía y de afecto —un gesto puro y natural— cuando éste produce horror, podemos seguir la historia de las relaciones entre Mary Shelley y Mr. William Godwin.

¿Es esto todo? ¿La frustración de un complejo de Edipo? Pudo serlo, como mínimo; pero cuando la corriente eléctrica dota de alma al rompecabezas hecho de cadáveres, éste hace algo más que huir del laboratorio para buscar su vida, comienza a moverse también en la bullente imaginación de su autora, hasta salir de los cauces que le habían sido asignados (*otros motivos fueron añadiéndose a los iniciales...*).

La relación de una criatura con su creador

_____

(7) Hay que reconocer el papel predominante que en tal apreciación juegan las adaptaciones cinematográficas que a lo largo de su historia ha sufrido el Frankenstein; adaptaciones que, como tantas otras veces, deforman y mutilan la figura del doctor y de su engendro. De cualquier forma, y para terminar de una vez con el "reaccionarismo" de Frankenstein, recordemos que las últimas palabras del doctor, antes de su muerte, desautorizan los consejos conservadores que acaba de dirigir a Walton y concluye: "No tengo derecho a hablarle así. Es posible que, allí donde yo fracasé, otro logre alzarse con el triunfo."

ofrece demasiadas sugerencias como para que éstas puedan pasar inadvertidas; Dios está allí y, con El, la mística del *mal*. La misma autora nos lo insinúa en el prólogo de su obra, «no debe —escribe— extraerse de estas páginas ninguna conclusión *que pueda perjudicar cualquier doctrina filosófica*» (el subrayado es mío). No seamos ingenuos, también Baudelaire tuvo que defender sus *Flores del Mal* y Panizza su *Concilio de Amor*; ambas obras están ahí, existen y no deben preocuparnos demasiado los ardides de que se valieran sus autores para frustrar la labor de jueces y censores.

El odio que el monstruo siente despertar dentro de sí, la persecución y muerte de su creador, tienen muchos paralelos en la literatura romántica. El *Maldoror* de Lautréamont lucha y vence a la divinidad. En *Moby Dick*, del norteamericano Herman Melville, el capitán Achab persigue con saña satánica a una extraña (y teológica) ballena blanca.

Es la muerte de Dios lo que se busca, la muerte de un Dios inflexible en sus designios, que puede dominar al hombre porque éste cree que sólo de El depende su felicidad.

La muerte de Dios, el principio de toda libertad, pero también el *mal* perfecto, redondo, acabado. El MAL insuperable. La muerte de Dios, el sueño más digno de un héroe romántico.

¿Y luego? Luego ya no importa; Dios ha muerto, el hombre ha terminado su misión. Pero su *requiescat in pace* es un canto encendido de victoria; sin Dios, el hombre, que no fue dueño de su nacimiento, será, por fin, el único propietario de su muerte y, en consecuencia, el único dueño de su vida.

Prometeo ha vuelto a robar el fuego divino, pero esta vez el hurto tiene carácter definitivo.

El juego se ha hecho; no va más: Byron

muere a los treinta y seis años luchando por la liberación de los griegos. Polidori se suicida a los veintiséis. Shelley se ahoga, a los treinta, en el golfo de La Spezzia. Villa Diodati ha quedado desierta, sólo sus fantasmas llegan a nosotros.

¡Bien venidos!

El juego se ha hecho y un héroe romántico no puede morir. en la cama. Es dueño de su muerte y elige la hora; sólo esta convicción liberará su vida. Y cuando lo ha hecho, cuando el ajusticiamiento de Dios le sume en la libertad definitiva, entona su canto satánico a la vida:

«Pronto se extinguirá el fuego que me atormenta. Ascenderé, triunfante, a mi pira y exultaré de júbilo en la tortura de las llamas. Lentamente su brillo se irá apagando y el viento esparcerá mis cenizas por el mar.»

Blake tenía razón: el cielo y el infierno se han unido en matrimonio. Y el monstruo, muerto Frankenstein, se pierde entre los témpanos helados.

Ha cumplido.

Barcelona, marzo 1969

MANUEL SERRAT CRESPO

PROLOGO

El hecho que fundamenta esta narración imaginaria ha sido considerado por el doctor Darwin (1) y por otros escritores científicos alemanes como perteneciente, hasta cierto punto, al campo de lo posible. No deseo que pueda creerse que me adhiero, por completo, a esta hipótesis; sin embargo, al basar mi narración sobre este punto de partida no pienso haber creado, tan sólo, un encadenamiento de hechos terroríficos concernientes por entero al orden sobrenatural.

El acontecimiento que da interés a esta historia no tiene las desventajas inherentes a las narraciones que tratan de espíritus o magia. Me sedujo por lo nuevo de las situaciones que podía llegar a provocar, puesto que, si bien es físicamente imposible, otorga a la imaginación la posibilidad de adentrarse en las pasiones humanas con más comprensión y autoridad de las que ofrece el simple relato de hechos estrictamente reales.

Me esforcé, pues, en conservar su adecuación a los principios elementales de la naturaleza humana; no dudé, sin embargo, cuando se trató de crear innovaciones en las posibles síntesis que admitieran tales principios. Esta norma se halla

---

(1) Mary W. Shelley hace referencia al doctor Erasmus Darwin, excéntrico investigador y abuelo del famoso Carlos Darwin, autor de El origen de las especies e iniciador de las teorías evolucionistas. (N. del T.)

ya en la *Ilíada*, el poema épico de la antigua Grecia, en *La tempestad* y *El sueño de una noche de verano*, de Shakespeare y, con más claridad todavía, en *El paraíso perdido*, de Milton. No es, por lo tanto, excesiva presunción, ni siquiera para un humilde novelista que sólo desea distraer al lector o conseguir una satisfacción personal, emplear en sus escritos una licencia o, mejor, una regla que ha hecho surgir las páginas más bellas de la poesía y sublimes combinaciones de afectos humanos.

El fundamento de mi relato me fue sugerido por una simple conversación. Comencé a escribir tanto para distraerme como porque me brindaba un medio de ejercitar las posibilidades que albergaba mi espíritu. Pero, a medida que la obra iba tomando forma, otros motivos fueron añadiéndose a los iniciales. No me es de ninguna manera indiferente la reacción del lector frente a las creencias morales que expresan mis personajes. No obstante, mi primera preocupación en este campo ha sido evitar los perniciosos efectos de las novelas actuales y presentar la bondad del amor familiar, así como las excelencias de la virtud universal. Las opiniones de los protagonistas vienen influidas, es lógico, por su carácter particular y por la situación en que se hallan; no han de ser consideradas por lo tanto como las mías propias. Del mismo modo no debe extraerse de estas páginas ninguna conclusión que pueda llegar a perjudicar doctrina filosófica alguna.

La autora ha puesto gran interés en la redacción de esta novela, ya que comenzó a escribirla en el escenario grandioso donde tiene lugar la parte más importante de la acción y, por añadidura, en unión de compañeros a los que le sería muy difícil olvidar.

En efecto, pasé el verano de 1816 en los aledaños de Ginebra. La estación fue fría y lluviosa aquel año y, nosotros nos reuníamos noche tras noche en torno al hogar donde ardía un gran fuego de leños, divirtiéndonos en relatarnos, unos a otros, historias alemanas de espíritus y fantasmas, que habíamos aprendido en nuestras correrías. Estos cuentos nos sugirieron la idea de escribir algunos por nuestra cuenta con el mero fin de distraernos.

Dos amigos —uno de los cuales ha escrito, ciertamente, una historia mucho más digna de agradar al público que todo lo que pueda imaginar mi cerebro— y yo misma decidimos, por lo tanto, escribir cada uno una historia basada en manifestaciones de lo sobrenatural.

Pero el tiempo mejoró súbitamente y mis amigos me abandonaron para emprender una gira por los Alpes. Los magníficos panoramas que se ofrecían a sus ojos pronto les hicieron olvidar el menor atisbo de sus evocaciones espectrales. Esta narración es, por ende, la única que ha logrado verse terminada (2).

Marlow, setiembre 1817

---

(2) Ciertamente, cuando Mary W. Shelley redactó este prólogo, sus palabras podían considerarse ciertas. Pero dos años más tarde —1819— aparece The Vampire, de John William Polidori —atribuida inicialmente a Lord Byron—, otra de las historias que se gestaron en las veladas nocturnas de Villa Diodati. (Nota del traductor.)

PRIMERA CARTA

A la señora de Saville. Inglaterra.

San Petersburgo, 11 de diciembre de 17...

Te alegrará saber que ningún contratiempo ha ensombrecido el inicio de la aventura acerca de la que tú abrigabas tan negros presagios.

Llegué ayer y mi primer deseo es tranquilizar a mi querida hermana y expresarle que mi confianza en el éxito del proyecto es cada vez mayor.

Estoy ya muy al norte de Londres, y paseando por las calles de San Petersburgo siento cómo sopla sobre mi rostro un aire gélido que vivifica mis nervios y me llena de satisfacción. ¿No es cierto que comprendes lo que experimento? Esta brisa, procedente de las regiones hacia las que me dirijo, me trae el aliento de su clima glacial. Arrulladas por este viento agorero, las esperanzas que albergo son ya más palpables y fervientes. Quiero inútilmente convencerme de que el polo es un paraje frío y desolado, pero, una vez tras otra, aparece en mi imaginación como un lugar lleno de hermosura y delicias. Allí, Margaret, jamás se pone el sol y su enorme disco no hace más que acariciar el horizonte, luciendo en eterno esplendor. Allí —pues con tu permiso, hermana mía, quiero dar algún crédito a las palabras de quienes me han precedido— el hielo y la nieve

25

desaparecen. Incluso es posible que, navegando sobre el calmado océano, seamos conducidos hacia una costa que sobrepase, en hermosura y encanto, a todos los países descubiertos hasta hoy en las partes habitadas del globo. Es posible que sus recursos y sus paisajes sean incomparables. Los secretos de las estrellas deben, sin duda, hallarse explicados en estas inexploradas tierras. ¿Qué podría extrañarnos de una región en la que el sol brilla sin cesar? Quizá descubra la sorprendente fuerza que mueve la aguja de la brújula. Quizá pueda probar un millar de observaciones celestes que sólo esperaban esta aventura para aclarar, por fin, los aparentes caprichos de los astros. Satisfaré mi ardiente curiosidad hollando una parte del mundo que jamás ha sido explorada, y probablemente caminaré sobre una tierra en la que nunca se ha posado la planta humana. Es eso lo que me atrae y bastaría, por sí solo, para impulsarme a vencer el miedo al peligro y a la muerte, acuciándome a emprender este difícil viaje con la alegría del niño que se embarca en un bote, junto a sus camaradas, para explorar las riberas cercanas. Y aun en el caso de que todas esas conjeturas fueran erróneas, no puedes negar el beneficio inestimable que procuraré a la humanidad descubriendo, en las cercanías del polo, una ruta por mar hacia esos países a los que tantos meses tardamos en llegar, o desvelando el secreto de la fuerza magnética que sólo puede ser descubierto —si es que existe algún modo de hacerlo— gracias a una aventura como la mía.

Estos pensamientos han disipado la agitación que sentía al comenzar mi carta y mi corazón está lleno de un entusiasmo que me transporta, ya que nada ayuda tanto a apaciguar el espíritu como un objetivo claro, una meta sobre la que fijar los ojos del alma. Este viaje cumple un sueño que he acariciado desde mi más tierna infancia. He leído con apasionada fruición el relato de diversos viajes cuyo objetivo era llegar al norte del océano Pacífico atravesando los mares que circundan el polo. Debes recordar que la biblioteca de tío Thomas estaba formada tan sólo por volúmenes que narraban viajes y exploraciones. Mi educación dejó bastante que desear, pero, pese a todo, me apasionaba la lectura. Día y noche estudié esos volúmenes y, conforme los iba conociendo, aumentaba la tristeza que sentí en mi infancia cuando me dijeron que papá, cercana ya su muerte, había prohibido a mi tío el autorizarme a seguir la carrera de marino.

Esta amargura desapareció cuando por vez primera trabé conocimiento con la obra de los poetas cuyos versos llenaron mi alma y la elevaron casi hasta las regiones celestes. Me convertí en poeta y durante un año viví en el edén que yo mismo había creado. Imaginaba que también a mí me sería dado conseguir un lugar en el templo donde se veneran los nombres de Homero y Shakespeare. Tú conoces mi fracaso y sabes lo doloroso que fue para mí aquel desengaño. Pero precisamente en aquel tiempo heredé la fortuna de mi primo y mis pensamientos volvieron a tomar el rumbo que habían seguido anteriormente.

Seis años han transcurrido desde que resolví realizar este viaje. Comencé por fortalecerme físicamente. Acompañé a los balleneros en varias de sus expediciones al mar del Norte; por mi propia voluntad he soportado el hambre y el frío, la sed y la falta de sueño; a menudo trabajaba durante la jornada con más dureza que cualquier marinero, mientras dedicaba mis noches al estudio de las matemáticas, de la medicina y de aquellas partes de la física que más necesarias podían ser a un aventurero del mar. Por dos veces me enrolé como segundo de a bordo en un ballenero

27

groenlandés y salí airosamente de la prueba. Me sentí, es cierto, orgulloso cuando el capitán me suplicó insistentemente que permaneciera en su barco, ya que consideraba insustituibles mis servicios.

¿No crees, Margaret, que merezco ya emprender la gran aventura? Mi vida pudo estar rodeada de comodidades y lujos, pero he preferido la gloria a todos los placeres que la fortuna me brindaba. ¡Con qué placer escucharía una voz amistosa que respondiese con una afirmación a mi pregunta! Mi valor y mi decisión son inamovibles, pero mis esperanzas experimentan ciertos altibajos y con frecuencia me siento desalentado. Estoy dispuesto a lanzarme al largo y penoso viaje cuyas vicisitudes reclamarán todo mi coraje. No sólo tendré que reavivar el ánimo de los demás, sino también conservar mi moral cuando los otros la hayan perdido.

Es ésta la época más favorable para viajar por Rusia. Los trineos vuelan prácticamente sobre la nieve y su movimiento es, para mí, mucho más cómodo que el de las diligencias inglesas. No sientes demasiado el frío siempre que te envuelvas en pieles, abrigo que ya he adoptado, pues existe una notoria diferencia entre pasear por el puente de un navío y permanecer sentado, inmóvil durante horas, de manera que ningún esfuerzo impida que la sangre se hiele en las venas. No deseo en absoluto perder la vida en la ruta postal que une San Petersburgo y Arkangel. Dentro de dos o tres semanas tengo previsto salir hacia esta última ciudad, fletar allí un navío, lo que me será fácil pagando al contado el seguro del armador, y contratar de inmediato, eligiéndolos entre los hombres duchos en la caza de la ballena, a aquellos marinos que me parezcan necesarios. Espero levar anclas antes del mes de junio; pero ¿cuándo estaré de regreso? Me es *imposible responder a esta pregunta, hermana mía. Si la fortuna me sonríe, pasarán muchos, muchos meses, incluso años tal vez, antes de que tú y yo podamos volver a vernos. Si fracaso, muy pronto estaremos juntos o jamás nos reuniremos.*

Adiós, mi admirada y querida Margaret. Quiera el cielo bendecirte y protegerme para que me sea posible, todavía, darte pruebas de mi gratitud por todo tu cariño y por tu bondad.

Tu hermano que te ama

ROBERT WALTON

SEGUNDA CARTA

A la señora de Saville. Inglaterra.

Arkangel, 26 de marzo de 17...

¡Qué despacio pasan aquí los días mientras estoy rodeado de hielo y nieve! No obstante, he avanzado ya un poco hacia el cumplimiento de mis deseos. He logrado fletar un barco y, ahora, me dedico a reunir la tripulación. Los marineros a quienes he contratado parecen hombres de toda confianza y poseen sin ninguna duda un valor a toda prueba.

Tan sólo no he podido satisfacer todavía uno de mis deseos y esta falla es, para mí, muy lamentable. Necesito un camarada, Margaret; cuando el éxito me llene de alegría nadie la compartirá conmigo y nadie me animará, tampoco, cuando me embargue el desaliento. Sí, es cierto, podré confiar mis sentimientos al papel, pero éste es muy pobre confidente para comunicarle lo que experimentamos. Necesito la amistad de un hombre por el que me sienta atraído; un hombre cuya mirada pueda corresponder a la mía. Pensarás, sin duda, que soy un romántico, querida hermana, pero me afecta sinceramente esta ausencia. No tengo conmigo a nadie que sea a un tiempo amable y valeroso, comprensivo y culto; a nadie cuyos gustos se parezcan a los míos y que pueda aprobar mis proyectos o ayudarme a modificarlos. ¿Pero cómo un hombre semejante, aun creyendo en su existencia, sería capaz de reparar los errores de tu pobre hermano? Soy impulsivo en exceso cuando se trata de la realización de mis planes y me domina la impaciencia cuando aparece algún problema; sin embargo, lo que más me ha perjudicado es la educación que me he dado a mí mismo. Durante los catorce primeros años de mi vida no hice otra cosa que correr por los campos comunales y mis lecturas se limitaron a los libros de viajes de tío Thomas. Luego conocí las obras de nuestros más famosos poetas y tan sólo cuando era ya demasiado tarde experimenté la necesidad de aprender lenguas extranjeras. Ahora tengo veintiocho años y soy menos culto que un muchacho de quince. Ciertamente reflexiono con más profundidad y mis sueños son más ambiciosos, pero les falta el equilibrio, como diría un pintor. Sí, me es imprescindible un amigo lo bastante comprensivo como para no burlarse de mi romanticismo y que pueda, con su afecto, mitigar mis impulsivos sentimientos.

En fin, nada conseguiré lamentándome. No será en la soledad del inmenso océano donde halle a un compañero, ni tampoco aquí, en Arkangel, entre mercaderes y marinos. Con todo, estos hombres sencillos poseen, aunque en estado muy rudimentario, los sentimientos más nobles de la naturaleza humana. Mi segundo, por ejemplo, está lleno de coraje e iniciativa, que todo lo subordina al deseo de gloria o, para ser más precisos, de ascenso en su profesión. Es inglés —esto halaga el amor que siento por mi patria— y pese a su ruda condición conserva intactas preciosas cualidades humanas. Le conocí aquí, a bordo de un ballenero, y en cuanto me dijeron que no tenía trabajo le contraté para que me ayude a llevar a cabo mi empresa.

Es un muchacho de excelente carácter, célebre por la habilidad y templanza con que se hace obedecer. Precisamente por esta causa, y también por su valor y honestidad, he querido contar con sus servicios. Mi juventud solitaria, los años mejores de mi existencia pasados bajo tu influencia dulce y femenina, han modelado mi espíritu hasta el punto de que no me es posible vencer la repugnancia que me causa la brutalidad reinante, por lo general, a bordo de los barcos. Nunca la he creído necesaria y, en cuanto me informaron de que existía un patrón estimado por su buen talante y por el respeto y la obediencia que sabía despertar en sus marineros, me consideré afortunado por estar en condiciones de contratarle.

Me habló por primera vez de él, de forma casi novelesca, una dama rusa que le debe su actual felicidad. Esta es, poco más o menos, su historia:

Este hombre amaba, hace algún tiempo, a una muchacha de humilde condición y, como él había conseguido ya una fortuna considerable merced a su maestría en la profesión, el padre de la joven autorizó el matrimonio. Pero cuando el pretendiente expresó a la joven sus sentimientos, ésta prorrumpió en llanto y, arrojándose a sus pies, le rogó que quisiera ahorrarle tan doloroso trance, ya que amaba a otro hombre, joven sin fortuna, razón por la que su padre se negaba a consentir en su unión.

El generoso marino consoló a la apenada dama

y, en cuanto supo por ella el nombre de su amado, puso término al galanteo. El había comprado ya una granja, con la intención de pasar en ella lo que le quedara de vida, pero se la cedió a su rival, añadiendo, además, toda su fortuna para que aquél pudiera adquirir algunas reses, e incluso fue, él mismo, a solicitar del padre de su amada el consentimiento imprescindible para la celebración de las nupcias.

El anciano, sin embargo, creyendo comprometido su honor, respondió con una categórica negativa y, dolido por la irreductible actitud de aquel hombre, el marino abandonó el país volviendo únicamente cuando tuvo noticias de que la muchacha había contraído matrimonio de acuerdo con sus deseos.

«¡Qué nobleza de carácter!», pensarás con toda razón. Pero lo cierto es que este hombre está desprovisto por completo de cultura, es más silencioso que un pez y se observa en él una especie de ignorante negligencia que, al unirse a su comportamiento un tanto extraño algunas veces, desmerece el interés y la simpatía que es digno de suscitar. No creas, sobre todo, que estoy arrepentido de mi decisión tan sólo porque me lamente un poco o, incluso, porque quiera imaginar el consuelo de una tristeza que, es muy posible, jamás conoceré. Estoy tan firme y decidido como el mismo destino. Mi aventura ha sufrido algún retraso tan sólo mientras aguardo un tiempo más favorable. El invierno ha sido muy duro, pero la primavera comienza a anunciarse y todo parece indicar que será más precoz que de costumbre. Es posible, pues, que, pese a todo, levemos anclas antes de lo previsto; pero no me arriesgaré en exceso, me conoces y sabes que puedes confiar en mi prudencia y moderación siempre que la seguridad de otros está en mis manos.

Mis proyectos están a punto de realizarse ahora y soy incapaz de explicar lo que siento. ¿Podrás comprender la impaciencia, mezcla de gozo y de temor, que me embarga mientras dispongo la partida? Me dirijo a regiones aún vírgenes, «al país de la niebla y la nieve», pero yo no cazaré albatros. No sufras, pues, por mi vida ni temas verme regresar, exhausto y miserable, como el «Ancient Mariner». Te imagino sonriendo ante esta alusión al poema de Coleridge. Quiero, a este respecto, revelarte un secreto; a menudo he atribuido a las obras de este poeta, el más imaginativo de la literatura moderna, la causa de mi pasión por el mar y el entusiasmo que sus misterios despiertan en mí. Algo inexplicable se remueve en mi corazón. Soy, en el fondo, un hombre eminentemente práctico, un artesano acostumbrado a trabajar con dureza y perseverancia; pero existe también en mí un amor a lo maravilloso, una fe en lo insólito que se une a todos mis proyectos y me fuerza a despreciar los senderos trillados para empujarme a afrontar este océano indómito y estos países desconocidos que me dispongo a descubrir.

Volvamos, no obstante, a las cosas que me son más queridas. ¿Te veré de nuevo, después de haber cruzado la inmensidad de los mares, hasta regresar por el extremo más meridional de América o África? No me atrevo a esperar tanta fortuna, pero no puedo ni siquiera soportar el pensamiento de que fracase en mi empresa.

De momento sigue escribiéndome siempre que te sea posible, porque tus cartas pueden serme necesarias para fortalecer mi valor. Te amo con todo mi corazón. Recuérdame con afecto en caso de que nunca vuelvas a recibir noticias mías.

Tu hermano que te quiere

ROBERT WALTON

TERCERA CARTA

A la señora de Saville. Inglaterra.

7 de julio de 17...

Querida hermana:

Te escribo a vuela pluma estas escasas líneas para comunicarte que todo marcha bien y que mi aventura está ya en buen camino. Mi carta llegará a Inglaterra gracias a un marino que regresa desde Arkangel; envidio su suerte, ya que pueden transcurrir muchos años antes de que contemple de nuevo mi país natal. Pese a ello me siento de inmejorable humor; mis hombres están llenos de fuerza y, según parece, dispuestos a seguir adelante. No se atemorizan ante los bloques de hielo que desfilan sin cesar a uno y otro lado del buque, presagiando los riesgos que deberemos correr en la región hacia la que navegamos; estamos ya a una elevada latitud, pero como nos hallamos en pleno verano, y pese a que la estación no es tan calurosa aquí como en Inglaterra, los vientos del sur que nos empujan con rapidez hacia las riberas que con tanta ansiedad deseo alcanzar nos traen una templanza tonificante que jamás hubiera podido prever.

Hasta hoy no se ha producido ningún incidente que merezca ser contado; un par de fuertes tormentas y el hallazgo de una brecha en el casco del navío son cosas que no inquietan a un navegante experimentado tanto como para que resulten dignas de mención. Podría sentirme satisfecho

34

si, a lo largo del viaje, no sufriéramos más graves percances.

Adiós, querida Margaret. Ten el convencimiento de que, tanto por tu bien como por el mío, no afrontaré innecesariamene el peligro. Seré perseverante, prudente y sereno.

Estoy seguro de que el éxito vendrá a coronar mis esfuerzos. ¿Por qué no ha de ser así? Hasta ahora he ido trazando con seguridad mi ruta a través del océano y son sólo las estrellas testigos de mis triunfos. No existe motivo alguno para retroceder ante esas olas indómitas, pero, sin embargo, sumisas. Nada puede detener un corazón audaz y una voluntad decidida.

He dejado, sin proponérmelo, que mi espíritu se expansionase, y es preciso terminar. Que el cielo te bendiga, querida hermana.

Robert Walton

CUARTA CARTA

A la señora de Saville. Inglaterra.

5 de agosto de 17...

Ha ocurrido algo tan extraordinario que no puedo dejar de comunicártelo, aunque es muy posible que podamos vernos antes de que estos papeles lleguen a tus manos.

El pasado lunes (31 de julio) nos hallábamos casi enteramente rodeados por el hielo que se estrechaba a nuestro alrededor, dejando apenas lugar para que nuestro barco continuara a flote. La situación era cada vez más peligrosa, puesto que nos envolvía una espesa niebla. En consecuencia, nos vimos obligados a permanecer al pairo aguardando un cambio favorable en las condiciones atmosféricas.

Poco más o menos a las dos del mediodía, la bruma comenzó a disiparse y pudimos contemplar, extendiéndose hasta el infinito, una helada llanura de quebrada superficie. Algunos de mis hombres empezaron a lamentarse e incluso yo mismo fui presa de inquietud cuando, de improviso, un insólito espectáculo nos llamó la atención distrayendo nuestros pensamientos de la desagradable situación a la que nos veíamos abocados.

Observamos, a media milla de distancia, un trineo tirado por perros que corría en dirección norte; en el vehículo, sujetando las bridas, viajaba una figura de forma humana, pero de gigantescas proporciones. Con nuestros catalejos pudimos seguir durante largo rato su rápido desplazamiento, hasta que se ocultó en la lejanía, tras los montículos de hielo.

Esta visión nos llenó de un asombro sin límites. Según nuestros cálculos habíamos viajado cientos de millas y nos encontrábamos muy lejos de cualquier tierra conocida; sin embargo, la aparición del trineo parecía demostrar que no nos habíamos alejado tanto como en principio creímos. Por otra parte, prisioneros de los hielos, no pudimos seguir tras las huellas de aquel hombre.

Dos horas más tarde, sentimos agitarse el agua bajo nuestra quilla y, antes de anochecer, los hielos se quebraron liberando el navío. Pese a ello permanecimos en el mismo lugar, ya que no queríamos arriesgarnos en la oscuridad a sortear los terroríficos bloques que flotan en libertad cuando el hielo se rompe. Esto me permitió descansar algunas horas durante el resto de la noche.

A la mañana siguiente, tan pronto comenzó a amanecer, subí al puente donde encontré a mis marineros asomados a una de las bordas y hablando, según me pareció, con alguien que se hallaba en el exterior. Efectivamente, un vehículo muy parecido al que habíamos visto la víspera, se había detenido junto a nuestro costado. Flotando sobre un témpano, había derivado durante toda la noche hasta llegar a nosotros. Sólo uno de sus perros seguía viviendo, y en su interior viajaba un ser humano a quien mis hombres intentaban persuadir para que subiese a bordo. Al contrario que el viajero divisado la noche anterior, no era un ser salvaje, habitante de una isla inexplorada todavía, sino un europeo. Oí gritar a mi segundo:

—¡Ahora viene el capitán! El no le permitirá suicidarse de ese modo.

Al verme, el hombre me habló en inglés, aunque con cierto acento extranjero.

—Antes de subir a bordo de la nave —dijo—, hágame el favor de indicarme hacia dónde se dirigen.

Puedes imaginar mi sorpresa al escuchar tales palabras en labios de un hombre condenado a una muerte segura y que, lógicamente, debiera ver en mi barco algo más precioso que todos los tesoros del orbe. Le respondí, no obstante, que realizábamos un viaje de exploración hacia el polo Norte, cosa que pareció satisfacerle, pues consintió en ser izado a bordo. ¡Dios santo, Margaret! Si hubieses visto al hombre que ponía condiciones a su salvación, tu sorpresa no hubiera tenido límites. Sus miembros casi se habían helado y su cuerpo estaba horriblemente demacrado por el cansancio y las privaciones. Nunca antes había visto un ser en tan lastimoso estado.

Intentamos instalarle en el interior, pero, en cuanto le faltó el aire frío, perdió el conocimiento. Le trasladamos de nuevo al puente y quisimos reanimarle dándole fricciones con coñac, del que también le hicimos beber unos sorbos. Tan pronto como comenzó a recuperarse, le abrigamos con unas mantas y le colocamos en la cocina cerca del fogón; gracias a ello fue poco a poco volviendo en sí y tomó un poco de sopa que le hizo mucho bien.

Sólo al cabo de dos días estuvo en disposición de hablar y durante un tiempo creí que las penalidades sufridas le habían hecho enloquecer. Cuando comenzó a reponerse ordené que le llevaran a mi camarote y cuidé de él tanto como mis ocupaciones me lo permitieron. Nunca antes había conocido yo a nadie más interesante. Una luz exaltada, casi demencial, brillaba algunas veces en sus pupilas. Pero si se le hacía un favor, si se le prestaba el más mínimo servicio, sus facciones se iluminaban con una expresión de dicha y dulzura que no he hallado en ningún otro hombre. Pese a ello, la mayor parte del tiempo estaba triste e incluso desesperado; de vez en cuando apretaba los dientes como si no le fuera posible soportar por más tiempo el peso de los infortunios que le oprimían.

A medida que su salud iba mejorando puse gran atención en mantener alejados a mis hombres, que querían hacerle algunas preguntas. No quise permitir que le atormentaran inútilmente con su curiosidad, pues estaba claro que, en el deplorable estado, tanto físico como moral, en que se hallaba, tan sólo el más completo reposo podría restablecerle y devolverle a la normalidad. Cierta tarde, pese a todo, mi lugarteniente le preguntó:

—¿Cómo ha llegado usted tan lejos viajando en tan extraño vehículo?

Su expresión mostró, inmediatamente, los rasgos de la más profunda tristeza. Respondió:

—Intentaba alcanzar a alguien que huía de mí.

Mi segundo insistió:

—¿Viajaba este hombre de la misma manera?

—Sí.

—Siendo así, me parece que le vimos, pues, la víspera del día que le encontramos, divisamos sobre el hielo a un hombre que viajaba en un trineo tirado por perros.

Esto interesó a nuestro huésped que comenzó a formular numerosas preguntas encaminadas principalmente, a saber la dirección seguida por aquel «diablo».

Cuando estuve a solas con él, murmuró:

—Sin duda he debido despertar su curiosidad y la de sus bravos muchachos, y creo que es usted demasiado discreto como para interrogarme al respecto.

—Ciertamente —respondí— daría muestras de una inhumana impertinencia atormentándole con una curiosidad que está fuera de lugar.

—Y, sin embargo —prosiguió—, me ha librado usted de una extraña y delicada situación; me ha salvado generosamente la vida.

Algo más tarde quiso saber si creía que el hielo, al romperse, habría hecho desaparecer el otro trineo; le respondí que no era posible afirmarlo con certeza, puesto que el hielo se había roto hacia la medianoche y, por lo tanto, el hombre había tenido tiempo suficiente para llegar a un lugar seguro. No era posible asegurar nada al respecto.

A partir de entonces una mayor vivacidad animó su cuerpo exhausto. Mostraba grandes deseos de hallarse de nuevo en el puente para poder acechar en persona la posible aparición del trineo que divisamos en primer lugar. Pude convencerle, pese a todo, de que permaneciera en su camarote, pues seguía aún demasiado débil como para soportar sin peligro el empuje del viento. Pero tuve que prometerle constante vigilancia y que, si algo aparecía sobre el hielo, se lo comunicaría en seguida.

He anotado, así, en mi diario, los insólitos sucesos de estos últimos días. Mi huésped va mejorando lentamente, pero permanece muy silencioso y da muestras de enojo cuando alguien que no soy yo penetra en su camarote. Pese a ello, sus modales son tan agradables y dulces que toda la tripulación se preocupa por él, aunque no se muestra muy locuaz con nadie. En lo que a mí respecta comienzo a quererle como a un hermano, como a un ser muy cercano a mi corazón, y su perenne e inmensa pesadumbre despierta mi simpatía y mi piedad. En estado normal debe ser un hombre muy notable para mostrarse, en su actual decaimiento, tan amable y atractivo.

Te decía en una de mis cartas, querida Margaret, que no hallaría ningún compañero en las soledades oceánicas. Sin embargo, he encontrado un amigo al que me haría feliz considerar un hermano, antes de que el dolor aniquile su vitalidad.

Seguiré hablando de ese extraño huésped en mi diario cuando ocurra algún suceso digno de mención que esté relacionado con él.

DIARIO DE ROBERT WALTON

13 de agosto de 17...

El afecto que siento por ese hombre aumenta cada día. Despierta en el más alto grado tanto mi admiración como mi piedad. ¿Cómo contemplar anulado por la angustia a un ser tan noble sin experimentar una inmensa pesadumbre? Es tan gentil y tan inteligente; su espíritu está tan cultivado que, cuando habla, sus palabras, escogidas con exquisito arte, surgen de su boca con una fluidez y una elocuencia increíbles.

Ha experimentado una gran mejoría y, ahora, permanece siempre en el puente buscando, sin duda, el trineo que precedía al suyo. Pese a que es muy desgraciado, no está tan inmerso en sus preocupaciones como para no prestar atención a los planes de los demás. Demostró el mayor interés por las medidas que yo había tomado para aumentar nuestras probabilidades de éxito, y lo hizo hasta en los detalles más mínimos. Merced a la simpatía que me muestra, ha logrado que le abra mi corazón y le comunique las ansias y el fervor que animan mi alma; que le diga hasta qué extremo era capaz de sacrificar alegremente mi fortuna y mi vida, si pudiera favorecer la consecución de mis proyectos.

—La vida o la muerte de un hombre —dije— no son más que un módico precio cuando se trata de lograr, a cambio, los conocimientos que busco, la sabiduría que quiero alcanzar para poder transmitirla a la posteridad y favorecer con ello al género humano.

Mientras yo hablaba, una profunda tristeza fue adueñándose de su rostro. Pude ver que se esforzaba por dominar su emoción. Luego, repentinamente, se cubrió el rostro con las manos. Mi voz tembló y enmudecí al observar que las lágrimas corrían entre sus dedos y que un gemido escapaba de su pecho jadeante.

Por fin, dijo con voz entrecortada:

—¡Pobre amigo! ¿Comparte, pues, mi locura? ¿También ha apurado usted el enervante filtro? Oígame, permita que le narre mi historia y alejará usted la copa de sus labios.

¡Extrañas palabras! Ya puedes imaginar cómo acicatearon mi curiosidad. Pero el gran dolor que había sufrido mi amigo acabó con sus escasas fuerzas. Fueron precisas muchas horas de descanso y de tranquila conversación para que recuperara su equilibrio.

Cuando logró acallar el clamor de sus sentimientos, pareció despreciarse por haberse dejado llevar de la emoción y, apartando a un lado el espectro tiránico de su desesperación, me indujo de nuevo a hablar de los asuntos que me concernían personalmente. Me pidió que le contara mi niñez, lo que hice en pocas palabras, aunque ello despertara en mí un cúmulo de encontrados pensamientos. Le confesé mi anhelo de hallar un amigo, la necesidad que sentía de simpatizar con un espíritu más próximo al mío que el de aquellos a quienes había conocido. Le expuse mi convencimiento de que un hombre no puede pretender ser feliz —por pequeña que sea su felicidad— mientras no goce de una bendición semejante.

—Soy de su opinión —me respondió—. Los hombres somos seres incompletos. Vivimos tan sólo a medias si alguien más sabio, mejor que nosotros mismos —cosa que debe ser un verdadero amigo— no está a nuestro lado para ayu-

darnos, para mejorar nuestra débil e imperfecta naturaleza. Tuve un amigo que era el más noble de los hombres y puedo, pues, considerarme en condiciones de hablar sobre la amistad con conocimiento de causa. Usted tiene esperanzas; tiene el mundo entero ante sí. No hay razón alguna para desesperar. Yo por el contrario lo he perdido todo, y no puedo ya recomenzar mi vida.

Al tiempo que decía estas palabras su rostro tomó una expresión de tranquila serenidad, de resignación, que me oprimió el pecho. Luego calló y pronto se retiró a su camarote.

Nadie puede gozar, pese a su desolación, la hermosura del paisaje tan profundamente como él. El cielo estrellado, el mar, todo cuanto ofrecen estas maravillosas regiones polares, parece elevar su alma. Un hombre como él debe tener una doble existencia; es capaz de haber soportado todas las penalidades y estar aniquilado por las desilusiones, pero, cuando se recoge en sí mismo, se convierte en un espíritu celeste, rodeado por un círculo mágico que ni las penas ni la locura pueden franquear.

¿Te burlarás de la pasión con que hablo de esta divinidad errante? En verdad no podrías hacerlo si le hubieras conocido. Los libros y tu vida, lejos del mundo, han educado y refinado tu espíritu y te han hecho un tanto escéptica, pero también tú te inclinarías ante los extraordinarios méritos de esta criatura maravillosa. Me he esforzado en descubrir la cualidad que tanto le eleva por encima de todos los hombres que hasta ahora he conocido. Creo que es algo intuitivo; un poder de juicio, a un tiempo rápido e infalible; una percepción del motivo de las cosas, de una claridad y precisión singulares. Une a todo ello su facilidad de palabra y su voz, en la que las diversas entonaciones son como música para el alma.

19 de agosto de 17...

Ayer mi huésped me dijo:

—Debe usted intuir ya, capitán Walton, que he soportado más reveses de los que, seguramente, haya conocido nadie. Hace tiempo decidí que me llevaría a la tumba el secreto de mis males, pero usted me ha hecho mudar de propósito. Anhela el conocimiento y la sabiduría como lo hice yo durante muchos años y deseo ardientemente que el cumplimiento de sus proyectos no sea, como para mí, semejante a una serpiente venenosa. No sé si el relato de mis desgracias tendrá para usted alguna utilidad, pero como creo que sigue un sendero igual al que fue el mío, arriesgándose a peligros idénticos a los que han hecho de mí lo que soy ahora, creo que podrá extraer de mi historia alguna experiencia que pueda serle útil si el éxito le sonríe o, en caso contrario, pueda consolarle en su fracaso. Dispóngase usted a escuchar un relato que podrá parecerle sobrenatural. Si nos halláramos ante un paisaje menos impresionante temería no ser creído y cubrirme a sus ojos de ridículo, pero en el seno de estas regiones salvajes y misteriosas parecen verosímiles muchas cosas que, en cualquier otra parte, provocarían la hilaridad de quienes desconocen las inmensas posibilidades de la naturaleza. Sé, por supuesto, que el desarrollo de mi relato no prueba la veracidad de los hechos que lo componen.

Puedes imaginar, querida hermana, cómo me satisfizo la perspectiva de escuchar tales revelaciones. Sin embargo, no podía soportar la idea de que estas confesiones reanimasen el sufrimiento de mi huésped. Pero, al mismo tiempo, estaba impaciente por escucharlas movido en parte por la curiosidad y en parte por el deseo de mejorar la suerte del desgraciado, si eso estaba dentro de lo posible. Así se lo dije.

—Le estoy agradecido —respondió— por su amabilidad, pero no era necesario. Mi destino está ya finalizando. No espero más que un solo acontecimiento y podré descansar en paz.

Luego prosiguió, intuyendo que yo intentaría protestar:

—Comprendo lo que siente, pero se equivoca, amigo mío, si es que me autoriza a llamarle así. Nada puede cambiar mi destino. Escuche mi historia y sabrá hasta qué punto mi existencia está ya decidida.

Me dijo entonces que comenzaría su relato al día siguiente puesto que yo dispondría de tiempo libre. Le agradecí profundamente su promesa.

Me he decidido a anotar cada noche, cuando las obligaciones de a bordo me lo permitan o no revistan mucha urgencia, lo que mi huésped me haya contado durante la jornada, empleando en lo posible idénticas palabras. Si tengo excesivo trabajo tomaré, como mínimo, algunas notas. Sin duda el manuscrito te proporcionará un inmenso placer, pero piensa con qué simpatía e interés leeré más tarde el relato, dado que conozco al hombre y serán sus mismos labios quienes lo narren.

Ya creo escuchar su vibrante voz resonando en mis oídos; creo ver sus ojos brillantes, mirándome con su melancólica dulzura; veo cómo, en su animación, levanta su fina mano mientras sus rasgos se encienden con el ardor de su alma generosa.

¡Qué extraordinaria debe ser su historia y qué terrible la tempestad que, alcanzando al noble bajel en su travesía, lo destrozó de tal forma!

RELATO DEL DOCTOR FRANKENSTEIN

I

Soy ginebrino de origen y nací en el seno de una de las familias más importantes del país. A lo largo de muchos años, mis antecesores fueron síndicos o consejeros y mi padre llevó a cabo con honra y consideración numerosos cargos oficiales. Todos quienes le conocían le respetaban a causa de su integridad y del incansable entusiasmo con que se dedicaba a la política. Pasó su juventud entregado por entero a los asuntos del país. Varios motivos le impidieron casarse a edad temprana y no pudo contraer matrimonio y convertirse en padre de familia hasta que su camino por la vida estaba ya muy avanzado.

Como algunas circunstancias de su matrimonio aclaran su personalidad, no quiero seguir adelante sin citarlas. Su mejor amigo era un comerciante que, tras haber gozado de una desahogada situación, se vio en la miseria a causa de varios contratiempos económicos. Aquel hombre, llamado Beaufort, era de un carácter fuerte e intransigente. No fue capaz de soportar la vida en la miseria y verse olvidado por todos en la ciudad donde había destacado por su categoría y riqueza. Por ello, tras haber satisfecho honradamente sus deudas, se retiró a Lucerna acompañado por su hija y vivió, apartado de todos, casi en la más absoluta pobreza.

Mi padre tenía por Beaufort una gran estima y la noticia de aquel destierro obligado por penosas circunstancias no dejó de afectarle mucho.

Deploró con amargura el anacrónico orgullo que había obligado a su amigo a portarse de una forma tan poco adecuada al cariño que les unía. Cargó de inmediato sobre sus espaldas la tarea de buscarlo, confiando en llegar a convencerle de que recuperara su posición, aceptando para ello su ayuda y su crédito.

Pero Beaufort había tomado eficaces precauciones para no ser hallado y sólo diez meses más tarde mi padre pudo averiguar su paradero. Rebosante de alegría dirigióse a la casa de su antiguo amigo, que se encontraba en una modesta calle a orillas del Reuss. Por desgracia, cuando llegó no encontró más que desesperación y miseria. Beaufort no logró salvar del desastre sino una mínima cantidad de dinero que había bastado, tan sólo, para proporcionar, durante unos meses, el sustento necesario a él y a su hija. Confiaba en conseguir un cargo respetable en alguna empresa comercial antes de que se terminara y, en la espera, permanecía forzosamente inactivo. Intensificó su amargura y, día tras día, iba haciéndose más difícil de soportar, puesto que disponía de mucho tiempo para abandonarse a sus tristes meditaciones. Llegó a obsesionarse hasta el extremo de que, transcurridos tres meses, contrajo una grave enfermedad y tuvo que guardar cama, incapaz, al fin, de realizar el menor esfuerzo.

Su hija le atendió con infinito cariño, pero se desesperaba al observar la rapidez con que disminuía su breve capital, sabiendo que no le sería posible contar con otros recursos. Pese a todo, Carolina Beaufort poseía un insólita fortaleza de carácter y la desgracia fortificó su entereza. Consiguió un modesto trabajo como trenzadora de paja y, de diversas formas, logró ganar un pequeño sueldo que apenas si bastaba para cubrir las necesidades más elementales.

Transcurrieron así varios meses. El estado de

su padre empeoraba y tuvo que consagrar a cuidarle un mayor tiempo. Sus ingresos menguaron, pues, al mismo tiempo y, a los diez meses de su partida, Beaufort falleció en sus brazos dejándola huérfana y en el mayor desamparo. Esta desgracia la sumió en la desesperación. Mi padre la halló, postrada ante el ataúd, derramando amargas lágrimas. La pobre muchacha creyó ver en él a un espíritu bienhechor y se puso por completo en sus manos. Tras el entierro, mi padre la llevó con él a Ginebra y la confió a una familia amiga suya. Transcurridos dos años contrajeron matrimonio.

Separaba a mis padres una notable diferencia de edad; sin embargo, esto parecía unirles con más profundidad en su mutuo e íntimo amor. Es posible que, antes, él hubiera padecido al comprobar la indignidad de alguna mujer y esto le predispuso a otorgar un valor excepcional a las virtudes de mi madre. Su afecto por ella se basaba en una rectitud y una adoración poco comunes a su edad, pues sus sentimientos bebían en la admiración que le inspiraban las cualidades de su esposa y en el deseo de hacerle olvidar, en lo posible, las pasadas amarguras. Se comportaba con inigualable delicadeza, velaba para que todo estuviera dispuesto de forma que satisficiera sus más íntimos deseos, se esforzaba en protegerla —del mismo modo que el jardinero protege de la escarcha una planta exótica— y colmarla de cuanto podía complacer su dulce y amable naturaleza.

La salud de mi madre, y también la serenidad espiritual de que había hecho gala en otro tiempo, fueron quebrantadas por las terribles desgracias soportadas. En el transcurso de los dos años anteriores a su matrimonio, mi padre, poco a poco, había renunciado a todos sus cargos públicos y, tras la ceremonia, la pareja buscó el suave clima de Italia y el cambio de ambiente y paisaje que proporciona un viaje por ese maravilloso país. Mi padre estaba convencido de que, con ello, la joven desposada volvería a hallar su vitalidad perdida.

Recorrieron después Alemania y Francia. Yo nací en Nápoles y, ya de niño, solía acompañarles en sus viajes. Durante muchos años fui su único hijo y, a pesar del cariño que mis padres sentían el uno por el otro, parecían extraer los inmensos tesoros de afecto y cariño que me prodigaban de una inagotable mina de amor. Las tiernas caricias de mi madre, la feliz sonrisa de mi padre cuando me miraba, fueron mis primeros recuerdos. Yo era su juguete y su dios, más todavía: su hijo; la débil criatura inocente que el cielo les había entregado para que le enseñaran el bien y que sólo ellos podían dirigir hacia la felicidad o el sufrimiento, según como llevaran a cabo sus deberes de padres. Con la profunda conciencia de lo que debían al ser que habían engendrado y merced, también, a los caudales de afecto que poseían, no es difícil pensar que, en todos los instantes de mi infancia, obtuve de ellos continuas lecciones de paciencia, de caridad y de autodominio. Me educaron con tanta dulzura que sólo recuerdo de aquel período una continua sucesión de instantes felices.

Durante largo tiempo tan sólo tuvieron que ocuparse de mí. Pese a que mi madre deseaba ardientemente una hija, yo seguía siendo el único fruto de su matrimonio. Cuando tenía casi cinco años, pasamos una semana a orillas del lago Como. Debido a su buen corazón, mis padres hacían frecuentes visitas a hogares necesitados. Esto era para mi madre algo más que un deber: era una necesidad, una pasión. Recordando sus propios sufrimientos y la forma como había sido socorrida, se creía obligada, ahora, a ser el ángel custodio de los menesterosos.

En uno de sus paseos, llamó su atención una cabaña de apariencia en extremo mísera, escondida en el recodo de un vallecillo, a causa de la horda infantil que jugaba ante ella. Todo parecía delatar la más absoluta pobreza. Cierto día, hallándose mi padre en Milán, mi madre regresó a aquel lugar llevándome con ella. Encontró allí, curtidos por el trabajo y la intemperie, a un campesino y su esposa que daban de comer pobremente a cinco chiquillos a todas luces hambrientos; uno de ellos atrajo en seguida su atención: era una niña que parecía pertenecer a otro mundo, a un mundo distinto al de los demás, robustos golfillos de oscuros ojos. Por el contrario, la pequeña era fina y rubia, su cabello tenía el color y el brillo del oro, y por sobre la pobreza del vestido, le prestaba una aureola de distinción. Su frente serena y bien dibujada, sus ojos azules y límpidos, sus labios y la forma de su rostro estaban tan llenos de sensibilidad y dulzura que nadie podía mirarla sin ver en ella a un ser extraordinario, como una criatura enviada por el cielo, cuyos rasgos tenían algo de angélico.

El campesino, dándose cuenta de que mi madre miraba a esa adorable criatura con asombro y admiración, le explicó espontáneamente su historia. No era hija suya, sino de un noble milanés. Su madre, alemana, había muerto al nacer la niña que, por su parte, había sido confiada a aquellas buenas gentes tiempo atrás, cuando su situación no era tan precaria: hacía poco que habían contraído matrimonio y acababa de nacer su primer hijo. El padre de la niña era uno de aquellos patriotas, educados en el culto a la antigua gloria de Italia; era un *schiavi ognor frementi* que luchaba para conseguir la liberación de su patria. Fue víctima de su valor. Se ignoraba si había muerto o si penaba todavía en las prisiones austríacas. Sus propiedades habían sido confiscadas y su hija había quedado, por consiguiente, huérfana y en la mayor miseria. Creció al lado de sus padres adoptivos, en aquella misérrima choza, donde su belleza parecía más insólita que la de una rosa de jardín que hubiera florecido entre malas hierbas.

Cuando mi padre regresó de Milán, la encontró jugando conmigo en el *hall* de nuestra villa. La visión inesperada de aquella niña más bella que un querubín, cuyo cuerpo y movimientos eran más gráciles y hermosos que los de una gacela, le fue pronto explicada.

Con el consentimiento de mi padre, mi madre convenció a los campesinos para que le confiaran el cuidado de la niña. Amaban profundamente a la pequeña huerfanita y consideraban su presencia como una bendición, pero comprendieron que no tenían razón para mantenerla en la miseria y la necesidad ahora que la Providencia ponía a su alcance una protección mucho más poderosa. Consultaron al cura del lugar y pronto Elisabeth Lavenza vino a vivir con nosotros. Fue más que una hermana: fue la dulce compañera de mis juegos y mis estudios.

Todos querían a Elisabeth y este cariño era para mí, que lo compartía, un orgullo y una alegría. La víspera del día en que debían traerla a casa mi madre me había dicho bromeando: «Tengo un hermoso regalo para mi pequeño Víctor. Mañana se lo daré». Y cuando, a la mañana siguiente, me presentó a Elisabeth como el regalo prometido, yo, con infantil seriedad, creí sus palabras al pie de la letra y tomé a Elisabeth como mía; mía para protegerla, cuidarla y quererla. Gozaba de las alabanzas que le dirigían

como si fueran hechas a algo que me pertenecie-
ra. Nos llamábamos familiarmente primo y prima
y no existen palabras que puedan expresar lo que
sentía por ella; era mejor que una hermana para
mí y hubiera deseado no separarme jamás de ella.

II

Crecimos juntos. Apenas si nos llevábamos un
año y no creo necesario indicar que nunca un de-
sacuerdo o una pelea nos hizo reñir. Nuestro
compañerismo estaba hecho de la más completa
armonía y la diferencia, y el contraste que existía entre nuestros respectivos caracteres, en vez
de separarnos uno del otro, nos unían más aún.

Elisabeth era de naturaleza más tranquila e
introvertida que la mía; sin embargo, pese al
ardor que me poseía, era más capaz de concen-
trarme y mi ansia de saber sobrepasaba en intensidad a la suya. Amaba las elevadas creaciones
de los poetas y encontraba abundante material de
asombro y admiración en los impresionantes paisajes suizos que rodeaban nuestra casa. Todo le
sorprendía: las sublimes formas de las montañas, el paso de las estaciones, el estallido de las
tempestades y la serenidad de los campos; el
silencioso invierno y la vida tumultuosa de nuestros veranos alpinos.

En tanto que mi compañera contemplaba cal-
madamente los aspectos hermosos de las cosas,
yo preferí, en cambio, el placer de investigar sus
causas más ocultas. El mundo era para mí un
secreto que aspiraba a descubrir. La curiosidad,
la más tenaz investigación de las leyes secretas
de la naturaleza y la alegría que me embargaba

al encontrarlas, son, en efecto, las primeras sensaciones de las que guardo memoria.

Cuando nació un segundo hijo, yo tenía a la sazón siete años; mis padres renunciaron a su vida de viajes y se instalaron en su país natal. Poseíamos una casa en Ginebra y una villa campestre en Belrive, en la orilla este del lago, aproximadamente a una legua de la aldea. Vivíamos preferentemente en esta propiedad campestre y la existencia de mis padres transcurría en absoluto aislamiento. Yo prefería también evitar la muchedumbre para consagrarme por entero a unos pocos seres. Por lo general mis compañeros de colegio me resultaban muy indiferentes, pero, sin embargo, sentía hacia uno de ellos una gran amistad.

Henry Clerval era hijo de un comerciante ginebrino. Excepcionalmente dotado y dueño de una fértil imaginación, adoraba el peligro, la iniciativa y la lucha. Se apasionaba con las novelas de capa y espada y componía cantos heroicos. Llegó a escribir narraciones de hechizamientos y aventuras caballerescas y quiso hacernos representar algunas obras cuyos personajes estaban inspirados en los héroes de Roncesvalles, los caballeros de la Tabla Redonda, el Rey Arturo y los guerreros que derramaron su sangre en las Cruzadas luchando por la liberación de los Santos Lugares en poder de los infieles.

Ningún ser humano hubiera podido gozar de una niñez más feliz que la mía. Mis padres eran bondadosos e indulgentes y nosotros comprendíamos que, lejos de ser unos tiranos que nos sojuzgaran con sus antojos, resultaban los dispensadores de todas las alegrías que tan a menudo disfrutábamos. Cuando veo a otras familias me doy cuenta de la inmensa fortuna que tuve en mi infancia y una inexpresable gratitud se une a mi amor filial.

Algunas veces mi carácter era violento y mis pasiones vehementes. Pero, gracias a cierta peculiaridad de mi espíritu, aquellos arrebatos, en vez de orientarse a fines pueriles, hallaban su expresión en el deseo de aprender todo cuanto me fuera posible. Debo admitir que ni las sutilezas de las lenguas extranjeras, ni los principios del arte de gobernar, ni cualquier forma de política tenían para mí el menor atractivo. Eran los secretos del cielo y de la tierra los que quería descubrir y, tanto si me interesaba por la sustancia exterior de las cosas como si lo hacía por el lado oculto de la naturaleza o por el misterio del alma humana, mis investigaciones estaban siempre encaminadas hacia la metafísica o, en su expresión más elevada, hacia los secretos físicos del mundo.

Durante aquel tiempo, Clerval se interesaba, en cierta forma, por las relaciones morales de las cosas. El período activo de la vida, el valor de los héroes y las acciones humanas eran su campo predilecto. Deseaba convertirse algún día en uno de aquellos hombres cuyos nombres son perpetuados por la historia como valientes y osados benefactores de la humanidad.

La hermosa alma de Elisabeth relucía en nuestro hogar como una llama sagrada en el interior de un santuario. Su cariño nos pertenecía; su angélica sonrisa, su dulce voz, la mirada de sus ojos celestes estaban siempre presentes para bendecirnos y guiar nuestra existencia. Personificaba el más dulce y atractivo amor.

Mis estudios hubieran podido amargarme; me hubiera encolerizado muchas veces a causa de la vivacidad de mi carácter si ella no hubiese estado allí para comunicarme algo de su dulzura. Y Clerval, el mismo Clerval, no hubiera podido ser tan exquisitamente humano, tan atento en su generosidad, tan desbordante de bondad y de ternura, pese a su pasión por las aventuras, si ella no le hubiese transmitido la auténtica belleza del bien para que pudiera hacer de él la meta de sus sueños caballerescos.

Experimento un gran placer al evocar estas imágenes de mi infancia, cuando la adversidad no había corrompido aún mi espíritu y cambiado mis brillantes visiones de utilidad universal en sombríos y mezquinos pensamientos personales. Pero, esbozando el cuadro de mi niñez, trazo también el de los acontecimientos que, paso a paso, me conducirían hasta el relato de mi tortura. Pues, cuando intento averiguar cómo surgió esta pasión que dominaría mi destino, la veo nacer como un arroyuelo silvestre, de fuentes recónditas y casi olvidadas, para henchirse hasta ser el torrente impetuoso que habría de aniquilar todas mis esperanzas y alegrías.

La filosofía natural ha forjado mi destino. Es preciso, pues, que le explique los hechos que determinaron mi preferencia por esta disciplina.

Contaba trece años cuando realicé con mi familia una excursión a un balneario termal cercano a Thonon. El mal tiempo nos obligó a permanecer encerrados todo un día y encontré por casualidad en el albergue un volumen de las obras de Cornelius Agrippa. Lo abrí lleno de aburrimiento, pero los maravillosos hechos que allí se narraban cambiaron pronto en entusiasmo mi indiferencia. Tuve la seguridad de que una luz nueva venía a iluminar mi cerebro. Exaltado por la alegría de mi descubrimiento corrí para comunicárselo a mi padre que, echando una mirada distraída sobre el título, dijo:

—¡Vaya, Cornelius Agrippa! Víctor, hijo mío, no pierdas el tiempo leyendo tales tonterías.

Si en lugar de hacer semejante comentario mi padre se hubiera molestado en explicarme que los principios de Agrippa no tenían ningún valor, que existía una concepción moderna y científica cuyas posibilidades eran infinitamente superiores a las de las antiguas teorías, porque estas últimas eran sólo quiméricas mientras que la primera era cierta y positiva, yo me hubiese sentido satisfecho y perdido mi interés por Agrippa. Hubiera llenado mi imaginación, siempre despierta, retomando con renovado ardor mis antiguos estudios e incluso es posible que mis ideas posteriores jamás hubiesen tomado aquella dirección que terminaría por arruinarme. Pero la falta de interés con que mi padre contempló el volumen me convenció de que no conocía su contenido y proseguí, por lo tanto, leyendo con la misma avidez que al comienzo.

De vuelta a casa, mi primer pensamiento fue conseguir las obras completas de Cornelius Agrippa y, en seguida, las de Paracelso y Alberto el Grande. Leí y estudié con entusiasmo las fantasías de estos escritores que eran, a mis ojos, tesoros que, excepto yo, poca gente conocía. He dicho ya que siempre había estado imbuido del fervoroso deseo de penetrar los secretos de la naturaleza. A pesar de las apasionantes investigaciones y los maravillosos descubrimientos realizados por los filósofos modernos, mis estudios sobre estas materias siempre me habían decepcionado y dejado insatisfecho. Se ha dicho de sir Isaac Newton que, frente al gran océano inexplorado de la verdad, se sentía como un niño que recogiera pequeñas conchas en la playa. Aquellos de sus sucesores que se enfrascaron en las diversas ramas de la filosofía natural y que yo había leído, aparecían a mis ojos infantiles como dedicados a una tarea semejante.

El ignorante campesino capta los elementos que le rodean y se familiariza con su utilización práctica, el más sapiente de los filósofos apenas si le aventaja en algo. Ha descubierto en parte la verdadera faz de la naturaleza, pero su estructura inmortal es todavía para él un misterio y una fuente de asombro. Puede estudiar, disecar, dar nombres, pero es incapaz de deducir una sola de las causas últimas. Ignora por completo las causas en su estado secundario y terciario. Contemplé las murallas y los obstáculos que parecen estar destinados a impedir que los hombres penetremos en el reducto de la naturaleza y, en mi ignorancia, desesperé prematuramente.

Pero he aquí que hallaba, en estos libros, a unos hombres que lo habían logrado antes que yo, y cuya sabiduría era mucho mayor que la mía. Acepté sin reservas lo que afirmaban y me convertí en su discípulo. Esto puede parecer extraño en pleno siglo XVIII, pero, si bien estaba sometido a la rutina de los estudios normales en las escuelas de Ginebra, era, en gran parte, autodidacta en este aspecto. Mi padre no poseía un espíritu científico y tuve que satisfacer mi ansia de sabiduría andando a trompicones como un muchacho ciego. Conducido por los nuevos maestros que había elegido, partí, lleno de ardor, a la búsqueda de la piedra filosofal y del elixir de la vida. Centré pronto todo mi interés en este último. La riqueza no era, a mi entender, más que una meta inferior, pero qué gloria obtendría con mi descubrimiento si conseguía liberar al organismo humano de la enfermedad y hacer del hombre un ser invulnerable a todo menos a la muerte violenta.

Consideraba también otras posibilidades; provocar la aparición de fantasmas y diablos era algo que mis autores tachaban de fácilmente realizable y que con todas mis fuerzas deseaba conseguir. Como es lógico, mis encantamientos quedaron sin efecto alguno, pero yo atribuía aquellos fracasos más a errores debidos a mi inexperiencia que a falta de veracidad en las teorías de mis educadores. Fue así como, por un tiempo, me entregué a los sistemas alquimistas, mezclando como un no-iniciado multitud de datos contradictorios, pataleando desesperadamente en un auténtico maremágnum de disparatados conocimientos, acicateado por una imaginación desenfrenada y un razonamiento infantil. Todo siguió igual hasta que cierto incidente vino a dar una nueva dirección a mis teorías.

Contaba alrededor de quince años cuando, encontrándonos en la casa de Belrive, presenciamos una tempestad de increíble violencia. Había franqueado la cordillera del Jura y los truenos parecían retumbar en todos los rincones del cielo. Mientras duró la tormenta observé su imponente fuerza absorto y admirado y, estando en el dintel de la puerta, vi, de pronto, como un torrente de fuego alcanzaba a un viejo roble que se erguía a unos veinte metros de la casa. Cuando el deslumbramiento causado por el estallido se hubo disipado me di cuenta de que el árbol había desaparecido: no era más que un tocón carbonizado. A la mañana siguiente, nos aproximamos para contemplarlo mejor y descubrimos que el roble había sido insólitamente mutilado. El choque no le había hecho volar por entero sino que lo redujo a pequeñas astillas de madera. Nunca había visto algo tan destrozado.

Hasta aquel momento yo había ignorado todo cuanto se refería a las leyes que rigen la electricidad. Quiso el azar que un hombre, muy versado en filosofía natural, se hallara aquel día con nosotros e, interesadísimo por el fenómeno, comenzó la exposición de una teoría que había desarrollado sobre la electricidad y el galvanismo, teoría que resultó, para mí, a la vez nueva y asombrosa. Lo que nos explicó tuvo la virtud de relegar considerablemente a Cornelius Agrippa, Alberto el Grande y Paracelso, los antiguos maestros de mi imaginación. La desmitificación de mis ídolos vació de interés mis habituales experimentos, me parecía ya que nada podía ser descubierto. Por uno de esos caprichos del espíritu a los que, sin duda, somos más vulnerables en la juventud, abandoné todas mis antiguas actividades. Consideraba que la filosofía natural y cuanto la rodeaba no era más que una deforme creación, un aborto. Aquella pretendida ciencia, pensaba yo, jamás podría superar el nivel más bajo del auténtico conocimiento y, movido por aquel estado de ánimo, me lancé hacia las matemáticas y las ciencias que se relacionaban con ella, pues, era evidente, aquellas materias estaban basadas en fundamientos ciertos y eran, por lo tanto, dignas de consideración.

Esto prueba la extraña naturaleza de nuestras almas y demuestra hasta qué punto estamos atados a la prosperidad o a la ruina por lazos tenues. Cuando miro hacia atrás creo descubrir, en el cambio casi milagroso que experimentaron mis disposiciones, la forzosa inspiración de mi ángel guardián; era el último esfuerzo de mi espíritu de conservación para evitar la tormenta que se divisaba ya en los astros, dispuesta a desencadenarse sobre mí. Al abandono de mis antiguos estudios siguió un sosiego, una calma espiritual, que me libró de los tormentos que acompañaban mis anteriores investigaciones. De ese modo aprendí a asociar la idea de desgracia con la prosecución de mis experimentos y la de felicidad con su abandono.

Fue un considerable esfuerzo para conducirme hacia el bien, pero resultó ineficaz. El destino es muy poderoso y sus leyes inflexibles habían decidido mi destrucción.

Fue terrible y total.

III

Cuando conté diecisiete años, mis padres creyeron conveniente que prosiguiera mis estudios en la universidad de Ingolstadt. Hasta aquel momento yo sólo había estudiado en escuelas de Ginebra y consideraron necesario para perfeccionar mi educación que trabara conocimiento con métodos pedagógicos distintos a los que eran habituales en nuestro país. Mi partida se fijó para una fecha muy próxima; pero antes del día acordado, la primera desgracia de mi vida debía herirme cruelmente, presagiando en parte mis futuros sufrimientos.

Elisabeth contrajo la escarlatina y la enfermedad se agudizó de tal forma que hizo temer un fatal desenlace. Habíamos tratado de convencer a mi madre para que no se aproximara al lecho de la enferma y ella había accedido en principio a nuestros ruegos; pero cuando supo que la existencia de su pequeña y querida hija corría peligro, no pudo soportar la angustia. Quiso cuidarla con sus propias manos y, gracias a sus desvelos, la enfermedad fue vencida. Elisabeth se había salvado, pero la devoción que mi madre demostró le fue fatal; cayó enferma a su vez, la fiebre fue acompañada de síntomas alarmantes y era suficiente con mirar el rostro de quienes la cuidaban para comprender que debía temerse lo peor.

La grandeza de alma y la bondad de aquella mujer admirable no la abandonaron ni siquiera en su agonía. Unió mis manos y las de Elisabeth.

—Queridos hijos —musitó—. Tenía puestas las mayores esperanzas en la posibilidad de que os uniérais en matrimonio. Estas esperanzas serán ahora el consuelo de vuestro padre. Elisabeth, querida mía, a ti te corresponde ocupar mi lugar y entregarte al cuidado de los pequeños. ¡Ay! Siento mucho dejaros; he sido tan feliz y me habéis amado tanto que me produce un gran dolor el saber que nunca más volveré a veros. Pero estas palabras no son las que corresponden a una buena cristiana. Es necesario que me disponga a afrontar la muerte con resignación y serenidad, esperando poder encontraros de nuevo en la otra vida.

Y expiró dulcemente. Aún en la muerte su rostro exteriorizaba el amor que nos había profesado. Es inútil que trate de describir los sentimientos que atormentan a quienes ven así destrozados por la más irreversible de las tragedias los lazos que les son más queridos. Es sin duda muy largo el tiempo que debe transcurrir antes de que uno pueda hacerse con resignación a la idea de que nunca más volverá a ver al ser querido que, día y noche, había tenido a su lado y cuya vida parecía formar parte de la propia. Aceptar que el fulgor de sus amados ojos se ha oscurecido para siempre y que su voz, tan familiar y tan dulce, nunca más podrá ser oída. Semejantes pensamientos obsesionan durante los primeros días del luto. Pero tan sólo cuando el transcurso del tiempo expone claramente la implacable realidad de aquella pérdida, la pesadumbre se adueña del espíritu en toda su intensidad.

¿A quién no ha arrebatado un ser querido la helada mano de la muerte? Está, por lo tanto, de más que me extienda en consideraciones sobre un sufrimiento que todos hemos, fatalmente, experimentado alguna vez. Sin embargo, llega un momento en que el dolor pasa a ser una costumbre más que una necesidad y, entonces, la sonrisa que sube a los labios, aunque parezca un sacrilegio, no puede ser disimulada mucho tiempo.

Mi madre había muerto, pero nuestras ocupaciones seguían reclamándonos; debíamos continuar nuestro camino junto a los demás y aprender a sentirnos felices de que fuera un solo ser querido el que nos hubiera sido arrebatado por la muerte.

Se puso de nuevo sobre el tapete la cuestión de mi partida a Ingolstadt, partida que los dolorosos sucesos habían retrasado. Conseguí, pese a todo, el permiso de mi padre para concederme algunas semanas de descanso. Me hubiera parecido que estaba cometiendo una profanación si, abandonando tan pronto el recogimiento de la casa enlutada, me lanzaba al torbellino de la vida. El pesar era algo nuevo para mí, pero eso no lo hacía más fácilmente soportable. No estaba dispuesto en manera alguna a alejarme con tanta rapidez de aquellos seres queridos que todavía me quedaban y, sobre todo, no deseaba abandonar a mi dulce Elisabeth antes de que su dolor se hubiera mitigado un poco.

De hecho, ella se esforzaba en ocultar sus sentimientos e intentaba asumir para con nosotros el papel de consoladora. Afrontaba valerosamente la situación y aceptaba con celo y grandeza de alma los deberes que ésta le imponía; se consagró en cuerpo y alma a quienes llamaba tío y primos. Nunca estuvo tan hechicera como entonces, cuando nos ofrecía la luz deslumbradora de su maravillosa sonrisa. Olvidaba sus propios sentimientos esforzándose en hacer más llevaderos los nuestros.

La fecha de mi partida llegó por fin. Clerval pasó con nosotros la última velada y trató, sin conseguirlo, de persuadir a su padre para que le permitiera acompañarme y continuar, a mi lado, sus estudios. Su progenitor era un negociante de muy estrecho espíritu y no veía en los anhelos y ambiciones de su hijo más que ociosidad y miseria. Henry experimentaba en lo más hondo la desgracia de ser privado de una educación liberal; no hablaba muy a menudo de ello pero, cuando lo hacía, yo podía leer en sus ojos la firme decisión de no dejarse encadenar a la rutina miserable de un comercio.

Permanecimos juntos hasta muy tarde sin osar alejarnos el uno del otro ni pronunciar la palabra «adiós». Sin embargo, era preciso decidirse y nos retiramos con la excusa de descansar convenientemente, creyendo cada uno de nosotros que liberaba, así, a los demás, de una penosa carga. Pero cuando, al alba, bajé para tomar el coche que debía llevarme a Ingolstadt, todos estaban allí; mi padre para bendecirme, Clerval para estrechar mi mano por última vez y mi Elisabeth para repetir sus recomendaciones de que escribiera a menudo y para prodigar, de nuevo, la dulzura de su presencia femenina a su camarada y compañero de juegos.

Me dejé caer sobre el asiento del vehículo y, mientras me iba alejando hacia mi nuevo destino, me entregué a los más melancólicos pensamientos. Ahora estaba solo, yo que siempre había vivido rodeádo de amigos llenos de ternura, cuya principal preocupación era procurar, a quienes estaban a su lado, la mayor alegría posible. En la Universidad tendría que crearme yo mismo los amigos y cuidar de mi propia protección. Hasta aquel instante mi vida, esencialmente familiar, había sido muy ordenada y aquello me hacía experimentar una invencible repugnancia hacia una nueva existencia. Adoraba a mis hermanos, a Elisabeth y a Clerval; sus rostros me resultaban familiares y me consideraba por completo incapaz de acostumbrarme a la compañía de extraños. Estas eran las reflexiones que me asaltaron al comienzo de mi viaje. Pero, a medida que iba alejándome del hogar paterno, mis imaginaciones tomaron un carácter menos lúgubre y recobré mi esperanza. Deseaba ardientemente adquirir nuevos conocimientos. Me había repetido a menudo que sería lamentable permanecer toda mi juventud encerrado en el mismo lugar y aspiraba a descubrir el mundo y a conquistar un sitio en la sociedad. Ahora mis deseos se estaban llevando a cabo y resultaría inconsecuente lamentarme por ello.

Tuve mucho tiempo para pensar en todas estas cosas y en muchas más, durante el largo y fatigoso camino. Divisé, por fin, el alto campanario blanco de la iglesia de Ingolstadt y, al llegar a mi destino, descendí del carruaje y fui conducido a mi solitaria habitación con el fin de que pasara allí la noche.

A la mañana siguiente, envié mis cartas de recomendación y visité a los principales profesores. El azar —quizá sería mejor decir una influencia maléfica, el Angel de la Destrucción que me hizo sentir su poder omnipotente desde que, a mi pesar, abandoné el techo familiar— me condujo, en primer lugar, al señor Krempe, profesor de filosofía natural. Era un individuo de modales groseros, pero gran conocedor de los secretos de su ciencia. Me hizo algunas preguntas referentes a mis conocimientos en las distintas ramas científicas que guardan alguna relación con la filosofía natural. Respondí con indiferencia y, con desdeño, cité los nombres de mis alquimistas como el de los principales autores cuyas obras había estudiado. El profesor, contemplándome atento, preguntó:

—¿Realmente ha dedicado su tiempo a romperse la cabeza con semejantes estupideces?

Y cuando le respondí con una afirmación, prosiguió con energía:

—Todos los minutos, cada uno de los segundos que usted ha malgastado ante esos libros están ya irremisiblemente perdidos. Ha acumulado en su memoria un montón de teorías periclitadas y de nombres inútiles. ¡Dios santo! ¿En qué país vive usted para que nadie se haya tomado la molestia de decirle que las fantasías que tan a conciencia ha estudiado tienen ya mil años de antigüedad y que son tan absurdas como viejas? Jamás hubiera podido creer que descubriría, en nuestro científico siglo, a un anacrónico discípulo de Alberto el Magno y de Paracelso. Amigo mío, no queda otra solución que comenzar por el principio.

Y al decirme esto me entregó una relación de obras sobre filosofía natural que me aconsejaba leer. Luego me despidió, no sin haberme anunciado que, a principios de la siguiente semana, daría una serie de conferencias sobre filosofía natural, examinada desde sus más diversos aspectos, y que uno de sus colegas, el señor Waldman, hablaría a su vez de química, alternando sus respectivas disertaciones.

Regresé a casa sin sentirme muy desanimado, pues, como ya he dicho, hacía tiempo que consideraba a los autores desaprobados por el profesor como carentes del menor interés, y no tenía ninguna intención de volver a interesarme en su estudio. El señor Krempe era un hombre pequeño y panzudo, de voz ruda y desagradable aspecto, todo lo cual no me impelía, precisamente, a intentar congraciarme con él. Es posible que haya expuesto de forma demasiado filosófica y radical las conclusiones que sobre él saqué algunos años más tarde. En mi infancia, los resultados prometidos por los modernos adeptos a las ciencias naturales no me habían satisfecho. Con una confusión de ideas que debe atribuirse a mi extremada juventud y a la carencia de guía en mis estudios recorrí a trancas y barrancas las etapas del conocimiento y comparé las investigaciones de los descubridores modernos a las quimeras de los olvidados alquimistas. Cada vez sentía mayor desprecio por las tesis de la moderna filosofía natural. Qué distinto sería si los científicos se dedicaran a la búsqueda de los secretos de la inmortalidad y del poder; aquellas metas, aunque sin valor real, estaban llenas de grandeza; pero, ¡ay!, todo había cambiado. La ambición de los investigadores parecía limitarse a aniquilar las expectativas sobre las que reposaba todo interés por la ciencia. Se me proponía, en resumidas cuentas, trocar los sueños de infinita grandeza por realidades de mediocre valor.

Esas fueron las reflexiones que me embargaron durante los dos o tres primeros días de mi residencia en Ingolstadt, que fueron consagrados a familiarizarme con los principales habitantes de mis nuevos dominios. Pero, a comienzos de la semana siguiente, recordé que el señor Krempe me había hablado de sus conferencias y, pese a que no me apetecía escuchar al fatuo hombrecillo mientras pronunciaba sus juicios *ex cathedra*, recordé también al señor Waldman, a quien no había podido visitar porque, hasta aquel momento, había permanecido fuera de la ciudad.

Por curiosidad y porque no tenía nada mejor que hacer, me dirigí a la sala de conferencias en la que el señor Waldman hizo pronto su entrada. Era muy distinto a su colega. Aparentaba unos cincuenta años y todo en él indicaba una gran benevolencia. Sus sienes estaban ligeramente plateadas, pero el resto de su cabello seguía siendo negro por completo. Era bajo de estatura, pero se mantenía firme y erguido y tenía la más dulce voz que nunca haya escuchado en un hombre. Comenzó su disertación haciendo un breve resumen histórico de la química y de los distintos descubrimientos debidos a los sabios, cuyos nombres más eminentes citaba con admirado fervor. Dio a renglón seguido un sumario repaso al estado actual de esta ciencia, aclarando algunos conceptos esenciales y entregándose luego a una serie de experimentos preparatorios. Al terminar hizo el panegírico de la química moderna en unos términos que jamás podré olvidar.

«Los antiguos maestros de esta ciencia, dijo, prometían. lo imposible sin conseguir nada. Los científicos modernos prometen poco; saben que los metales no pueden ser transmutados y que el elixir de la vida es una quimera. Sin embargo, estos filósofos cuyas manos parecen servir tan sólo para hurgar en la suciedad y manejar el microscopio o el crisol,. han conseguido auténticos prodigios. Se introducen en las profundidades de la naturaleza y averiguan sus secretos motores. Han descubierto el firmamento, el principio de la circulación sanguínea y la composición del aire que respiramos. Han logrado poderes nuevos y casi ilimitados, dominan el rayo, determinan los terremotos y descubren, algunas veces, aspectos del mundo invisible.»

Estas fueron las palabras del profesor o, mejor dicho, éste fue el mensaje que el Destino enviaba para mi destrucción.

Mientras terminaba su conferencia, tuve la sensación de que mi espíritu se hallaba de pronto frente a un enemigo palpable. Todos los resortes que accionan el mecanismo de mi cuerpo fueron sacudidos uno a uno e hicieron vibrar cada una de las cuerdas de mi sensibilidad. Pronto no hubo en mi espíritu más que un solo pensamiento, un deseo, una meta. «Mucho se ha logrado, clamaba mi alma, pero tú lograrás más, mucho más.»

Siguiendo las huellas de aquellos que me habían precedido, y superándolas, sería un explorador comprometido en el descubrimiento de nuevas rutas. Estudiaría las fuerzas desconocidas todavía y revelaría al mundo los más secretos misterios de la creación.

Aquella noche no pude cerrar los ojos. Mi ser más íntimo se encontraba en ebullición y presa de la más viva inquietud. Presentía que todo podía ordenarse, pero no tenía el poder de establecer este orden. Poco a poco, mientras el día comenzaba a anunciarse, fui cayendo en el más profundo sueño y, al despertar, las reflexiones que me habían dominado la noche anterior me parecieron una pesadilla. Tan sólo quedaba ya una resolución a tomar, la de reemprender mis antiguos estudios y consagrarme a una ciencia para la que creía tener un don natural.

Aquel mismo día fui a visitar al señor Waldman. En privado, sus maneras eran más dulces que en público, pues, durante la disertación, su apariencia había revestido una cierta dignidad que, en su hogar, se trocaba en la más exquisita cortesía.

Le expuse mis antiguos experimentos de forma casi idéntica a como lo había hecho con su colega. Escuchó atentamente el breve relato de mis estudios y sonrió al oír los nombres de Cornelius Agrippa y Paracelso, pero sin aquel ensañamiento que demostró el señor Krempe. Me dijo:

—Es al celo incansable de aquellos hombres que los filósofos modernos deben el fundamento de la mayoría de sus conocimientos. Ellos han dejado a sus sucesores una tarea mucho más fácil que la acometida por ellos mismos: la de hallar nuevos nombres y clasificar adecuadamente los hechos que ellos han permitido, en gran manera, descubrir. El trabajo de los hombres geniales, aun si se encamina en dirección equivocada, se revela siempre, a fin de cuentas, como benéfico al género humano.

Escuché aquellas palabras, que fueron pronunciadas sin presunción ni engolamiento, diciéndole luego que su charla había sido la responsable de mi inclinación hacia los químicos modernos. Me expliqué en términos muy cuidados con la modestia y la deferencia que un joven debe a su educador, sin dejar entrever el entusiasmo que sentía ante el panorama de mis futuros trabajos, pues me hubiera dolido mostrarle mi inexperiencia en la vida. Solicité su consejo sobre los libros que debería leer.

—Me siento feliz —dijo él— de haber conseguido un discípulo. Si su aplicación está de acuerdo con su capacidad, no dudo en absoluto de su éxito. La química es la parte de la filosofía en la que se han obtenido, y pueden lograrse todavía, mayores progresos. Es por esta razón que yo la escogí para consagrar a ella mis esfuerzos. Sin embargo, no pueden olvidarse las otras ramas de la ciencia. Un hombre sería un pobre químico si se limitara, tan sólo, a esta porción de los conocimientos humanos. Si desea usted convertirse en un auténtico hombre de ciencia y no en un simple experimentador, mi consejo es que se consagre a todas las ramas de la fisolofía natural, comprendidas, naturalmente, las matemáticas.

Me mostró de inmediato su laboratorio, diciéndome, al mismo tiempo, aquello que yo debería procurarme. Prometió permitirme utilizar su propio material cuando yo hubiera avanzado lo suficiente en mis estudios, como para no deteriorarlo. Me dio la lista de obras que le había solicitado y, seguidamente, me despedí de él.

Así concluyó una jornada memorable para mí. Una jornada que había de decidir mi destino.

IV

A partir de aquel día, la filosofía natural y, especialmente, la química en el más amplio sentido de la palabra, se convirtieron casi en mi única preocupación. Estudiaba con el mayor interés las obras repletas de erudición e inteligencia, que los modernos investigadores han consagrado a estas disciplinas. Asistía con asiduidad a conferencias y visitaba con frecuencia a los profesores de la universidad. Incluso llegué a descubrir en el señor Krempe una buena dosis de sentido común y una sólida cultura que sus rasgos y sus desagradables maneras me habían impedido apreciar al comienzo de nuestra relación.

Hallé en el señor Waldman a un verdadero amigo. Su cortesía estaba siempre exenta de dogmatismo y enseñaba en un tono de franqueza y amabilidad desprovistos por completo de pedantería. El alentó de mil modos distintos mi acceso al saber y supo aclararme y presentarme con sencillez las más abstrusas investigaciones. Al comienzo, mi aplicación era muy irregular, pero se fue consolidando a medida que adelantaba en mis estudios, hasta que fui tan asiduo y aplicado que, a menudo, los fulgores del amanecer me sorprendían trabajando aún en el laboratorio.

No parecerá extraño que, en estas condiciones, progresara con rapidez. Mi entrega al estudio era, para los demás, causa de asombro, y mis adelantos llenaban de admiración a todos mis maestros.

El profesor Krempe me preguntaba a veces, con irónica sonrisa, cómo se encontraba Cornelius Agrippa, mientras que el señor Waldman me daba pruebas de la más sincera satisfacción por mis esfuerzos. Pasaron, de este modo, dos años, en el transcurso de los cuales nunca regresé a Ginebra, ya que estaba entregado por entero a las investigaciones y a los descubrimientos que pensaba llevar a cabo. Quien no haya experimentado la irresistible atracción de la ciencia no podrá comprender su tiranía; en otros terrenos es posible avanzar hasta donde lo hicieron quienes nos precedieron y, una vez llegados a este punto, no queda ya nada que aprender; en la investigación científica, por el contrario, siempre existe materia para nuevos descubrimientos y nuevas maravillas. Una inteligencia normalmente dotada que siga con esfuerzo y aplicación determinados estudios llegará a adquirir en el transcurso del tiempo una competencia notable en su especialidad. También yo, que me afanaba sin cesar en la consecución de una única meta, y que me había entregado por completo a la investigación, progresé con tanta rapidez que, al finalizar aquellos dos años, había conseguido ya algunos descubrimientos encaminados a mejorar ciertos instrumentos químicos, que me valieron el aprecio y una cierta dosis de admiración en los círculos universitarios. Cuando llegué a este punto y habiendo asimilado ya tanto la teoría como la práctica de todo aquello que podía aprender sobre la filosofía natural en la universidad de Ingolstadt, me dije que prolongar mi permanencia en aquella ciudad no me permitiría adelantar en mis estudios. Quería regresar junto a los míos, a mi ciudad natal, cuando se produjo un incidente que me hizo olvidar, por el momento, el proyecto. Uno de los fenómenos que más vivamente me habían interesado era la composición de la estructura humana y la de todos los animales vivos. Me preguntaba al respecto de dónde procedía el origen de la vida; delicada cuestión que siempre había sido considerada como un misterio insondable. Sin embargo, ¡es tan grande el número de las cosas cuyo secreto habríamos descubierto, a poco que las hubiésemos estudiado, si la negligencia y una cierta cobardía no vinieran a inutilizar nuestros esfuerzos! Yo había reflexionado sobre estas cuestiones terminando por decidir que consagraría preferentemente mis estudios a las ramas de la filosofía natural que tuvieran relación con la fisiología. Si no me hubiese animado un fervor sobrehumano, esa clase de estudios me hubieran parecido en extremo fatigosos, casi insoportables. Para hallarme en condiciones de penetrar en los secretos de la vida tuve que comenzar por introducirme en el estudio de la muerte; me familiaricé con la anatomía, pero aquello no era suficiente. Tuve también que investigar en la descomposición natural y los procesos de corrupción del cuerpo humano tras el fallecimiento.

Al educarme, mi padre había procurado que mi espíritu no sintiera miedo ante el horror de lo sobrenatural. No recuerdo que nunca me haya hecho temblar una fábula inspirada por la superstición, ni que haya temido la aparición de un espectro. La oscuridad no provocaba ningún trastorno en mi imaginación y un cementerio no era a mis ojos más que el reducto donde reposaban los cuerpos privados de vida, que, tras haber poseído fuerza y belleza, eran ya pasto de los gusanos.

Para poder examinar las causas y las etapas de la descomposición me vi forzado a permanecer, días y noches enteros, en los panteones y las tumbas concentrando, así, mis pensamientos en las cosas que más repugnan a la delicadeza de los sentimientos humanos. Contemplé como la belleza corporal del hombre iba perdiéndose poco a poco aproximándose a la nada. Vi como la corrupción de la muerte reemplazaba al estallido de la vida. Descubrí como los gusanos se nutrían de órganos tan maravillosos como los ojos y el cerebro. Me apliqué a estudiar e investigar con todo detalle el proceso de transformación que tiene lugar en el tránsito de la vida a la nada o de la nada a la vida. Hasta que un día, en el interior de mis tinieblas, una luz iluminó de pronto mi espíritu, una luz tan viva, maravillosa y, sin embargo, de tan sencilla explicación, que me sentí atrapado en el vértigo de las perspectivas que se presentaban ante mí; me admiró el hecho de que fuese yo, un recién llegado, quien encontrara la clave de tan extraordinario secreto en cuya búsqueda tantos hombres de gran inteligencia habían fracasado.

Recuerde usted que no le estoy narrando las fantasías de un loco; lo que digo es tan cierto como el sol que brilla en el cielo. Sin duda algún milagro posibilitó mi descubrimiento, pero las etapas que recorrí en mi investigación fueron determinadas sistemáticamente y siempre estuvieron situadas dentro de lo verosímil. Tras jornadas enteras de inimaginable trabajo, había logrado, al precio de una fatiga insoportable, penetrar en los secretos de la generación y de la vida. ¡Qué digo! ¡Mucho más todavía! Era ya posible para mí dar vida a una materia inerte.

La estupefacción que experimenté en principio se trocó, muy pronto, en entusiasmo. Después del mucho tiempo que había dedicado a penosos trabajos, el hecho de conseguir, de pronto, la absoluta realización de mis esperanzas, era el más bello resultado que me hubiera atrevido a soñar. Mi descubrimiento era de tanta trascendencia, tan sensacional, que olvidé la larga serie de vacilaciones que, poco a poco, me habían asaltado en mi camino, para no tomar en cuenta más que el éxito final. Lo que desde la creación del mundo era el objeto del estudio y la investigación de los hombres más sabios, estaba ahora a mi alcance. No sería correcto deducir, sin embargo, que todo había sido conseguido en un abrir y cerrar de ojos, como en un juego de ilusionismo. Los datos que había obtenido tenían la virtud de conducir mis investigaciones hacia la consecución de mi objetivo, pero no eran todavía la meta final. Me sentía igual al árabe que, encerrado junto a los muertos, halló un pasadizo que le permitió salir de nuevo a la vida sin tener, para guiarse, más que una luz casi imperceptible y apenas suficiente.

Veo, por el interés que muestra usted y por el asombro y la expectativa que se leen en sus ojos, que espera de mí la revelación de tal secreto. Esto me es del todo imposible. Oiga con paciencia el relato de mi historia y comprenderá, entonces, por qué estoy obligado a guardar, a este respecto, un absoluto silencio. No quiero conducirle, entusiasta e indefenso, a la destrucción y la más irremediable de las miserias. Aprenda, pues, si no por mis consejos al menos por mi ejemplo, lo penoso que resulta adquirir ciertos conocimientos y cuánto más dichoso es el hombre que considera su pueblo natal como centro del universo que aquel que desea ser más grande de lo que su naturaleza le permite.

Al darme cuenta del extraordinario poder que tenía en mis manos, medité largo tiempo en la forma de usarlo. Aunque me hallara ya en condiciones de dar la vida, no se me ocultaba que la fabricación de un organismo apto para recibirla, con sus complicados resortes, sus nervios, músculos y vasos sanguíneos, representaba un sinnúmero de dificultades y un enorme trabajo. Ignoraba, en principio, si debía intentar la creación de un ser semejante a mí o bien la de un organismo más simple. Sin embargo, mi imaginación estaba en exceso enfebrecida por mi éxito inicial como para poner en duda mi capacidad para elaborar una criatura animal tan completa y maravillosa como el ser humano. Los materiales que estaban a mi alcance apenas si parecían adecuados a tan difícil tarea, pero no dudé de que podría llevarla a buen término. Ciertamente esperaba numerosos fracasos y sabía que, muchas veces, mis tentativas se hallarían en peligro e incluso que, a fin de cuentas, podía suceder que mi obra se revelara imperfecta. Pero, cuando consideraba la perfección que, día tras día, se lograba en el dominio científico y mecánico, me sentía autorizado a esperar que mis experimentos pusieran, como mínimo, los fundamentos de un éxito futuro. Jamás creí que la amplitud y complejidad de mi proyecto fueran argumentos válidos para probar la imposibilidad de su consecución.

Imbuido en este estado de ánimo, me lancé a la creación de un ser humano. Como las pequeñas dimensiones de ciertos componentes representaban un considerable obstáculo para la celeridad de mis trabajos, decidí, en contra de mi intención inicial, realizar una criatura de gigantescas proporciones, es decir, con una altura de unos ocho pies y las demás dimensiones en perfecta relación con ella. Decidida, pues, esta cuestión, dediqué algunos meses a preparar los materiales y puse, en seguida, manos a la obra.

Es muy difícil formarse una idea clara de la diversidad de sentimientos que, en el primer entusiasmo por el éxito, me acicateaban a seguir con fuerza irresistible. La vida y la muerte eran para mí fronteras ideales que era preciso franquear antes de iluminar nuestro tenebroso mundo con un torrente de luz. Una nueva raza me bendeciría como a su creador. ¡Cuántas existencias felices y hermosas me debería la naturaleza! Ningún padre merecería con mayores motivos que yo la gratitud de sus hijos. Prosiguiendo con estas reflexiones creí que, si conseguía animar la materia muerta, me sería posible, más tarde (aunque luego pude constatar que esto era una utopía), devolver la vida allí donde la muerte hubiera, en apariencia, entregado los cuerpos a la corrupción.

Estos pensamientos contribuyeron a entretener mi entusiasmo mientras proseguía la tarea con infatigable ardor. Las largas noches insomnes habían empalidecido mi rostro y el constante encierro me adelgazó considerablemente. A veces, con el éxito al alcance de la mano, el fracaso anulaba mis esfuerzos. Pese a ello, me sostenía la esperanza de que a la mañana siguiente, o incluso a la hora siguiente, lograría mis propósitos. Era un secreto que yo sólo poseía; la meta que me había fijado. A menudo, la luna contemplaba mis esfuerzos hasta avanzadas horas de la noche, pues estaba decidido a forzar la naturaleza en sus últimos reductos y lo hacía con un ardor apasionado y una constancia inquebrantable.

Nadie podrá nunca imaginar el horror de mi trabajo llevado a cabo en secreto, moviéndome en la húmeda oscuridad de las tumbas o atormentando a un animal vivo al intentar animar la materia inerte. Ahora, con sólo recordarlo, siento que me posee el espanto y que todos mis miembros se estremecen. Pero, en aquel entonces, un empuje irresistible y casi frenético me animaba. Era como si hubiera perdido el sentido de todo lo que no fuese mi triunfo final. En realidad no se trató más que de un pasajero período de transición y, cuando los estímulos externos dejaron de actuar, reencontré mi antigua sensibilidad.

Recogía huesos en los osarios y violaba, con mis sacrílegos dedos, los extraordinarios secretos de la naturaleza humana. Había instalado un laboratorio o, mejor dicho, una celda destinada a mi inmunda creación, en una estancia aislada en la parte más alta del edificio y separada de las demás habitaciones por una galería y un tramo de escaleras. Tenía la impresión de que, cuando me entregaba a mis odiosas manipulaciones, mis ojos salían de sus órbitas. La sala de disección y el matadero me proporcionaban la mayor parte de los materiales y, frecuentemente, la sensibilidad de mi naturaleza humana me hacía apartar, con disgusto, el rostro de mi trabajo. No obstante, impelido por un creciente ardor, proseguía mi tarea.

Los meses veraniegos transcurrieron mientras me consagraba a la consecución de mi único objetivo. El estío era soberbio. Jamás los campos habían producido tan abundantes cosechas ni las cepas tan buenos caldos. Pero mis ojos permanecían insensibles a los encantos de la naturaleza. Las mismas razones que me hacían olvidar lo que me rodeaba, me forzaban a negligir mi correspondencia con los seres queridos, alejados de mí tantas leguas y a quienes no había visto desde mucho tiempo atrás. No ignoraba que mi silencio debía inquietarles, y tenía siempre en la memoria las palabras que dijo mi padre al despedirme: «Sé que, mientras estés contento de ti mismo, pensarás en nosotros con cariño y recibiremos regularmente tus noticias. Pero, perdóname que te lo diga, consideraré cualquier fallo en tu correspondencia como señal inequívoca de que has negligido también tus restantes deberes.»

Sabía perfectamente lo que mi padre debía sentir. Sin embargo, no podía apartar mis pensamientos de la tarea que estaba llevando a cabo, odiosa, es verdad, por su naturaleza, pero que había logrado dominarme por completo. Deseaba en verdad arrinconar todo lo que pudiera referirse a mis afectos en tanto no alcanzara por entero los fines que me había propuesto.

Pensaba entonces que mi padre sería muy injusto si culpaba de mi negligencia a algún vicio o a la comisión de cualquier falta. Pero ahora me doy cuenta de que tenía razón al decirme que un silencio de mi parte indicaría que yo no estaba libre de culpa.

Para aproximarse a la perfección, un hombre debe conservar siempre la calma y la tranquilidad de espíritu sin permitir jamás que ésta se vea turbada por una pasión o un deseo momentáneo. No creo que la búsqueda del saber sea una excepción a esta regla. Si el estudio al que uno se consagra puede llegar a destruir su gusto por los placeres sencillos que no pueden ser mixtificados, entonces ese estudio es sin duda negativo, es decir, no es conveniente a la naturaleza humana. Si hubiéramos siempre observado esta norma, si jamás un ser humano se hubiera permitido, por el motivo que fuese, comprometer la causa de sus afectos domésticos, Grecia no hubiese caído en la esclavitud, César habría salvado a su país, América se hubiera descubierto más pausadamente y los imperios de México y del Perú no hubieran sido destruidos.

Pero observo que estoy moralizando en el momento más interesante de mi narración y leo en sus ojos una invitación a proseguirla.

En sus cartas, mi padre nunca me reprochaba nada. No hacía más que veladas alusiones a mi silencio y me preguntaba cuáles eran mis ocupaciones con mucha mayor insistencia de la que antes había mostrado.

Invierno, primavera y verano transcurrieron mientras estaba consagrado a mi trabajo, pero tanto me absorbía éste que no vi cómo se abrían las flores, ni contemplé los pequeños brotes que, lentamente, iban transformándose en hojas, espectáculo que, en otro tiempo, me llenaba siempre de alegría.

Aquel año las hojas se secaron antes de que mi trabajo se aproximara a su fin. A cada día que pasaba obtenía nuevas pruebas de mis progresos; pese a ello mi entusiasmo estaba dominado por la ansiedad. Tenía el aspecto de un hombre condenado a trabajos forzados en el interior de una mina, o a cualquier otra ocupación insalubre, más que el de un sabio dedicado a sus investigaciones favoritas. Cada noche sufría accesos de fiebre y los nervios me dominaban. Un día pude observar que las hojas comenzaban a caer. Huía de mis semejantes como un asesino y, algunas veces, me horrorizaba al darme cuenta de la ruina en que me había convertido. Sólo mi tenaz voluntad seguía sosteniéndome.

Por fortuna mis trabajos se acercaban a su término y yo me decía que, en cuanto hubieran finalizado, el ejercicio y las distracciones tendrían la virtud de devolverme, con rapidez, a la normalidad. Me prometía entregarme de buen grado a ello.

V

Una siniestra noche del mes de noviembre, pude por fin contemplar el resultado de mis fatigosas tareas. Con una ansiedad casi agónica, coloqué al alcance de mi mano el instrumental que iba a permitirme encender el brillo de la vida en la forma inerte que yacía a mis plantas. Era la una de la madrugada, la lluvia repiqueteaba lúgubremente en las calles y la vela que iluminaba la estancia se había consumido casi por completo. De pronto, al tenebroso fulgor de la llama mortecina, observé cómo la criatura entreabría sus ojos ambarinos y desvaídos. Respiró profundamente y sus miembros se movieron convulsos.

¿Cómo podría transmitirle la emoción que sentí ante aquella catástrofe o hallar frases que describan el repugnante engendro que, al precio de tantos esfuerzos y trabajos, había creado? Sus miembros estaban, es cierto, bien proporcionados y había intentado que sus rasgos no carecieran de cierta belleza. ¡Belleza! ¡Dios del cielo! Su piel amarillenta apenas cubría la red de músculos y vasos sanguíneos. Su cabello era largo y sedoso, sus dientes muy blancos, pero todo ello no lograba más que realzar el horror de los ojos vidriosos, cuyo color podía confundirse con el de las pálidas órbitas en las que estaban profundamente hundidos, lo que contrastaba con la arrugada piel del rostro y la rectilínea boca de negruzcos labios.

Aunque muy numerosas, las alteraciones de la existencia son menos apreciables que las de los sentimientos humanos. A lo largo de dos años había trabajado encarnizadamente con el solo objeto de otorgar la vida a un organismo inanimado. Para lograrlo me había privado del necesario descanso, puesto en serio peligro mi salud, sin que ninguna moderación pudiera apaciguar mi fervor. Y, sin embargo, cuando mi obra estaba ya lista, mi sueño perdía todo atractivo y una repulsión invencible se apoderaba de mí.

No pudiendo soportar por más tiempo la visión del monstruo, salí precipitadamente del laboratorio. Encerrado en mi habitación, di vueltas en el lecho sin poder conciliar el sueño. Pero el caos de mi espíritu terminó por disolverse vencido por el cansancio y, acostado en la cama, todavía vestido, intenté disfrutar algunos momentos de olvido. Fue inútil. Pude dormir un poco pero sufriendo siempre terribles pesadillas. Veía a Elisabeth, rebosante de salud, caminando por las calles de Ingolstadt. Sorprendido y jubiloso intentaba abrazarla, pero en cuanto mis labios habían besado por primera vez los suyos, palidecía como una muerta. Sus rasgos parecían corromperse y yo tenía la impresión de albergar en mis brazos el cadáver de mi difunta madre. Un sudario la envolvía, y veía reptar los gusanos por los dobleces de la tela.

Me desperté aterrorizado, el sudor frío mojaba mi frente, mis dientes castañeteaban y movimientos convulsivos sacudían mis miembros. A la pálida luz de los rayos lunares que se filtraban por entre los postigos vi, de pronto, al monstruo que había creado. Mantenía levantado el cobertor y sus ojos me miraban fijamente. Entreabrió los labios emitiendo algunos sonidos inarticulados; una mueca odiosa arrugaba sus mejillas. Quizás habló, pero tanto era mi horror que no entendí lo que decía. Una de sus manos se tendía hacia mí como si intentara asirme pero, esquivándola, salté del lecho y bajé de cuatro en cuatro las escaleras para refugiarme en el patio de la casa, donde esperé que transcurriera toda la noche, mientras andaba de un lado a otro, profundamente agitado, con el oído atento al menor rumor que pudiera anunciarme la proximidad del cadáver demoníaco al que en mala hora había dado vida.

¡Ay! Nadie hubiera soportado el horror que su vista inspiraba. Una hedionda momia resucitada no habría parecido tan horrenda como aquel engendro. Pude contemplarlo cuando todavía no estaba terminado y, ya entonces, me había producido repulsión. Pero, al transmitir la vida a sus músculos y articulaciones, le había convertido en algo que ni el mismo Dante hubiera podido imaginar.

Fue una noche terrible. Mi corazón latía con tanta fuerza y rapidez que sentía sus golpes en cada una de mis arterias; de vez en cuando, vacilaba bajo el peso de mi horror y mi debilidad y, junto a aquel horror, el más profundo desaliento se adueñaba de mí. Los sueños que había acunado y que, durante tanto tiempo, habían llenado todos mis pensamientos, se habían convertido en un verdadero infierno. Y, al tener lugar el cambio con tanta rapidez, mi desilusión no conocía límites.

Un amanecer gris y lluvioso llegó al fin, iluminando ante mis agotados ojos la iglesia de Ingolstadt, su blanco campanario y su reloj que marcaba las seis. El portero abrió la verja y salí del patio con paso rápido, huyendo del monstruo y del temor de verle aparecer en la esquina de todas las calles. No osé regresar a mi habitación; por el contrario, sentía la necesidad de alejarme con la mayor celeridad posible de aquel lugar, pese a que estaba empapado, pues la lluvia caía a raudales del cielo triste y nublado.

Caminé largo tiempo al azar, con la esperanza de que el ejercicio físico mitigaría el peso que oprimía mi espíritu.

Recorrí las calles sin reconocer los lugares por donde transitaba ni lo que estaba haciendo. Las angustias del terror hacían palpitar mis sienes y, tembloroso, ni tan siquiera osaba mirar hacia atrás.

Like one who, on a lonely road,
doth walk in fear and dread,
and, having once turned round, walks on,
and turns no more his head;
because he knows a frightful fiend
doth close behind him tread.

(«Como alguien que, en un solitario camino, apresura el paso, dominado por el miedo y la
[aprensión
y que, tras mirar hacia atrás, prosigue andando

87

sin ya nunca volver la cabeza
pues intuye que un demonio horrible,
cerca de su espalda, avanza.») (1)

Me hallé por fin frente al albergue ante el que
por lo general se detenían las diligencias y otros
vehículos. Sin saber por qué, me detuve a contemplar como se acercaba un carruaje que descendía por la calle. Cuando estuvo cerca, pude ver
que se trataba de la diligencia de Suiza que, al
poco rato, se inmovilizó cerca de donde me encontraba y, al abrirse la portezuela, reconocí a Henry
Clerval quien, al verme, se dirigió velozmente
hacia mí.

—¡Querido Frankenstein —gritó—, qué alegría! ¡Qué sorpresa encontrarte aquí en el momento justo de mi llegada!

Nada podía complacerme más que la aparición por completo inesperada de mi amigo. Su
presencia traía a mi memoria los rostros de mi
padre y Elisabeth. Me recordaba el ambiente
familiar tan querido por mi corazón. Le estreché
calurosamente la mano y olvidé en seguida mis
preocupaciones y sufrimientos. Por primera vez
desde hacía muchos meses me sentía tranquilo y
lleno de serena alegría; recibí a mi amigo del
modo más cordial e inmediatamente emprendi-
mos juntos el camino de la Universidad. Durante
unos momentos Clerval me habló de nuestros
amigos comunes y de lo feliz que se había sentido cuando le permitieron venir a Ingolstadt.

—Puedes imaginar fácilmente —me dijo— lo
difícil que ha sido para mí convencer a mi padre
de que los conocimientos que precisa un hombre
culto no se hallan sólo en el noble arte de la
contabilidad. En realidad no creo pese a todo

---

(1)   Fragmento de **El viejo marino**, de Coleridge.

haberle convencido, pues respondía a mis incansables argumentos con la frase del profesor holandés en *El vicario de Wakefield*: «Gano diez mil florines anuales y como con buen apetito sin necesidad de saber griego.» Pero el cariño que me tiene es tan fuerte como la aversión que siente por la enseñanza superior y, al fin, he logrado que me permitiera emprender el viaje al país del saber.

—Estoy muy contento de volver a verte —le respondí—; pero, dime, ¿cómo se encontraban a tu marcha mi padre, mis hermanos y Elisabeth?

—Muy bien, estaban todos muy animados. Sólo un poco inquietos por las escasas noticias que les mandas. A propósito, debo sermonearte un poco a este respecto.

Y, deteniéndose un momento para mirarme, exclamó:

—Pero, querido Frankenstein, no me había fijado en tu mal aspecto. ¡Estás muy pálido y delgado! Parece como si no hubieras pegado ojo desde hace muchas noches.

—Precisamente. En los últimos días he tenido tanto trabajo que no me ha sido posible descansar bastante. Espero, sí, lo espero de todo corazón, que ahora mi tarea no sea tan absorbente e, incluso, que pueda prescindir por entero de ella.

Temblaba como una hoja. No podía soportar el pensamiento, y mucho menos aludir a los acontecimientos de la noche anterior. Apresuré el paso y llegamos pronto a la Universidad. Temí, entonces —y aquello me hizo estremecer— que la criatura que había dejado en la habitación pudiera encontrarse todavía allí, viva y en libertad. Temía verla y me aterrorizaba aún más el que Henry pudiera descubrirla. Por este motivo supliqué a mi amigo que me esperara unos instantes al pie de la escalera y subí solo. Cuando mi mano rozó el picaporte hice un esfuerzo para sobreponerme y permanecí inmóvil un instante mientras una corriente de hielo descendía por mi espalda. Luego, empujé con brusquedad la puerta, como uno de aquellos niños miedosos cuando imaginan que va a aparecérceles un espectro. Pero no sucedió nada. ¡El departamento estaba vacío! El horrible ser no se encontraba, tampoco, en mi habitación. Apenas si pude creerlo y, cuando me hube asegurado de ello, exultando de júbilo, corrí en busca de Clerval.

Subimos a mi casa y el criado nos sirvió en seguida el desayuno. Casi no podía dominar la alegría que sentía. Estaba sobrexcitado hasta el extremo de que sentía hormiguear todo mi cuerpo y mi corazón latía precipitadamente. Me era imposible permanecer quieto, saltaba por encima de las sillas, palmeaba y reía a grandes carcajadas. Clerval atribuyó, al comienzo, tan insólita alegría al hecho de su inesperada llegada. No obstante, cuando me observó con más atención, se dio cuenta de que mis ojos lucían de un modo para él inexplicable. Sorprendido primero por el estallido de mi risa indominable, acabó por inquietarse.

—¡Dios santo, querido Víctor! ¿Qué te sucede para reír de este modo? ¡Estás realmente enfermo! ¿Qué significa todo esto?

—¡No quieras saberlo! —grité mientras ocultaba el rostro entre mis manos, pues temí ver el aborrecible fantasma deslizándose en la estancia—. *El* puede contártelo... ¡Ah, sálvame! ¡Sálvame, te lo ruego!

Me pareció que el monstruo se aproximaba a mí, me debatí con furia y caí al suelo víctima de una violenta crisis nerviosa.

¡Pobre Clerval! ¿Qué debió pensar en aquel instante? El encuentro que había imaginado tan lleno de alegría se transformaba en profunda tristeza, pues perdí el conocimiento y no volví a recuperarlo sino mucho, mucho tiempo más tarde.

Empezó así una fiebre maligna que había de mantenerme postrado en el lecho por espacio de varios meses. Durante aquel tiempo sólo Henry cuidó de mí. Supe más tarde que, considerando la avanzada edad de mi padre y la imposibilidad física en la que se hallaba para emprender tan largo viaje, conociendo también cuánto habría afectado a Elisabeth mi enfermedad, Clerval quiso ahorrarles tal pesadumbre y les había ocultado la gravedad de mi estado. Estaba convencido de que podría cuidarme mejor que cualquier otro y, confiando en su deseo de verme sano, creyó que, lejos de obrar mal, hacía lo más conveniente para todos.

En realidad mi estado era muy grave y, ciertamente, sólo los constantes y solícitos cuidados de mi amigo fueron capaces de devolverme a la vida.

Tenía siempre ante los ojos los rasgos repulsivos del monstruo y deliraba sin cesar. Mis palabras debieron sorprender profundamente a Henry que las atribuyó, al comienzo, a ensoñaciones de mi espíritu enfermo; pero mi obstinación en volver siempre al mismo tema le convenció, por fin, de que tenían su origen en un suceso insólito y, sin duda, terrible.

Lentamente, y pese a numerosas recaídas que inquietaron y entristecieron a mi amigo, terminé por recuperarme. Recuerdo que, cuando estuve por primera vez en condiciones de ver con cierta claridad los objetos que me rodeaban, descubrí que las hojas muertas habían desaparecido por completo y que tiernos brotes iban vistiendo los árboles que daban sombra a mi ventana. Sentí renacer en mí la alegría y el amor a la vida. Mi tristeza se fue disolviendo y pronto fui tan jovial como lo había sido antes de sucumbir a mi horrenda pasión.

—¡Querido Clerval —exclamé un día—, qué bueno eres! ¡Qué bien te has portado conmigo! En vez de dedicar este invierno al estudio como era tu deseo, lo has pasado junto a mi lecho de enfermo. ¿Cómo podré pagarte jamás lo que has hecho? Me siento en deuda por haberte causado tales trastornos. ¿Me perdonas, no es cierto?

—No puedo aguardar mejor premio que la satisfacción que me produciría el que dejaras de atormentarte y te recuperaras rápidamente —me respondió—. Pero, puesto que te hallo en tan buena disposición de ánimo, me permitirás, sin duda, que te formule una pregunta. ¿Verdad?

Temblé. ¡Una pregunta! ¿De qué podría tratarse? ¿Se referiría, quizás, a aquello en lo que ni siquiera quería pensar?

—Tranquilízate —dijo Clerval al verme palidecer—, no volveré a hablarte de ello si te molesta, pero deseo decirte que harías muy felices a tu padre y tu prima si recibieran una carta de tu puño y letra. No sospechan la gravedad del estado en que te encuentras y tu largo silencio les ha inquietado mucho.

Respiré.

—¿Sólo eso, querido Henry? ¿Cómo has podido imaginar que mis primeros pensamientos no fueran para aquellos a quienes quiero con todo mi corazón y que tanto merecen mi amor?

—Siendo así, amigo mío, te hará sin duda feliz leer la carta que te han escrito y que llegó hace ya muchos días. Creo que es tu prima quien la envía.

VI

Clerval me entregó, entonces, la carta. En efecto, era de Elisabeth:

Ginebra, 18 de marzo de 17...

Queridísimo primo:
Has estado enfermo, muy enfermo, y ni siquiera las cartas que nos escribe con regularidad el buen Henry bastan para tranquilizarnos por completo. Te han prohibido escribir, sostener una pluma. Bien. Sin embargo, una sola palabra que viniera de ti mitigaría, en cierto grado, nuestros temores. Durante largo tiempo aguardé, un día tras otro, que el correo nos trajera noticias tuyas y tan sólo porque se lo rogué encarecidamente mi tío no ha emprendido, todavía, viaje hacia Ingolstadt. Quería ahorrarle las fatigas, y los posibles peligros, que presentaba para él un viaje tan largo y fatigoso. ¡Pero cuánto he deseado ponerme yo misma en camino!
Imagino que tienes a la cabecera de tu cama a una vieja y fea enfermera, incapaz de adivinar tus deseos o de satisfacerlos con el cuidado y el cariño que en ello pondría tu pobre prima. En fin, esto pertenece ya al pasado. Clerval nos dice que tu salud mejora sensiblemente y espero con impaciencia que pronto podrás confirmárnoslo tú mismo.
¡Ponte bueno en seguida y vuelve junto a nosotros! Encontrarás aquí un hogar feliz y alegre y unos seres que no han dejado de quererte tiernamente. La salud de tu padre es muy satisfactoria y no desea más que una cosa: volverte

a ver pronto. Pero, antes quisiera asegurarse de que ya estás bien. Esta noticia le libraría de toda preocupación. Te sorprenderá comprobar como ha crecido nuestro Ernesto; tiene ya dieciséis años y una vitalidad desbordante; quiere ser un buen ciudadano suizo y su sueño son las misiones diplomáticas en el extranjero, pero no podemos resignarnos a separarnos de él, al menos hasta que su hermano mayor haya vuelto al redil. Debo decirte que la idea de que elija la carrera diplomática y viva en un país extraño, posiblemente lejano, no gusta mucho a mi tío. Pero Ernesto no ha poseído nunca tu capacidad y tu aplicación, considera los estudios como una odiosa servidumbre que difícilmente puede soportar. Pasa todo su tiempo al aire libre, escalando colinas o remando en el lago. Siento serios temores de que caiga en la ociosidad si no cedemos y le autorizamos a seguir la carrera que ha elegido.

Aquí no se han producido demasiados cambios desde tu marcha como no sea el notable adelanto de los niños. El agua azulada del lago y los montes coronados por la nieve no cambiarán jamás, y pienso de vez en cuando que nuestro apacible hogar se rige por las mismas normas inmutables.

Mis ocupaciones, aunque sin importancia, me absorben y me distraen. Me siento muy bien pagada cuando veo, a mi alrededor, tantos rostros felices.

Y, no obstante, siempre sucede algo. ¿Recuerdas en qué circunstancias se unió Justine Moritz a nuestra familia? Presumo que tu memoria no es, a este respecto, muy buena, y voy a refrescártela en pocas palabras. Su madre, la señora Moritz, se había quedado viuda con cuatro hijos de los que Justine era la tercera. Ella había sido siempre la preferida de su padre, pero, por alguna causa incomprensible, su madre no la estimaba demasiado. Tras la muerte del señor Moritz comenzó a maltratarla sin razón, mi tía se dio cuenta de ello y, cuando Justine llegó a los doce años, convenció a su madre de que la dejara vivir con nosotros. Las instituciones republicanas de nuestro país han tenido la virtud de hacer nacer costumbres más sencillas y felices que las habituales en otros países vecinos. Existen entre nosotros menos barreras que separan las diferentes clases sociales. Los miembros más desheredado de la .sociedad son menos míseros y más considerados que en otros lugares, lo que producé un refinamiento en sus maneras y una morigeración en sus costumbres. Ser educado en Ginebra no es igual que serlo, por poner un ejemplo, en Francia o Inglaterra. Admitida en nuestra familia, Justine ha desempeñado las obligaciones de una sirvienta, condición que, en nuestro país, no supone prejuicios causados por la ignorancia, ni olvido de la dignidad humana.

Creo recordar que te habías encariñado con la pequeña Justine. Incluso me acuerdo de haberte oído decir que, cuando el mal humor te dominaba, bastaba una de sus miradas para disiparlo, por la misma razón que invoca el poeta Ariosto al hablar de la hermosura de Angélica: «Se desprendía de ella la franqueza y la alegría.» Mi tía llegó a tenerle gran cariño y aquello le impulsó a darle una educación mucho más cuidada de lo que podía esperarse. Pronto obtuvo su recompensa. La pequeña Justine era el ser más agradecido que se pueda imaginar, aunque esto no quiera decir que se entregara sin cesar a públicas acciones de gracias. No, jamás la oí expresar su gratitud, pero era fácil leer, en sus mismas miradas, que amaba a su protectora hasta la adoración. Pese a que tenía un carácter juguetón y era, en ciertas cosas, algo aturdida, estaba siempre atenta *al menor gesto de mi tía. La consideraba el modelo de todas las excelencias e incluso procuraba imitar sus ademanes y su forma de hablar, hasta el punto de que ahora ella me la recuerda muchísimo.*

Al morir mi querida tía, todos nosotros estábamos demasiado llenos de nuestro propio dolor para fijarnos en la pobre Justine que, a lo largo de su enfermedad, la había cuidado con tan inquieto afecto. ¡Pobre Justine! Cayó también gravemente enferma, pero, además, otras muchas pruebas la esperaban.

Sus hermanos y hermana murieron uno tras otro, y su madre se quedó sin más hijos que la niña que había cedido. Sentía remordimientos de conciencia y se le metió en la cabeza que la muerte de sus preferidos era un castigo que el cielo le enviaba para castigar sus injusticias. Era católica y creo que su confesor la mantuvo en tal idea. Tanto es así que, a los pocos meses de tu partida hacia Ingolstadt, Justine fue reclamada repentinamente por su madre. ¡Pobre muchacha! Lloró con amargura al dejar nuestra casa. Había experimentado un gran cambio desde que murió mi tía, la pena había dado a su expresión una dulzura y una afabilidad por las que era imposible no dejarse seducir y que contrastaban mucho con su anterior vivacidad. Es necesario decir que la perspectiva de volver a vivir junto a su madre no era precisamente la más adecuada para devolverle su alegría. Aquella desgraciada mujer tenía un tibio arrepentimiento. Una veces suplicaba a Justine que le perdonara sus maldades, pero otras la acusaba de ser culpable de la muerte de sus hermanos.

De tanto hacerse mala sangre, la señora Moritz comenzó a declinar, cosa que, en principio, agrió su irritable carácter. Ahora descansa ya en paz. Justine está de nuevo con nosotros y puedo asegurarte que la amo tiernamente. Es muy inteligente, gentil y bella. Como ya te he dicho, por sus gestos y expresiones, me recuerda constantemente a mi buena tía.

Ahora, querido primo, te hablaré un poco del pequeño William. Desearía que pudieras verlo; está muy crecido para su edad, tiene los ojos azules, hermosos y sonrientes, pobladas cejas y cabello rizado. Cuando sonríe, en sus rosadas y sanas mejillas se forman dos pequeños hoyuelos. Tienen ya dos novias, pero su favorita es Louise Biron, una bonita rapazuela de cinco años.

Supongo, querido Víctor, que desearás conocer algunas noticias sobre los buenos amigos de Ginebra. La hermosa señorita Mansfield ha sido pedida en matrimonio por un joven inglés, míster John Melbourne. Su hermana Manon se casó, el pasado otoño, con el señor Duvillard, el rico banquero. Louis Manoir, uno de tus mejores amigos, pasó por algunas dificultades posteriores a la partida de Clerval, pero las ha superado y, según me dice, está a punto de contraer matrimonio con una hermosa y dinámica francesa, la señorita Tavernier. Es viuda y mucho mayor que él, pero es muy admirada y agrada a todo el mundo.

Escribirte me ha reconfortado, querido primo. Pero llega ya el momento de poner punto final y las inquietudes vuelven a asaltarme. Escribe, amado Víctor: sólo una línea, una palabra tuya será recibida como una auténtica bendición. Un millón de gracias a Henry por su gentileza, su afecto y sus numerosas cartas; le estamos sinceramente agradecidos. Adiós, querido primo; cuídate mucho y, te lo ruego de nuevo, escribe.

ELISABETH LAVENZA

—¡Querida Elisabeth! —grité cuando hube finalizado la lectura de su carta—. Voy a escribir
ahora mismo para librarles de la terrible inquietud que deben sentir.

Escribí, pues, pero me costó un gran trabajo
y me cansé mucho. Sin embargo, mi convalecencia estaba ya en marcha y se desarrollaba con
toda normalidad, afortunadamente. Quince días
más tarde estuve en condiciones de abandonar
mi habitación.

La primera cosa que hice, cuando pude salir
a la calle, fue presentar a Clerval a los distintos
profesores de la universidad. Para ello me fue
necesario realizar un esfuerzo que no convenía
mucho a mi salud, todavía muy débil. Desde la
terrible noche que había supuesto el fin de mis
tareas y el comienzo de mis martirios, el mero
nombre de la filosofía natural me producía una
auténtica repulsión. Ahora me había recuperado
casi por completo, pero me bastaba ver un instrumento de química para que regresara a mí el
terror de mis primeras angustias. Henry, al com-
probarlo, había escondido todos mis aparatos
cambiando, asimismo, el aspecto de mi departamento, pues comprendió que sentía una insuperable repugnancia por la sala que me había
servido de laboratorio. Pese a todas esas precauciones sufrí una gran agitación cuando tuve que
ponerme frente a mis profesores.

El señor Waldman me produjo un sufrimiento
insoportable al alabar, calurosamente, los adelantos que había realizado en las ciencias. Debió
notar que esto me molestaba e, ignorando los
motivos de mi actitud, lo atribuyó, sin duda, a
la modestia, abandonando, por ello, las referen-
cias a mi aplicación para limitarse a la ciencia,
creyendo que así podría interesarme. ¿Qué hacer?
El pretendía ayudarme y no conseguía más que
aumentar mis tormentos. No me hubiera sentido

peor si el señor Waldman hubiese expuesto minuciosamente ante mí los instrumentos que me habían infligido las peores torturas. Cada una de sus frases era una nueva herida y, pese a ello, yo no podía demostrar mis sentimientos. Clerval, cuyos ojos y cuya sensibilidad estaban siempre al acecho, listos para intuir los sufrimientos de los demás, logró desviar la conversación aparentando que lo ignoraba todo sobre la ciencia de que se hablaba. El diálogo tomó un carácter más general e incluso yo, agradeciendo de todo corazón a mi amigo la estratagema, tomé parte en él. Yo sabía la curiosidad que le embargaba, pese a que nunca intentó arrancarme mi secreto. Sentía por él una atracción infinita, hecha de afecto y estima. Sin embargo, jamás me atrevería a confesarle el repulsivo suceso que, a menudo, volvía a mi memoria, ya que tenía el convencimiento de que, revelándolo a otro, no haría sino aumentar su horror.

El señor Krempe no tuvo tanta delicadeza como su colega. En el hipersensible estado en que me encontraba, sus alabanzas desprovistas de elegancia me hirieron todavía más que las benévolas frases del profesor Waldman.

—¡Este muchacho es la peste! —exclamó groseramente—. Créame, señor Clerval, nos ha superado a todos. Piense usted lo que quiera, pero es la pura verdad. Este chiquillo que, no hace mucho tiempo, creía todavía en Cornelius Agrippa como en la Santa Biblia, este mismo chiquillo ha alcanzado el pináculo más elevado de la Universidad y, si no nos desprendemos pronto de él, terminará por darnos a todos sopas con honda. ¡Sí, señor! —prosiguió observando mi rostro que revelaba, sin duda, la tortura a que estaba sometido—, el señor Frankenstein es modesto y ésa es una magnífica cualidad en un joven. Todos debieran tenerla, ¿no es cierto, señor Clerval?

Sí, también yo he sido joven, pero la juventud es algo que pasa muy de prisa.

El señor Krempe comenzó, entonces, un brillante panegírico de su propia persona, cosa que al menos tuvo la virtud de alejarlo del tema que tan penoso me resultaba.

Clerval no compartió nunca mi afición por las ciencias naturales y sus estudios eran muy distintos de aquellos a los que yo me había consagrado. Vino a la universidad con la intención de estudiar lenguas orientales, puesto que ello le permitiría llevar a cabo el plan de vida que se había trazado. Decidido a no encerrarse en una carrera sin gloria, volvíase hacia oriente, tierra en la que su alma aventurera encontraría campo abonado para la acción. El persa, el árabe y el sánscrito le seducían poderosamente y no le fue difícil persuadirme de que siguiera sus mismos estudios. Nunca había podido soportar la inactividad y, ahora, cuando mi espíritu deseaba evadirse y me horrorizaban mis antiguos experimentos, encontré un gran consuelo convirtiéndome en el condiscípulo de mi amigo. No sólo hallé en las obras de los orientalistas materias para instruirme, sino también un eficaz consuelo. No intentaba, como Henry, penetrar en aquellas nuevas disciplinas con fines prácticos, sino que deseaba tan sólo distraerme. Estudiaba los textos con el único objeto de hallar su significado y ello bastaba para recompensar ampliamente mis esfuerzos. El carácter melodioso de aquellos idiomas les confería un cierto poder apaciguador y las alegrías que me dispensaron elevaron mi espíritu a un nivel que nunca había alcanzado al estudiar los autores de nuestros países occidentales. Cuando se examinan los escritos de Oriente, la vida parece un edén lleno de rosas y bañado incesantemente por el sol *En las sonrisas y caricias de una dulce enemiga, en el fuego que con-*

sume vuestro propio corazón...» ¡Qué distintas estas frases a la viril y heroica poesía de la Grecia y Roma clásicas!

Así pasó el verano. Mi regreso a Ginebra había sido fijado para fines de otoño, pero distintos inconvenientes me retrasaron y pronto llegó el invierno y con él la nieve. Los caminos estaban impracticables y tuve que dejar mi viaje para la siguiente primavera. Aquello me disgustó en verdad, pues tenía vivos deseos de volver a ver mi ciudad natal y hallarme junto a los míos. Debo reconocer, sin embargo, que el motivo principal de mi retraso era el desasosiego que me producía el dejar a mi amigo Clerval en una ciudad desconocida para él, antes de que hubiera podido encontrar suficientes relaciones. Pasamos, no obstante, un invierno agradable y, aunque la primavera se retrasó mucho, compensó la tardanza de su aparición con un tiempo excepcionalmente bueno.

El mes de mayo se hallaba ya avanzado y yo aguardaba, de un día a otro, la carta de la que dependía la fecha definitiva de mi marcha, cuando Henry me propuso una excursión a pie por los alrededores de Ingolstadt, cosa que, hasta cierto punto, me permitiría conocer mejor la región en la que durante mucho tiempo había vivido. Acepté encantado la sugerencia. La posibilidad de hacer ejercicio me atraía poderosamente. Además, Clerval había sido siempre el compañero que prefería para semejantes salidas que, a menudo, efectuábamos por los alrededores de Ginebra. El viaje duró quince días, y, tras tan largo período de tiempo, yo había recuperado por completo mi salud y mi moral. El aire sano, los imprevistos incidentes del camino y nuestras conversaciones, largas y amigables, mejoraron todavía más mi estado. Con anterioridad los estudios me habían mantenido bastante apartado de mis semejantes y, lentamente, me estaba convirtiendo en un misántropo. Clerval supo reavivar y fortalecer en mi corazón los más generosos sentimientos. Me enseñó a admirar de nuevo el bello espectáculo del paisaje y la naturaleza, así como el rostro sonriente de los niños. ¡Qué magnífico amigo! Me amaba con sinceridad y esforzábase por elevar mi alma al nivel de la suya.

La búsqueda egoísta de mi objetivo me había cegado. Con su gentileza y su cariño me devolvió la razón. Gracias a sus desvelos volvía a ser la criatura segura y feliz que, pocos años antes, amando a todo el mundo y amado por todos, ignoraba lo que eran penas y desilusiones. Cuando me sentía feliz, la naturaleza tenía la virtud de despertar en mí las más exquisitas sensaciones. Un cielo en calma, los campos que iban, poco a poco, cubriéndose de verde me embargaban con un éxtasis delicioso. Las primeras flores cubrían los prados y eran ya el anuncio de las del verano. Las obsesiones que el año anterior me habían hecho sentir el rigor de su peso se habían alejado ahora de mí.

Henry gozaba con mi alegría y compartía mi júbilo. Hacía todo lo que estaba en su mano por distraerme y me comunicaba con frecuencia sus propias impresiones. En aquella ocasión, los recursos de su espíritu dieron buena muestra de una asombrosa capacidad y su conversación se me reveló mucho más rica y amena de lo que había supuesto. A menudo, imitando a los autores árabes y persas, improvisaba maravillosas historias en las que mezclaba la poesía y la pasión. A veces también recitaba mis poemas favoritos o me arrastraba a discusiones en las que demostraba una gran vivacidad de espíritu.

Regresamos a la universidad un domingo por

la tarde. Los campesinos danzaban y la gente que se cruzaba en nuestro camino parecía contenta y feliz. Incluso yo me sentía lleno de exuberancia y me abandonaba sin rubor a la alegría e hilaridad generales.

VII

De regreso a Ingolstadt, encontré una carta de mi padre:

Ginebra, 12 de mayo de 17...

Querido Víctor:
Aguardabas sin duda con impaciencia mis noticias. Mi primera intención fue escribirte unas pocas líneas para enterarte del día en que pensábamos verte llegar. Sin embargo, y pensándolo bien, me he convencido de que haciéndolo así cometería contigo una inútil crueldad. Ciertamente, grande hubiera sido tu sorpresa cuando, esperando ser recibido con júbilo y felicidad, hallaras una casa sumida en el llanto y el dolor. ¡Ah, querido Víctor! ¿Cómo comunicarte la terrible desgracia que ha caído sobre nosotros? El tiempo que has permanecido ausente no puede haberte vuelto indiferente a nuestras penas y nuestras alegrías, ¿por qué es, pues, necesario que, tras tan dilatada separación, inflija a mi hijo esta pena? Desearía poder prepararte para que recibieras mejor la terrible nueva, pero sé que es imposible. Puedo ver ya cómo tus ojos recorren con celeridad las líneas buscando las palabras que te revelarán la dolorosa noticia.
¡William ha muerto! Aquel ángel de dulzura cuya sonrisa caldeaba y llenaba de gozo mi an-

ciano corazón, William, alegre y cariñoso a un tiempo, ha sido asesinado.

No trataré de consolarte. Me limitaré a narrarte las circunstancias en las que se produjo tan terrible tragedia.

El pasado jueves, día siete de mayo, tus dos hermanos menores, mi sobrina y yo, fuimos a dar un paseo por Plainpalais. La tarde era magnífica, tranquila y templada, por lo que nos alejamos más de lo habitual. Cuando nos dispusimos a regresar comenzaba a anochecer. Entonces nos dimos cuenta de que William y Ernesto, que corrían por delante de nosotros, habían desaparecido de nuestra vista. Nos sentamos en un banco esperando que regresaran; Ernesto llegó en seguida y nos preguntó si habíamos visto a su hermano; nos dijo que habían estado jugando juntos, que William se había ocultado y que, tras haberlo estado buscando inútilmente, él se había decidido a regresar a nuestro lado.

Esto nos intranquilizó mucho. Estuvimos buscándole de nuevo hasta que la noche hubo caído por completo. Entonces Elisabeth sugirió la posibilidad de que el niño hubiera regresado solo a casa. ¡Pero, ay, tampoco allí pudimos encontrarle! Volvimos a los lugares que ya habíamos registrado, provistos ahora de antorchas, puesto que no hubiera podido descansar un solo momento sabiendo que nuestro querido chiquillo se había extraviado y estaba, indefenso, expuesto al frío y a la humedad de la noche. Elisabeth se hallaba también muy inquieta. Por fin, alrededor de las cinco de la madrugada, encontré al pequeño, que el día anterior respiraba todavía lleno de vida y salud, tendido sobre la hierba, pálido e inanimado, con la garganta cruzada por las huellas de los dedos asesinos.

Le trasladamos a casa. Adivinando la terrible

noticia por el dolor que mi rostro traslucía, Elisabeth quiso ver el cadáver. Traté de disuadirla pero, como seguía insistiendo, tuve por fin que permitirle entrar en la habitación donde reposaba. Lo examinó detenidamente, se fijó en su garganta y, retorciéndose las manos, exclamó:

—¡Dios mío!·Han matado a mi amado chiquillo.

Perdió el conocimiento y nos costó mucho reanimarla, pero cuando volvió en sí fue tan sólo para lamentarse con amargas lágrimas. Me dijo que, la noche anterior, William le había pedido que le dejara llevar una cadenita con una valiosa miniatura, recuerdo de su madre. La joya había·desaparecido. No cabía duda de que éste fue el móvil que empujó al criminal a cometer su despreciable asesinato. Hasta el día de hoy no hemos podido encontrar ninguna pista, pero la investigación prosigue sin descanso; pero, lamentablemente, esto no podrá devolver la vida a nuestro pequeño William.

Regresa pronto, querido Víctor; sólo tu presencia podrá consolar a Elisabeth. La infeliz muchacha no cesa de llorar acusándose, injustamente, de ser culpable de la atroz tragedia, con unas palabras que me detrozan el corazón. Somos muy desgraciados, ¿no es ésta una razón suficiente para que vengas a traernos el consuelo de tu presencia? Agradezco a Dios, Víctor, el no haber permitido que tu madre viviera para ser testigo de la horrible muerte que han dado al más joven de sus hijos.

Regresa, Víctor, y no albergues pensamientos de venganza para con el infame asesino. Llena tu corazón de paz y cariño para ayudarnos a curar nuestras heridas en vez de enconarlas todavía más. Reúnete con nosotros en la casa enlutada.

hijo mío, pero hazlo con dulzura y afecto para aquellos que te quieren y no traigas contigo el odio a tus enemigos. Tu apesadumbrado padre que te ama.

ALFONSO FRANSKENSTEIN

Clerval, que me estaba observando mientras leía esta carta, se alarmó al ver como el dolor y la desesperación anulaban la alegría que traslucían mis rasgos al recibir la misiva que había aguardado con tanta impaciencia. La abandoné sobre una mesa y oculté el rostro entre mis manos.

—Mi querido Frankenstein —exclamó al ver mis lágrimas de dolor—. ¿Es pues preciso que seas siempre tan desgraciado? Cuéntame, amigo mío, qué es lo que te ha sucedido.

Le indiqué por signos que leyera la carta, mientras, presa de la mayor desesperación, paseaba de un lado a otro de la estancia. A medida que iba avanzando en su lectura fue comprendiendo mi desgracia y las lágrimas resbalaron, también, por las mejillas de mi amigo.

—Por desgracia no puedo ofrecerte ningún consuelo —dijo—. Esta desdicha es irreparable. ¿Qué piensas hacer ahora?

—Regresar de inmediato a Ginebra. Acompáñame, Henry. Alquilaremos algunos caballos.

Mientras andábamos, Clerval trató de dirigirme algunas palabras consoladoras sin lograr expresarme más que su sincera amistad.

—¡Pobre, pobre William! —decía—. Aquel alegre y simpático chiquillo duerme ahora con los ángeles. Quienes lo conocimos gozoso y lleno de vivacidad no podemos sino lamentar tan horrenda muerte. ¡Morir de esta manera! ¡Notar en la garganta la fatal opresión de los dedos asesinos...! Los dedos de un hombre doblemente criminal, puesto que ha segado la vida del pequeño en la flor de su edad y radiante inocencia. ¡Pobre niño! Tan sólo le queda un consuelo, sus amigos, quienes le quisieron lloran apesadumbrados mientras él ha alcanzado ya el eterno descanso. Nunca conocerá la angustia; sus penas terminaron para siempre. La tierra húmeda y fría cubrirá su gracioso cuerpo, pero no sufrirá. Por lo tanto no debemos sentir piedad por él, puesto que es mejor reservarla para los desgraciados que le han sobrevivido y lloran con amargura.

Así habló Clerval mientras andábamos por las calles de Ingolstadt. Sus palabras se grabaron en mi alma y pude recordarlas más tarde, en mi triste soledad.

Los caballos estuvieron listos en seguida y subí al vehículo despidiéndome de mi querido amigo.

El viaje fue terrible y triste. Había querido partir en seguida puesto que estaba impaciente por consolar a los míos, que sufrían tan cruel prueba, y por prestarles mi apoyo. Pero cuando fuimos acercándonos a mi ciudad natal ordené que los caballos aflojaran el paso. Apenas si podía soportar el cúmulo de sentimientos que iban despertando en mí. Revivía en mi imaginación escenas, familiares y olvidadas, de mi infancia. ¡Cuántas cosas habían podido cambiar tras esos seis años vividos lejos del hogar paterno! Un suceso estremecedor se había producido de repente, pero miles de ínfimos acontecimientos podían haber transformado mucho la fisonomía de mi casa; y, aunque la variación fuese imperceptible, podía ser también definitiva. El miedo se adueñó de mí. Temía ahora aproximarme a mi hogar, aguardando un cúmulo de inesperados males e indefinibles sucesos que me causaban terror.

Me detuve dos días en Lausanne, siempre a causa de tan penoso estado de ánimo. Contemplaba las plácidas aguas del lago. A mi alrededor todo rebosaba la calma más serena y los montes coronados por la nieve, aquellos «palacios de la naturaleza», no habían experimentado el menor cambio. Poco a poco, el maravilloso espectáculo influyó benéficamente en mi alma atormentada y pude, por fin, decidirme a continuar el viaje.

El lago se extendía hasta las proximidades de Ginebra. Pronto pude ver con claridad las umbrosas laderas de los montes jurásicos y la refulgente cima del Montblanch. Entonces lloré como un chiquillo. «¡Amadas montañas —pensé—, hermoso lago! ¿Cómo vais a recibir al hijo que vuelve a vosotros? Vuestras cumbres centellean, el cielo y el agua son azules. ¿Quieren prometerme la paz o hundirme más todavía en mi dolorosa desolación?»

Temo, amigo mío, que le resulte enojosa la relación de todos estos preliminares. Los días estuvieron, pese a todo, llenos de relativa felicidad y casi puedo experimentar cierto placer al evocarlos. ¡Mi tierra, mi hermosa y querida tierra! ¿Quién que no haya nacido sobre su amado suelo puede sentir el placer que yo experimentaba al hallar de nuevo sus montañas y, en especial, su maravilloso lago?

Sin embargo, a medida que iba acercándome a la casa de mi padre, la pena y el temor volvieron a atenazarme. Anochecía y, cuando apenas si distinguía la silueta de las montañas, me sentí todavía más miserable. El paisaje nocturno se me presentaba como la escena y el decorado para una maléfica representación. Sentí, de repente, la oscura sensación de que estaba condenado a ser la más desgraciada de las criaturas humanas. Aquel presentimiento profético no fue, ¡ay de mí!, más que la pura verdad e iba a convertirse en realidad en sus menores detalles. Hasta entonces no había sufrido más que una centésima parte de las angustias y los sufrimientos que iban a arrojarse sobre mí.

La noche había caído por entero cuando llegué a los aledaños de Ginebra. Las puertas de la ciudad estaban cerradas y tuve que pasar la noche en Secheron, villorrio situado a una media legua de la capital. El cielo se hallaba sereno y, como no me creía capaz de descansar lo más mínimo, me dispuse a visitar el lugar donde el infeliz William había sido asesinado. Al no poder atravesar Ginebra, me vi constreñido a cruzar en barca el lago para llegar a Plainpalais. Durante el breve recorrido contemplé como los relámpagos trazaban sus hermosas figuras sobre la cima del Montblanch. La tempestad parecía avanzar con rapidez cuando, al llegar a la orilla opuesta, subí a una colina para poder contemplar mejor el panorama. La lluvia empezaba a caer, el cielo iba cubriéndose de nubes y las gruesas gotas fueron pronto un auténtico diluvio.

Me levanté del banco sobre el que me había sentado. La oscuridad se hacía por minutos más impenetrable y mientras la tormenta llegaba a su máxima violencia, el trueno restalló, súbitamente, sobre mi cabeza con ensordecedor rugido. Sus ecos fueron repitiéndose en las laderas de los montes jurásicos y de los Alpes. Fulgentes relámpagos me estremecían e iluminaban el lago dándole el aspecto de una inmensa pradera incendiada. Luego, durante unos minutos, todo quedó envuelto en la mayor oscuridad hasta que mis ojos se acostumbraron a las tinieblas. Como es habitual en Suiza, la tormenta había estallado a la vez en distintos lugares. El punto de su mayor actividad se encontraba al norte de la ciudad, sobre la parte del lago que se extiende entre la colina de Belrive y el villorrio de Copet. Otro núcleo tormentoso encendía sus pálidos resplandores sobre el Jura, mientras que un tercero iluminaba y oscurecía a intervalos, al este del lago, el escarpado monte conocido comúnmente por la Môle.

Admirando la tormenta, a la vez hermosa y terrible, iba caminando a buen paso. La noble lucha de las fuerzas naturales que se habían desencadenado en el cielo me exaltaba. Junté mis manos y exclamé:

—¡William, hermano mío, he aquí tus funerales!

Apenas pronunciadas estas palabras, divisé en la oscuridad una silueta que surgía de un bosquecillo próximo al lugar donde me hallaba. Permanecí inmóvil mirando fijamente la insólita aparición. No cabía duda, un relámpago la iluminó de nuevo revelando con claridad sus rasgos. Su gigantesca estatura, lo deforme de su cuerpo, mucho más horrendo que todo lo que existe en la naturaleza, me demostraron al instante que se trataba del repulsivo y miserable demonio a quien yo había creado y hecho vivir. ¿Pero qué estaba buscando allí? ¿Era posible —me estremecí con sólo pensarlo— que fuera él quien hubiese asesinado a mi hermano? Apenas esta idea brilló en mi cerebro cuando me convencí de su veracidad. Mis dientes castañetearon y tuve que buscar apoyo en un árbol para no caer. La silueta se alejó con rapidez de mí y fue a perderse entre las tinieblas. Indudablemente ningún ser humano normal hubiera hecho el menor daño a un niño tan hermoso. Sí, *él* era su asesino, no me cabía duda. El mero hecho de que la idea hubiese despertado tan espontáneamente en mí, era una prueba de ello. Quise perseguir a aquel monstruo, pero me di cuenta en seguida de que no tenía la más mínima posibilidad de alcanzarle, puesto que un rayo me permitió verle, trepando entre las rocas por la abrupta ladera del monte Salève, que se halla al sur de Plainpalais. Pude ver como, muy pronto, alcanzaba la cima y desaparecía.

Permanecí en aquel lugar; el trueno ya no resonaba, pero la lluvia seguía cayendo y la oscuridad se hizo todavía más profunda. Recordé los sucesos que tanto había querido olvidar. Evoqué las etapas que precedieron a la creación del engendro, su aparición cerca de mi cama y su brusco alejamiento. Habían pasado ya casi dos años desde que aquello había sucedido. ¿Sería aquél su primer crimen? ¡Ay de mí! Eché al mundo una criatura horrenda y depravada que se complacía en el mal causado a los demás. Pues cada vez estaba más convencido de que el monstruo había sido el asesino del más joven de mis hermanos.

No tengo palabras para expresar la angustia que sufrí en el transcurso de aquella siniestra noche. Permanecí a la intemperie, calado hasta los huesos y tiritando de frío. Pero mi espíritu, rebosante de escenas llenas de horror y desesperación, me hacía insensible al mal tiempo. En mis divagaciones consideraba a aquel engendro con el que había afligido a la humanidad, a aquel ser repulsivo al que involuntariamente había concedido el poder de cometer los actos más horrendos, como el reciente asesinato de mi hermano, consideraba a aquel vampiro como una encarnación repugnante de mi propia alma, destinada a destrozar aquello que me era más amado.

Por fin comenzó a amanecer. Me puse en camino hacia la ciudad cuyas puertas debían estar abiertas ya y me dirigí al hogar de mi padre. Mi primer pensamiento había sido el de revelar cuanto sabía sobre la muerte de William y su presunto autor, posibilitando así que se emprendiera una batida para buscarle. Pero cambié de idea cuando reflexioné sobre todo lo que tendría que explicar. ¿Qué pensarían al oírme decir que había encontrado, a media noche y en la ladera de una montaña inaccesible, a una criatura monstruosa que yo había creado en la soledad de mi laboratorio? Pensé en la fiebre que se había apoderado de mí tras el famoso acontecimiento, maladada fiebre que, sin duda, haría que mi relato, ya increíble de por sí, fuese considerado como la pesadilla de un demente. Me dije que si alguien me relatara algo parecido no podría evitar creerle loco. Además, pese a que lograra convencer a mi familia de la autenticidad de tales hechos, debía tener en cuenta que las características del monstruoso ser le permitirían escapar con facilidad a cualquier batida. En efecto, ¿existía alguien con habilidad y valor suficientes como para habérselas con una criatura que trepaba, en plena noche, por las laderas casi verticales del monte Saleve? Estas consideraciones me hicieron llegar al convencimiento de que era preferible callar.

Hacia las cinco de la madrugada llegué a casa de mi padre. Ordené a los sirvientes, que se hallaban ya levantados, que no despertaran a nadie, puesto que esperaría en la biblioteca que llegara la hora en que tenían por costumbre hacerlo.

Aquellos seis años habían transcurrido como un sueño interrumpido, bruscamente, por el horrendo drama. Me encontraba en la estancia donde mi padre me había abrazado por última vez, antes de mi partida hacia Ingolstadt. ¡Querido y venerado padre! Por fortuna, Dios había querido conservármelo. Contemplé la pintura colgada sobre el hogar. Había sido encargada expresamente por el autor de mis días y representaba a Carolina Beaufort, mi madre, postrada en actitud de desesperación ante el féretro de su padre. Su indumentaria era rústica y la palidez cubría sus mejillas; sin embargo, emanaba de su figura un aire de dignidad, una belleza, que impedía incluso sentir piedad. Apoyada en el cuadro, una miniatura de William me arrancó, en cuanto la vi, ardientes lágrimas. En aquel momento entró Ernesto, había oído el ruido producido por mi llegada y se vistió con la mayor celeridad para acudir a darme la bienvenida. Me comunicó la alegría que experimentaba al verme de nuevo, pero sus palabras estaban llenas de tristeza.

—Sé bien venido, querido Víctor —dijo—. Lamento que tu llegada no se haya adelantado unos meses. Entonces nos hubieras encontrado viviendo gozosos y felices. Pero ahora vienes a compartir un dolor que nada podrá aliviar. Espero, al menos, que tu presencia mitigue el sufrimiento de nuestro padre, pues el suceso le ha afectado enormemente y está muy desmejorado. Desearía también que pudieras consolar a nuestra pobre Elisabeth y convencerla de que se está acusando sin motivo y torturando en vano. ¡Pobre William! ¡Le queríamos tanto y estábamos todos tan orgullosos de él!

Las lágrimas resbalaban abundantes por sus mejillas y se apoderó de mí una mortal desesperación. Hasta entonces, la tristeza de los míos había llegado a mí sólo de una forma abstracta; la realidad me afectó como si se tratara de un desastre nuevo y no menos terrible. Traté de consolar a Ernesto y le supliqué que me hablara de mi padre y de aquella a quien llamaba prima.

—Elisabeth es quien está más necesitada de tu consuelo —me dijo—. Cree haber sido la causante del asesinato del niño y esto la atormenta de modo insufrible. Aunque ahora como han descubierto ya al asesino...

—¡Han descubierto al asesino! ¡Cielo santo! ¡No es posible! ¿Quién ha sido capaz de detenerle? Eso es tan difícil como intentar encerrar al viento o detener un torrente utilizando un dique hecho de frágiles cañas. Ayer noche mismo le vi y estaba libre.

—No comprendo nada de lo que dices —

pondió Ernesto con visible asombro—, pero la detención del culpable ha hecho más dolorosa todavía nuestra desgracia... Al principio nadie quiso creerlo. Elisabeth se niega, todavía ahora, a admitirlo. Es realmente difícil, para quienes conocemos a Justine Moritz, tan dulce y tan afecta a nosotros, aceptar que haya podido, de pronto, ser capaz de tan horrendo crimen, de tan abominable asesinato.

—¡Justine Moritz! ¡Pobre, desgraciada muchacha! ¿Es a ella a quien acusan? ¡Pero es una locura! ¡Todos debieran comprenderlo! Sin duda, nadie podrá creer algo semejante.

—Al comienzo fue así, nadie quiso creerlo. Pero existen ciertos detalles que nos han forzado a aceptar los hechos. Por otro lado, su comportamiento fue tan desconcertante que contribuyó mucho a acusarla. Me parece que no existe ya ninguna duda. Además, será juzgada hoy mismo y podrás convencerte con tus propios ojos.

Me explicó como, la madrugada en que descubrieron el cadáver del infeliz William, Justine se había encontrado mal y se había visto obligada a guardar cama durante algunos días. Poco tiempo después, mientras una sirvienta ponía en orden los vestidos que la muchacha llevaba el día del crimen, había hallado casualmente, en un bolsillo, la miniatura representando a la madre de Elisabeth, cuyo robo parecía ser el móvil del asesinato.

La sirvienta en cuestión había enseñado su descubrimiento a otra muchacha del servicio que, sin comunicárnoslo, entregó la miniatura en el ~~cho~~ del juez. Luego, como es lógico, Justine y, cuando supo de qué se la acu~~se~~ infeliz pareció llena de la mayor que no hizo sino incrementar las ~~le~~ habían caído sobre ella.

dientes lágrimas. En aquel momento entró Ernesto, había oído el ruido producido por mi llegada y se vistió con la mayor celeridad para acudir a darme la bienvenida. Me comunicó la alegría que experimentaba al verme de nuevo, pero sus palabras estaban llenas de tristeza.

—Sé bien venido, querido Víctor —dijo—. Lamento que tu llegada no se haya adelantado unos meses. Entonces nos hubieras encontrado viviendo gozosos y felices. Pero ahora vienes a compartir un dolor que nada podrá aliviar. Espero, al menos, que tu presencia mitigue el sufrimiento de nuestro padre, pues el suceso le ha afectado enormemente y está muy desmejorado. Desearía también que pudieras consolar a nuestra pobre Elisabeth y convencerla de que se está acusando sin motivo y torturando en vano. ¡Pobre William! ¡Le queríamos tanto y estábamos todos tan orgullosos de él!

Las lágrimas resbalaban abundantes por sus mejillas y se apoderó de mí una mortal desesperación. Hasta entonces, la tristeza de los míos había llegado a mí sólo de una forma abstracta; la realidad me afectó como si se tratara de un desastre nuevo y no menos terrible. Traté de consolar a Ernesto y le supliqué que me hablara de mi padre y de aquella a quien llamaba prima.

—Elisabeth es quien está más necesitada de tu consuelo —me dijo—. Cree haber sido la causante del asesinato del niño y esto la atormenta de modo insufrible. Aunque ahora como han descubierto ya al asesino...

—¡Han descubierto al asesino! ¡Cielo santo! ¡No es posible! ¿Quién ha sido capaz de detenerle? Eso es tan difícil como intentar encerrar al viento o detener un torrente utilizando un dique hecho de frágiles cañas. Ayer noche mismo le vi y estaba libre.

—No comprendo nada de lo que dices —respondió Ernesto con visible asombro—, pero la detención del culpable ha hecho más dolorosa todavía nuestra desgracia... Al principio nadie quiso creerlo. Elisabeth se niega, todavía ahora, a admitirlo. Es realmente difícil, para quienes conocemos a Justine Moritz, tan dulce y tan afecta a nosotros, aceptar que haya podido, de pronto, ser capaz de tan horrendo crimen, de tan abominable asesinato.

—¡Justine Moritz! ¡Pobre, desgraciada muchacha! ¿Es a ella a quien acusan? ¡Pero es una locura! ¡Todos debieran comprenderlo! Sin duda, nadie podrá creer algo semejante.

—Al comienzo fue así, nadie quiso creerlo. Pero existen ciertos detalles que nos han forzado a aceptar los hechos. Por otro lado, su comportamiento fue tan desconcertante que contribuyó mucho a acusarla. Me parece que no existe ya ninguna duda. Además, será juzgada hoy mismo y podrás convencerte con tus propios ojos.

Me explicó como, la madrugada en que descubrieron el cadáver del infeliz William, Justine se había encontrado mal y se había visto obligada a guardar cama durante algunos días. Poco tiempo después, mientras una sirvienta ponía en orden los vestidos que la muchacha llevaba el día del crimen, había hallado casualmente, en un bolsillo, la miniatura representando a la madre de Elisabeth, cuyo robo parecía ser el móvil del asesinato.

La sirvienta en cuestión había enseñado su descubrimiento a otra muchacha del servicio que, sin comunicárnoslo, entregó la miniatura en el despacho del juez. Luego, como es lógico, Justine fue detenida y, cuando supo de qué se la acusaba, la pobre infeliz pareció llena de la mayor confusión, lo que no hizo sino incrementar las sospechas que habían caído sobre ella.

Todo aquello me pareció muy extraño y Ernesto no logró hacer vacilar mi convicción.

Respondí enfurecido:

—¡Pero estáis equivocados! Yo sé quién es el auténtico asesino. Justine, pobre muchacha, es ajena por completo a ello.

En aquel preciso instante mi padre entró en la biblioteca. Advertí cómo la pena había hecho mella en sus rasgos. Pese a todo, trató de recibirme con cierta jovialidad y, tras haber cambiado nuestros entristecidos saludos, él hubiera iniciado, sin duda, un tema distinto del que nos había absorbido hasta aquel instante si Ernesto no hubiese observado:

—¡Cielos, papá! Víctor pretende conocer al asesino de nuestro William.

—Sí, también nosotros le conocemos —respondió mi padre—. ¡Ah! Mejor hubiera sido no salir nunca de mi ignorancia que verme constreñido a saber que tal depravación e ingratitud podían ocultarse en alguien a quien yo tanto estimaba.

—Querido padre —dije—, estás en un error. Justine es inocente.

—Si eso es cierto, hijo mío, lo que deseo con todo mi corazón, Dios quiera que no la consideren culpable. Hoy mismo será juzgada y espero, sí, espero con todas mis fuerzas que saldrá absuelta.

Estas palabras lograron tranquilizarme un poco. Yo estaba absolutamente convencido de que Justine, como cualquier otro ser humano normalmente constituido, era por completo incapaz de cometer una acción tan monstruosa. Por lo tanto no temía en absoluto que fuera posible presentar ante el tribunal una prueba positiva suficiente para condenarla. Por otra parte, he dicho ya que, a mi entender, era inútil relatar en público mi historia, pues lo que contenía de horrendo, de inhumano y fantástico, haría que cualquier jurado la considerara fruto del delirio sufrido por un loco. ¿Existía alguien sobre la tierra capaz de creer, sin haberlo contemplado con sus propios ojos, en la realidad de un engendro como el que yo había animado?

Elisabeth se unió pronto a nosotros. Había cambiado mucho desde que me separara de ella. El transcurso del tiempo la había dotado de un encanto que superaba en mucho a la gran belleza que ya en su infancia poseía. Leíase en ella el mismo candor, la misma viveza, pero aumentada ahora por los rasgos que revelaban su sensibilidad y sus extensas cualidades intelectuales.

—Tu llegada, querido Víctor, llena mi corazón de esperanza —dijo—. Confío en que lograrás hallar algún medio de probar la inocencia de nuestra desgraciada Justine. ¿Quién podrá, de hoy en adelante, estar seguro si la condenan? La desventura nos afecta doblemente, no sólo nos han arrebatado a nuestro adorado chiquillo, sino que ahora estamos a punto de perder de forma más cruel todavía, a esta infeliz muchacha a la que quiero tiernamente. Si es condenada, jamás podré gozar ya, en este mundo, de ninguna alegría. Pero no será así. Estoy convencido de que algún día podré volver a ser feliz pese a la muerte de nuestro pobre William.

—La joven es inocente, Elisabeth, amada mía —dije—, y podremos probarlo. No temas; deja que el convencimiento de que será absuelta calme tus temores.

—¡Qué bueno y generoso eres! —murmuró—. Los demás la creen culpable y esto me apena mucho; tanto más cuanto que estoy convencida de su inocencia. Asistir impasible al grave perjuicio que le estaban ocasionando me desesperaba.

—Querida sobrina —dijo mi padre—, seca tus lágrimas. Si, como crees, Justine no es culpable, confía en la justicia de nuestras leyes y en que pondré todo mi cuidado en anular cualquier sospecha de parcialidad.

VIII

Vivimos algunas horas penosas mientras aguardábamos la apertura del tribunal, señalada para las once de la mañana. Mi padre y los restantes miembros de mi familia estaban citados como testigos y yo les acompañaría. Durante el transcurso de aquella parodia de justicia sufrí un verdadero calvario. Iba a decidirse en aquella sala si mi curiosidad científica y mis impíos experimentos habían tenido como consecuencia la muerte de dos seres humanos. La de un encantador chiquillo, lleno de alegría e inocencia, era ya irremediable; la segunda, más abominable si cabe, puesto que se añadirían a ella los indelebles estigmas de una inmerecida condena, estaba a punto de producirse. Justine era una buena muchacha. Tenía unas cualidades que le hubieran proporcionado una vida feliz, y tan hermoso porvenir estaba ahora en peligro de perderse, encerrado por toda la eternidad en una ignominiosa tumba. ¡Y yo era el culpable de ello!

Hubiera preferido mil veces ser acusado del crimen que imputaban a Justine, pero no podía culparme de ello, puesto que el día del hecho yo estaba en Ingolstadt. Y, por otro lado, si confesaba la verdad, mis palabras se considerarían fruto de la pesadilla de un alienado y no podrían lograr la absolución de la infeliz que iba a pagar por mi crimen.

Justine hizo su entrada tranquila y digna. Vestía de luto y sus facciones, ya de por sí atractivas, resultaban más seductoras todavía resaltadas por la graciosa solemnidad de su porte. Parecía confiar en que su inocencia sería, por fin, reconocida. Ni un estremecimiento la traicionó pese a que todos la miraban y miles de personas maldecían su nombre, pues la simpatía que su hermosura hubiera despertado en otras circunstancias era ahogada, en el espíritu de los espectadores, por la magnitud del crimen cuya culpabilidad parecía recaer sobre ella. Aparentaba una serenidad que era a todas luces ficticia y motivada por el hecho de que, si su aturdimiento y desconcierto al enterarse del crimen de que era acusada los consideraron indicios de su culpabilidad, había decidido mantener una actitud de confianza y valor. Al ocupar su asiento en el banco de los acusados, recorrió con su mirada la sala y, al descubrir el lugar donde nos encontrábamos, sus ojos se cubrieron de lágrimas, pero logró dominarse y, con un ademán de cariñosa pesadumbre, pareció afirmarnos su inocencia.

Se abrió la sesión. Cuando los representantes del ministerio fiscal hubieron terminado su informe, se hizo comparecer a varios testigos. Ciertos hechos aislados iban ligándose los unos a los otros con fuerza suficiente como para alejar cualquier duda sobre la culpabilidad de la acusada, en aquellos que no poseían, como yo, la prueba formal de su inocencia.

Había pasado la noche del crimen fuera de casa y, al amanecer, una mujer la había visto cerca del lugar donde, poco tiempo después, sería hallado el cadáver del niño asesinado. La mujer le había preguntado lo que estaba haciendo allí y la acusada, con una extraña luz en sus ojos, había murmurado algunos vocablos ininteligibles. Regresó a casa alrededor de las ocho de la mañana y, al serle preguntado dónde había pasado la noche, dijo que estuvo buscando al niño. Quiso saber, ansiosamente, si se sabía alguna novedad en cuanto al paradero de William y, cuando le fue mostrado el cuerpo, sufrió una violenta crisis de nervios que le obligó a guardar cama durante varios días.

Le enseñaron el *pendentif* que contenía la miniatura hallada por las sirvientas entre sus ropas y, al declarar Elisabeth que era el que había colocado con sus propias manos en la garganta del niño, una hora antes de su desaparición, murmullos de horror e indignación se elevaron de la sala.

Se pidió a Justine que alegara todo cuanto pudiera servir para su defensa. A medida que el proceso iba avanzando, su tranquila seguridad había ido desapareciendo, sus rasgos traslucieron primero sorpresa y, más tarde, horror y desesperación. Hasta entonces había logrado contener el llanto y, cuando fue llamada a declarar, se sobrepuso respondiendo a las preguntas que le formulaban con voz audible, aunque ahogada por la emoción.

—Tomo a Dios por testigo de que soy inocente —dijo—. Sin embargo, no creo que mis afirmaciones puedan bastar para lograr mi absolución. No puedo probar mi inocencia sino explicando sencillamente los hechos que se han argüido en mi contra; deseo que mi buena reputación pueda mover a mis jueces a interpretar con benevolencia las circunstancias de carácter dudoso e, incluso, aquellas que parezcan acusarme.

Declaró a continuación que, con permiso de Elisabeth, pasó el día anterior a la noche del crimen en casa de una tía, en Chene, aldea situada a una legua de Ginebra. Cuando regresaba, hacia las nueve de la noche, se encontró a un hombre que le preguntó si sabía algo del niño que estaban buscando. Aquello la alarmó y estuvo varias horas intentando encontrar, ella misma, al pequeño. Las puertas de Ginebra se cierran a una determinada hora y, por ello, tuvo que buscar cobijo cercano a una casa cuyos dueños la conocían bien y a quienes no había querido despertar. Permaneció mucho tiempo sin poder conciliar el sueño, pero, finalmente, acabó durmiéndose. Algún tiempo después, la desveló un rumor de pasos que la sobresaltó mucho. Al amanecer dejó su refugio para seguir buscando a William. Ella no sabía que se hallaba próxima al lugar donde reposaban sus restos y no tenía nada de especial el hecho de que respondiera de modo extraño a la pregunta de la mujer, puesto que acababa de pasar la noche en blanco y la suerte del pobre William la inquietaba mucho. En lo referente al *pendentif* no se explicaba cómo habían podido hallarlo en sus ropas.

—Sé que este hallazgo parece culparme inequívocamente —prosiguió la desgraciada—, pero me siento incapaz de explicar cómo llegó a mi poder la miniatura. Ignoro cuanto a esto se refiera, no puedo hacer sino algunas conjeturas sobre la manera en que el *pendentif* pudo ser introducido en mi bolsillo. Pero también en este punto se me presenta un dilema. No creo que nadie me odie al extremo de causarme tan enorme perjuicio. ¿Fue acaso el mismo asesino quien puso la miniatura entre mis ropas? No consigo imaginar la manera como pudo hacerlo y, además, aunque pudiera conseguirlo, ¿por qué iba a desprenderse de una joya que acababa de robar? Confío mi suerte al recto proceder de mis jueces —prosiguió—, porque no puedo conservar motivo alguno de esperanza. Solicito que los testigos acrediten mi reputación y, si sus palabras no son suficientes para alejar de mí la acusación, en verdad no esperaré ya salvación, pese a que mi esperanza está fundamentada en mi absoluta inocencia.

Fueron llamadas algunas personas que la conocían desde mucho tiempo atrás y todas hablaron favorablemente de ella. Pero el horror y la indignación que sentían ante el crimen del que la consideraban autora, les hizo circunspectos y poco dispuestos a cantar sus alabanzas. Elisabeth se dio cuenta de que este postrer recurso, la bondad y conducta irreprochable de la acusada, tampoco iba a ser eficaz. Poseída por una intensa emoción pidió venia para dirigirse al tribunal.

—Soy —dijo— la prima del infeliz chiquillo que ha sido asesinado, mejor dicho, soy casi su hermana, pues fui adoptada por sus padres y he vivido con ellos antes ya del nacimiento de William. Quizá por ello parecerá inadecuado que yo declare, pero no puedo evitarlo al ver a un humano que corre peligro de perderse por culpa de la inhibición de quienes se llamaban sus amigos. Solicito que se me permita declarar para atestiguar, también yo, lo que sé del carácter y la conducta de la acusada. La conozco íntimamente, por dos veces he vivido bajo el mismo techo. La primera a lo largo de cinco años, la segunda durante casi dos. En todo este tiempo se ha mostrado la más amable, buena y agradecida de las criaturas. Ella fue quien cuidó a la señora Frankenstein, mi tía, cuando cayó víctima de la enfermedad que nos la arrebató, y dio pruebas del mayor cariño y devoción. Luego tuvo que atender a su propia madre, también enferma, que murió poco después. Lo hizo con una abnegación que dejó admirados a todos los que la conocíamos. Fallecida su madre, regresó a nuestro hogar, en donde se ha granjeado el cariño de toda la familia. Sentía especial predilección por el niño asesinado y le atendía como si se tratara de la madre más amorosa. Por mi parte, creo innecesario decir que, a pesar de todas las pruebas que parecen acusarla, tengo una infinita fe en su inocencia. Era inútil

121

que llevara a cabo tan horrendo crimen puesto que, de haberlo deseado, sólo con pedirle la joya la hubiera obtenido. La quería tanto que se la hubiera regalado de buen grado.

Un rubor aprobatorio recibió el sencillo y valiente parlamento de mi prima, pero se dirigía más a ella, por su vigorosa defensa, que a la desgraciada Justine, contra quien se volcó la ira del público que ia acusaba, con renovada virulencia, de la mayor ingratitud. Ardientes lágrimas habían resbalado por las mejillas de la muchacha mientras escuchaba la declaración de Elisabeth, pero no respondió a ella. A lo largo de todo el juicio mi nerviosismo y mi angustia fueron indescriptibles. La sabía inocente, estaba convencido de ello. ¿Era posible que el monstruo que había matado —no lo dudé ni un segundo— a mi propio hermano, hubiera comprometido, en su diabólica maldad, la inocencia de una muchacha que ahora se veía hundida en la ignominia? El horror de la situación me era insoportable y, cuando las reacciones de público y la fisonomía de los jueces me hicieron comprender que mi inocente víctima estaba perdida, abandoné, enloquecido, el tribunal. Los sufrimientos de la desgraciada no igualaban a los míos. A ella la sostenía su inocencia mientras yo me retorcía bajo los furiosos embates de un remordimiento que me atenazaba sin querer abandonar su presa.

Pasé la noche sumergido con angustia en una indescriptible desesperación. A la mañana siguiente regresé al tribunal, mi boca y garganta estaban resecas y no me atrevía a formular la pregunta fatal. Pero fui reconocido y el ujier adivinó la causa que me había llevado allí. El jurado había ya pronunciado su fallo irrevocable: Justine estaba condenada.

No trataré de narrar lo que experimenté. Había sufrido ya un horror parecido y tampoco entonces pude exteriorizar mi emoción. No existen palabras con la fuerza suficiente para contener lo que pasaba en mi interior. El funcionario añadió que, finalmente, Justine se había reconocido culpable.

—Era absurdo que se empeñara en negar algo tan claro —precisó—, aunque ninguno de nuestros jueces sea capaz de condenar a un delincuente con simples pruebas circunstanciales, pese a que sean muy convincentes.

La noticia era extraña e inesperada. ¿Qué significaba? ¿Acaso me había engañado la vista durante la tormenta de aquella noche? ¿O es que estaba en realidad tan loco como hubieran creído todos de haber revelado la horrenda naturaleza del ser a quien yo consideraba culpable?

Regresé apresuradamente a casa. Elisabeth me estaba esperando con febril impaciencia para preguntarme cuál había sido la sentencia.

—Querida prima —dije—, por desgracia la respuesta es aquella que, con toda lógica, debíamos esperar. Los jueces prefieren castigar a diez inocentes antes de que escape un culpable. Pero hay algo peor. ¡Justine ha confesado!

Para Elisabeth, que había creído ciegamente en la inocencia de la muchacha, aquello fue un golpe atroz.

—¡Ah! —gritó—, ¿cómo podré, ahora, seguir confiando en la bondad humana? ¿Cómo Justine, a la que amaba y respetaba como a una hermana, ha sido capaz de engañarnos con su sonrisa y su aire de inocencia para poder traicionarnos con mayor facilidad? La limpidez de sus ojos parecía decir que era incapaz de falta alguna, de ninguna villanía y, sin embargo, ha cometido este horrible crimen.

Nos comunicaron, poco después, que la infeliz había expresado el deseo de hablar con mi prima. Mi padre no quería que Elisabeth acudiera a ver-

123

la, pero, no obstante, la dejó en libertad de hacer aquello que su corazón le dictara.

—¡Sí, iré! —dijo impulsivamente Elisabeth—, a pesar de que sea culpable. ¿Querrás acompañarme, Víctor? No puedo entrar sola allí.

La idea de hallarme ante Justine me atormentaba, pero no pude negarme.

Entramos en la siniestra mazmorra y pudimos contemplar a la desdichada niña, sentada sobre un montón de paja, al otro extremo del reducto. Tenía las manos encadenadas y su cabeza reposaba sobre las rodillas. Al oírnos entrar se puso en pie y, cuando nos dejaron a solas, se echó llorando a los pies de mi prima. Elisabeth rompió a su vez, en sollozos.

—¡Justine, Justine! —gimió—, ¿por qué me has privado de un último consuelo? Estaba segura de tu inocencia y, aun siendo muy desgraciada cuando confiaba en ti, ahora lo soy mil veces más.

—¿También tú has creído que soy tan malvada? ¿Vas a colocarte entre mis enemigos y, como ellos, vas a condenarme?

Su voz se rompió en un sollozo.

—Levántate, pobre amiga mía —exclamó Elisabeth—. ¿Por qué te arrodillas si eres inocente? No estoy con tus enemigos. En contra de todas las evidencias no quise creer que eras culpable. Pero ¿acaso tú misma no te has acusado? Ahora das a entender que la declaración del tribunal es falsa. Créeme, Justine querida, sólo tus palabras podían quebrar la fe que había depositado en ti.

—He confesado, es cierto; pero he mentido. He confesado para poder lograr la absolución y, en estos momentos, la mentira abruma mi conciencia más angustiosamente que todas las faltas que haya podido cometer. ¡Dios me perdone! Tras oír la condena, el confesor no ha hecho otra cosa que torturarme, hasta tal punto que casi me han convencido de que soy el ser monstruoso que creen ver en mí. Me ha amenazado con la excomunión y, además, con las penas eternas del infierno, si seguía persistiendo en ser inocente. Querida, nadie estaba a mi lado para defenderme. Todos me miraban como a una perdida, condenada a la ignominia y a la muerte. ¿Qué podía hacer? En un instante de desesperación, he transigido, he aceptado mentir, y me siento más desgraciada que nunca.

Calló con la voz enronquecida por los sollozos. Pasados unos momentos, continuó:

—Mi dulce amiga. Me decía horrorizada que ahora creerías a Justine, a quien tanto había querido tu tía y a quien tanto ayudabas tú, un ser odioso, alguien capaz de perpetrar un asesinato tan horrendo que nadie sino el diablo en persona hubiera osado cometer. ¡Querido William! ¡Querido pequeño mío! Pronto me reuniré contigo y ambos seremos felices en el Cielo. Este pensamiento será el único que logre consolarme en el instante de mi muerte.

—¡Perdóname, Justine! —exclamó Elisabeth—. Perdóname que por un momento haya dudado de tu inocencia. ¿Por qué confesaste? Pero no te atormentes más, querida niña. No temas. Proclamaré tu inocencia, la probaré. Con mis sollozos y súplicas ablandaré los duros corazones de tus enemigos. ¡No morirás! Tú, mi compañera de juegos, mi amiga, mi hermana, no puedes morir a manos del verdugo. ¡No! Nunca podría sobrevivir a tal desdicha.

Justine inclinó tristemente su cabeza.

—Morir no me asusta —dijo—, he dejado ya atrás esta angustia. Dios me ha dado el valor necesario para sobrellevar mis penas. Dejaré un mundo de pesar y amargura. Si dices que pensaréis en mí y me recordaréis como alguien a quien condenaron injustamente, aceptaré resignada la suerte que me espera. Aprende de mí, querida, la sumisión sin rebeldía a los designios del Cielo.

Mientras tenía lugar esta conmovedora conversación, me había retirado a un rincón de la mazmorra sin poder dominar la terrible angustia que se había apoderado de mí. ¡Desesperación! ¿Quién puede hablar de desesperación? Aquella infeliz víctima de las leyes humanas que, a la mañana siguiente, iba a cruzar la tenebrosa frontera que divide la vida y la muerte, no experimentaba, como yo, la amarga agonía de un sufrimiento irremediable. Mis mandíbulas, prietas, hacían rechinar los dientes. Un sollozo salido del fondo de mi corazón se escapó de entre mis labios.

Justine, sobresaltada al escucharlo, me reconoció y dijo:

—Querido señor, qué bondadoso ha sido usted viniendo a verme. Espero que no crea tampoco en mi culpabilidad.

Transido como me hallaba por la más dolorosa emoción, no fui capaz de responderle.

—No, Justine —dijo Elisabeth—, él está más convencido aún que yo de tu inocencia. Ni siquiera cuando le han enterado de tu confesión ha querido considerarte culpable.

—¡Cuánto se lo agradezco! En estos últimos momentos de mi vida siento una enorme gratitud hacia aquellos que me juzgan bondadosamente. Qué dulce es, para una infeliz como yo, contar todavía con algunos afectos. Ellos me consuelan de mis sufrimientos y, ahora, siento que puedo morir tranquila, puesto que tú, querida amiga, reconoces mi inocencia al igual que tu primo.

La pobre niña intentaba así darnos consuelo y consolarse ella misma. Y yo, el auténtico asesino, el responsable de todas aquellas desgracias, sentía agitarse en mi pecho el remordimiento que, a lo largo de toda mi vida, aniquilaría cualquier esperanza y consuelo. Elisabeth lloraba sintiéndose, también, muy desgraciada. Pero su dolor era el de la inocencia, como una nube que oscurece, al pasar, un instante la luna, pero que no logra apagar su fulgor. En mí, la angustia y la desesperación habían llegado a lo más hondo. Llevaba conmigo mi propio infierno, un infierno cuyas llamas jamás llegarían a extinguirse.

Permanecimos durante muchas horas junto a Justine, y Elisabeth no logró separarse de ella sino gracias a un gran esfuerzo.

—¡Quiero morir contigo! —gritaba—. No podré seguir viviendo en un mundo tan miserable.

Justine intentó aparentar un aspecto casi alegre pese a que difícilmente podía contener las lágrimas. Abrazó a Elisabeth y dijo con voz ahogada por la emoción:

—¡Adiós, dulce amiga mía! Que el cielo quiera concederte, querida Elisabeth, mi única amiga, su bendición y consuelo. Quiera Dios que sea ésta la última desgracia que debas soportar. Vive, sé feliz y haz felices a los demás.

A la mañana siguiente, Justine fue ejecutada. La conmovedora elocuencia de Elisabeth no pudo convencer a los jueces ni lograr que volvieran sobre su decisión. Para ellos la infeliz y bondadosa muchacha siguió siendo la culpable de un asesinato.

Mis indignadas y fervientes protestas tampoco consiguieron sacarles de su indiferencia. Y, al comprender por sus heladas respuestas la cerrilidad y rudeza de aquellos hombres, lo que estaba a punto de revelarles no llegó a salir de mis pálidos labios. Si se lo hubiese dicho, si les hubiera relatado mi alucinante historia, no hubiera conseguido más que hacerme tomar por loco, sin por ello lograr que revisaran el proceso y revocaran la sentencia que pesaba sobre la pobre Justine. Murió por lo tanto, a manos del verdugo, como un asesino vulgar.

Relegué mis remordimientos al olvido, dejé le preocuparme por las torturas que sufría para concentrar mi atención en la infinita y callada tristeza de Elisabeth. También ella era el resultado de mis acciones, como lo eran la profunda pesadumbre de mi padre y la desolación caída sobre una casa antes alegre y feliz. Sí, toda aquella pena era la consecuencia de mis locuras, la obra de mis manos tres veces malditas.

¡Llorad, llorad, seres amados! No serán éstas las postreras lágrimas que derraméis por mi causa. Sufriréis de nuevo, y el eco de vuestros lamentos tardará mucho tiempo en extinguirse. Yo, Víctor Frankenstein, tu hijo, vuestro hermano, vuestro amigo dulcemente amado, aquel que ofrecería por todos vosotros hasta la última gota de su sangre, aquel que no gozaba ninguna alegría si no se reflejaba en vuestras queridas facciones, aquel que deseaba entregar su vida a vuestro cuidado y servicio; Víctor Frankenstein os hace llorar, os condena a derramar inagotables lágrimas y, si el destino queda así satisfecho, si la inalterable paz del sepulcro pone piadoso fin a vuestros pesares y sufrimientos, él habrá cumplido satisfactoriamente la funesta misión que le fue asignada sobre la tierra.

Estas eran las profecías que nacían en mi alma herida por el remordimiento, el horror y la desesperación, mientras aquellos a quienes mi corazón más amaba lloraban su inútil tristeza sobre las tumbas de William y Justine, primeras e infelices víctimas de mis sacrílegas acciones.

IX

Cuando los sentimientos habían sido sobreexcitados por la rápida sucesión de acontecimientos penosos, nada es más agobiante para el alma humana que la calma de la inactividad y la certeza de lo irremediable, que terminan, ciertamente, con el miedo, pero también con la esperanza.

Justine había muerto. Descansaba en paz y yo seguía viviendo; la sangre circulaba sin trabas por mis venas, pero la desesperación y el remordimiento llenaban mi pecho sin que nada consiguiera mitigarlos. No lograba conciliar el sueño, caminaba sin objeto, como un alma en pena, como el espíritu de un condenado, puesto que por mi culpa se habían desarrollado hechos horrendos que nadie hubiera podido imaginar. Y, estaba convencido de ello, no serían los últimos. Sin embargo, mi corazón rebosaba amor y bondad. Mi vida había estado siempre llena de benévolas intenciones y con impaciencia había aguardado el instante de ponerlas en práctica convirtiéndome, de ese modo, en alguien útil a mis semejantes. Pero ahora todo había sido aniquilado. Los remordimientos y el sentimiento de culpa habían sustituido a la serena conciencia que me hubiera permitido contemplar con satisfacción el pasado, hallando en él el preludio de nuevas esperanzas. Mi tormento era insoportable.

Tal estado de ánimo perjudicó mi salud que, posiblemente, no se había repuesto por entero, tras los sucesos que tanto la habían afectado. Rehuía a mis semejantes; cualquier manifestación de gozo o alegría me parecía intolerable. Sólo en el aislamiento hallaba consuelo, en un aislamiento oscuro y profundo, semejante a la muerte.

Mi padre observó, con tristeza, el visible cambio que se había producido en mi humor y mis costumbres. Con argumentos que le dictaba la tranquilidad de su conciencia y un pasado irreprochable, intentó darme la fortaleza de ánimo y el valor necesario para barrer los sombríos nubarrones que se acumulaban sobre mí.

—¿Crees tú, Víctor —me dijo un día—, que yo no sufro? Nadie podrá querer a un niño como yo amaba a tu hermano (las lágrimas rodaron por sus mejillas), pero los supervivientes debemos evitar el incremento del dolor ajeno no manifestando un dolor exagerado. Es, incluso, un deber para con uno mismo. La tristeza desmesurada anula la posibilidad del consuelo y la alegría, puede impedir, incluso, que quien sufre cumpla les tareas diarias sin las que nadie es digno de ocupar un lugar en la sociedad.

Por desgracia, pese a su bondad, aquellos consejos no servían en mi caso. Yo hubiera sido el primero en ocultar mi tristeza si el remordimiento no se hallara unido a ella y si el miedo no me mantuviera siempre alerta. No podía responder a mi padre más que con miradas llenas de desesperación o evitando su presencia.

Fue en aquella época cuando nos trasladamos a nuestra propiedad de Belrive. La mudanza me fue muy agradable. El cierre, a las diez de la noche, de las puertas de la ciudad y la consecuente imposibilidad de permanecer en el lago pasada esta hora, había hecho muy penosa mi estancia en Ginebra. Ahora me hallaba en libertad de pasear cuanto quisiera. Frecuentemente, cuando mi familia se había ya acostado, embarcaba en un bote y pasaba largas horas sobre el lago. Algunas veces izaba la vela y me dejaba arrastrar por la brisa o remaba hasta el centro del lago y abandonaba la embarcación a la deriva mientras me entregaba a tristes pensamientos. A menudo, cuando yo era el único ser que vagaba, inquieto, por aquella escena sobrenaturalmente hermosa —excepción hecha de algunos murciélagos y ranas, cuyo intermitente croar me llegaba desde la orilla—, a menudo, digo, sentía impulsos de echarme al agua silenciosa y permitir que el lago se cerrara definitivamente sobre mi cabeza y mis sufrimientos. Sólo una cosa me retenía, el recuerdo de Elisabeth, a la que amaba tiernamente y cuya vida estaba unida íntimamente a la mía. Pensaba, también, en mi padre y mi otro hermano. ¿Iba a permitir que mi cobarde deserción les dejara a merced de la diabólica maldad de un monstruo que, en mi inconsciencia, había azuzado contra ellos?

En aquellos instantes lloraba con amargura y deseaba que mi alma hallara la paz necesaria para darles el consuelo y la felicidad que tanta falta les hacía. ¡Ah!, era imposible. Mis remordimientos anulaban cualquier esperanza. Yo era el autor de males irremediables y vivía en el perpetuo terror de que el monstruo se entregara a nuevas y horribles acciones. Presentía, oscuramente, que sus actos vandálicos no habían finalizado y que, pronto, cometería de nuevo algún crimen espantoso cuya magnitud borraría, probablemente, todo recuerdo de sus anteriores delitos.

Mientras viviera sobre la tierra alguien que me fuera querido, sería preciso aguardar siempre lo peor. No puedo expresar la abominación que sentía por aquel abyecto engendro; su solo recuerdo hacía rechinar mis dientes y encendía en mis ojos brillos asesinos. No deseaba más que una cosa: aniquilar a la inmunda criatura que con tanta estupidez había creado. Cuando pensaba en sus aborrecibles delitos, en su diabólica malicia, mi odio y mis ansias de venganza eran irrefrenables.

131

De buena gana hubiera subido al pico más alto de los Andes si con ello lograra la posibilidad de arrojar en el más profundo de sus abismos a aquel horrible monstruo.

Esperaba que se cruzara en mi camino para maldecirle y vengar el cruel asesinato de William y Justine.

Nuestro hogar era la morada del luto. La salud de mi padre se hallaba muy afectada por los recientes acontecimientos. Elisabeth estaba triste y decaída, sin que sus labores le causaran la menor alegría. Cualquier gozo, cualquier diversión le hubiera parecido profanar la memoria de los muertos. Consideraba que el llanto y el luto eterno eran un tributo debido a los dos seres cuyas vidas habían sido truncadas sin piedad en plena juventud. Ya no era la criatura resplandeciente de felicidad que, en la infancia, se paseaba a mi lado por la orilla del lago mientras hablaba jubilosamente de nuestro porvenir.

La primera pesadumbre que llega a nosotros para sacarnos del sueño gozoso de la niñez había caído sobre ella y sus deprimentes consecuencias habían acabado con su radiante sonrisa.

—Cuando pienso, querido primo, en el triste final de Justine Moritz —decía— no puedo contemplar el mundo y lo que en él sucede del mismo modo que lo hacía antes. Antaño creía que las manifestaciones del vicio, tal como algunos libros me las habían revelado, pertenecían a un tiempo ya pretérito o eran frutos de la más pura fantasía. De cualquier forma, aquellas acciones estaban muy alejadas de mí y pertenecían más a la razón que a la imaginación. Ahora, sin embargo, el dolor ha hecho presa en nuestro hogar y contemplo a los seres humanos como monstruos sedientos de sangre. Tal vez sea un pensamiento injusto. Todos estaban convencidos de que la infeliz muchacha era culpable y, si en verdad hubiera cometido el crimen por el que la han ejecutado, sería la más abominable de las criaturas humanas. ¡Asesinar al hijo de su protectora, un niño al que parecía amar como si fuera propio y al que había cuidado desde su nacimiento, sólo por la posesión de una joya! Me parece inadmisible la muerte de cualquier ser humano, pero consideraría que tal criatura era indigna de vivir entre sus semejantes. ¡Estoy divagando! Justine era inocente. Lo sé, estoy convencida de ello. Tú eras de mi opinión y esto confirma mi certeza. ¡Ah, Víctor! ¿Por qué lo falso puede parecerse tanto a lo cierto que impida siempre asegurar una felicidad duradera? Me parece estar caminando al borde de un abismo y que una multitud de seres intenta arrojarme al vacío. William y Justine han muerto asesinados y, sin embargo, su verdugo permanece indemne. Va libremente de un lado a otro, y quizás, es respetado por todos. Aun cuando mi destino fuera morir en el patíbulo no quisiera cambiarlo por el de alguien tan abyecto.

Escucharla me producía el más vivo sufrimiento. Era yo el causante, ya que no el autor, de tales crímenes. Elisabeth leyó en mis ojos la angustia y, asiéndome con dulzura la mano, musitó:

—Mi querido amigo, es preciso que te tranquilices. Sólo Dios sabe cuánto me han afectado estos sucesos y, sin embargo, no sufro como tú. Hay tanta desesperación en tus facciones y, a veces, tal deseo de venganza, que me hacen temblar. Te lo suplico, Víctor, amado mío, domina tus sombrías pasiones. Cuida de quienes amas, de quienes han puesto en ti todas sus esperanzas. ¿Acaso no podemos ya hacerte feliz? Mientras nos queramos, mientras seamos sinceros los unos con los otros, aquí, en esta tierra de paz y belleza, en tu tierra natal, podremos esperar todas las bendiciones. ¿Qué podría turbar ya nuestras vidas?

Aquellas palabras, aun proviniendo de Elisabeth, a la que amaba más que a todos los demás dones de la Fortuna, no bastaron para disipar el sombrío humor que se había apoderado de mi corazón.

A medida que hablaba me fui acercando a ella presa de terror, temiendo que, súbitamente, el destructor apareciera dispuesto a arrebatármela.

Así, ni la dulzura de una tierna amistad, ni los encantos del cielo y los montes, tenían bastante poder para alejar de mi alma el dolor que la atenazaba; incluso el amor parecía inefectivo. Estaba como envuelto en una niebla que ninguna influencia exterior podía disipar. El ciervo herido que arrastra, hasta su recóndito cubil, sus miembros desfallecidos para contemplar allí la flecha que le ha herido y morir, era una imagen perfecta de mi estado.

A veces lograba dominar la sombría desesperación que me poseía, pero, por lo general, las tempestuosas pasiones que azotaban mi espíritu me impulsaban a buscar en el ejercicio físico y las caminatas un mínimo consuelo a mi insufrible padecer. Durante una de aquellas depresiones decidí, de pronto, efectuar una excursión. Dirigiéndome a los vecinos valles alpinos, busqué en el esplendor de aquellos parajes el alivio a mis efímeros, por inhumanos, sufrimientos e, incluso, el olvido de mí mismo. Elegí para ello el valle de Chamonix, que de muchacho había recorrido con frecuencia. Seis años habían transcurrido desde entonces y, ahora, yo no era más que un despojo, aunque nada hubiera cambiado en aquel agreste e inmutable panorama.

Realicé a caballo el primer trecho del trayecto y, después, alquilé un mulo que, por tener más seguros los remos, se hallaba menos expuesto a sufrir daño por los pedregosos caminos. El tiempo era espléndido. Estábamos en agosto, casi dos meses habían pasado desde el ajusticiamiento de Justine, desde el odioso instante en que todos mis sufrimientos renacieron. El peso que doblegaba mis espaldas se aligeraba a medida que me iba adentrando en el barranco del Arve. Inmensos montes y paredes de precipicios que caían a pico me rodeaban. El furioso rumor del torrente que corría en el cauce rocoso y el fragor de las cascadas evocaban, en tales parajes, fuerzas casi todopoderosas. Mi pavor fue desapareciendo. Estaba decidido a no humillarme más que frente al Ser omnipotente que había creado y regía los elementos que aparecían, allí, en su forma más impresionante. Fortalezas en ruinas, colgadas al borde del abismo, laderas cubiertas de abetos, el Arve impetuoso y, de vez en cuando, algún chalet sobresaliendo por entre los árboles, formaban un paisaje de sorprendente belleza. Pero el panorama debía su imponente hermosura a las gigantescas cimas alpinas, cuyas formas y cumbres, blancas y resplandecientes, dominaban a gran altura toda la región como si pertenecieran a un mundo desconocido.

Crucé el puente de Pelissier, cuyo barranco —atravesado por el río— se abrió ante mis ojos y comencé a trepar por la montaña que lo limita. Poco después penetraba en el valle de Chamonix, quizá más sublime y majestuoso, pero no más alegre que el de Servox, que había dejado atrás. Los altos montes de cumbres nevadas eran sus límites más cercanos. Los castillos arruinados y los fértiles campos habían desaparecido. Glaciares inmensos comenzaban al borde mismo del sendero y pude escuchar el poderoso fragor de un alud, mientras el albo cataclismo devastaba la ladera. El Montblanch, supremo y refulgente, se levantaba muy por encima de los picos cercanos y su cumbre dominaba, solemne, la llanura.

Estremecimientos de un placer olvidado desde mucho tiempo atrás recorrieron mi cuerpo durante tan arrebatadora jornada. Una revuelta del camino, algún lugar reconocido al instante, me traían el recuerdo de los días en que vivía mi felicidad primera, la inconsciente alegría de mi infancia. La misma brisa traía a mi oído un rumor tranquilizante. La maternal naturaleza comenzaba a enjugar mis lágrimas.

Y luego, de nuevo, su acción benéfica cesó. Me hallé encadenado otra vez a la desesperación, hundido en el terror de mis amargos pensamientos. Acicateaba a mi cabalgadura pretendiendo olvidar, en la carrera, el mundo, mis temores y, sobre todo, a mí mismo. Eché pie a tierra y me tendí en la hierba, sumergido en el horror y la desesperanza.

Por fin llegué a Chamonix. El descanso siguió a la extrema fatiga, física y moral, que había sufrido. Permanecí unos instantes asomado a la ventana de mi habitación en el albergue, contemplando los relámpagos que iluminaban a intervalos el Montblanch y escuchando el rumor del Arve que, a mis pies, seguía su incansable curso. El monótono murmullo calmó mis nervios excitados y, cuando mi cabeza descansó sobre la almohada, me dormí de inmediato. Sentí como el sueño se apoderaba de mí y lo bendije, puesto que me procuraba un olvido benefactor.

X

Dediqué el día siguiente a recorrer el valle en todas direcciones y me detuve mucho tiempo en las fuentes del Arveiron, nacidas de un glaciar que desciende majestuoso de las cumbres como si quisiera cortar el valle. Se erguían ante mí las abruptas laderas de las montañas y, sobre mi cabeza, refulgía la masa opalescente del glaciar. A un lado y otro se levantaban algunos abetos. El sobrenatural silencio que presidía aquel santuario de la naturaleza no era turbado más que por los sonidos propios de tales lugares: la caída de un pedazo de roca, el tronar de un alud o el seco ruido, llevado por el eco de montaña en montaña, de las masas heladas al romperse o agrietarse, obedientes a las inmutables leyes de la naturaleza, juguetes de fuerzas invencibles.

La sublime belleza de aquel paisaje me procuró el mayor consuelo a que podía aspirar. Me sentía elevado por encima de todo sentimiento mezquino y, aunque era impotente para librarme por completo de mis sufrimientos, podía, no obstante, con su ayuda, calmarlos y adormecerlos. Hasta cierto punto, aquel panorama expulsaba de mi espíritu las sombrías meditaciones que me habían dominado durante tanto tiempo.

Aquella noche pude descansar. Mi sueño estaba velado, defendido por las enormes montañas que había admirado a lo largo de todo el día y que, ahora, parecían rodearme. Las cumbres cubiertas de nieve, las resplandecientes cimas, los bosques de pinos y abetos, los agrestes despeñaderos, el poderoso vuelo de las águilas planeando entre las nubes, todo me invitaba al más tranquilo reposo.

Llovía torrencialmente, una espesa niebla cubría la cima de los montes de manera que me impedía ver el rostro de mis poderosos aliados. No obstante, atravesaría sus vestiduras de nubes y acudiría a visitarlos en su majestuoso retiro. ¿Qué me importaba la tempestad y la lluvia? Hice que ensillaran mi cabalgadura y emprendí el ascenso al monte Montanvert. Recordaba aún la impresión que recibí al contemplar el inmenso glaciar, que jamás permanecía inmóvil, cuando llegué a él por vez primera. Ya entonces me había llenado de un sentimiento de éxtasis que dio alas a mi espíritu y le permitió dejar este mundo de oscuridades para remontarse a las alturas de la felicidad y la luz. La contemplación de todo lo grandioso que la naturaleza encierra ennoblecía mis sentimientos y me permitía olvidar las efímeras preocupaciones de la vida. Decidí que no contrataría a un guía, pues estaba familiarizado con el camino y la presencia, próxima a mí, de otro humano podría turbar la efectividad del consuelo que pensaba extraer de la grandiosa soledad de aquellos parajes.

La ascensión es difícil y pronunciada, pero el sendero de accidentado trazo que se abre en la roca viva permite un fácil acceso pese al perpendicular flanco del monte. Es un lugar de terrible desolación. Pude contemplar en varios lugares los restos de aludes invernales; los árboles, tronchados y astillados, estaban diseminados por todas partes, algunos arrancados de cuajo, otros sólo inclinados y apoyándose en la roca o en los tocones de sus compañeros vencidos. En su último tramo, el sendero cruza varios heleros sobre los que las piedras resbalaban sin interrupción. Uno de entre aquellos lugares es especialmente peligroso, pues el menor rumor —una sola palabra— puede producir la vibración necesaria para que se abata, sobre la cabeza del viajero, la más devastadora de las avalanchas. Allí, los abetos no son grandes ni frondosos y su desmedrada sombra acaba de otorgar al paisaje un aspecto de fría austeridad.

Admiré el valle que se extendía a mis pies. Enormes jirones de niebla se elevaban por sobre los riachuelos y serpenteaban en espesas columnas alrededor de los montes de la otra vertiente, cuyas cumbres se ocultaban tras una densa capa de nubes. El cielo negruzco dejaba escapar una lluvia torrencial que hacía todavía más melancólicos los sentimientos que despertaba en mí aquella escena.

¡Ah! ¿Cómo puede el hombre alardear de una sensibilidad superior a la de las bestias? Si nuestros impulsos fueran sólo los del hambre y la sed, los del deseo, estaríamos muy cerca de la libertad. Pero, debido a nuestra naturaleza, el menor soplo basta para conmovernos; sólo una palabra, incluso la mera imagen que esta palabra puede despertar en nuestra alma.

We rest; a dream has power to poison sleep.
We rise; one wandering thought pollutes the day
We feel, conceive, or reason; laugh or weep.
Embrace fond woe, or cast our cares away;
it is the same: for, be it joy or sorrow,
the path of its departure still is free.
Man's yesterday may ne'er be like his morrow;
nougth may endure but mutability!

(«Descansamos; una pesadilla tiene el poder de
[envenenar nuestro sueño.
Despertamos; un pensamiento errante nos es-
[tropea el día.
Sentimos, concebimos o razonamos; reímos o
[lloramos.
Abrazamos una querida angustia o añoramos
[nuestra zozobra;
es indiferente: pues sea pena o alegría,
el camino de su olvido permanece siempre
[abierto.
El hombre de ayer jamás puede ser igual que el
[de mañana;
nada es duradero sino la propia mutabilidad.»)

Estaba cercano el mediodía cuando llegué a la cima. Me senté unos momentos en un roquedal que dominaba el glaciar. La niebla lo envolvía al igual que los montes que lo rodeaban. Pero, de pronto, se levantó la brisa y disipó las nubes; descendí hasta el océano helado. Su superficie, muy irregular, recordaba las olas de un mar tempestuoso, cruzado por profundas grietas.

El glaciar medía casi una legua de largo y estuve dos horas atravesándolo. En el otro extremo, las paredes montañosas se erguían perpendiculares y desnudas. Frente a mí se hallaba el Montanvert, y a una legua de distancia, emergiendo por encima de él, el Montblanch levantaba su augusta grandiosidad. Me guarecí en un hueco de la roca y permanecí allí, admirando aquel incomparable panorama. El mar o, mejor, el enorme río de hielo corría entre montañas cuyas cimas gigantescas dominaban el grandioso abismo. Sus cumbres heladas, refulgentes, lucían al sol más allá de las nubes. Mi corazón, repleto hasta entonces de tristeza, se colmó de una sensación muy cercana a la alegría. Grité:

—¡Espíritus errabundos, si en verdad existís, si no estáis prisioneros en vuestros estrechos reductos, dadme un poco de felicidad o, en otro caso, llevadme con vosotros, lejos de los goces de la vida!

No bien hube pronunciado aquella imprecación cuando descubrí, a cierta distancia, la silueta de un hombre que avanzaba con una rapidez sobrehumana. Saltaba por sobre las grietas que yo había atravesado con grandes dificultades y precauciones. Al tiempo que iba avanzando, su estatura tomaba proporciones que parecían sobrepasar en mucho a las normales. Temblé. Se me oscureció la vista y me sentí desfallecer. No obstante, la fría brisa de las cumbres me reanimó en seguida. Cuando el hombre se halló cerca de

mí, pude ver —aborrecido, horrible espectáculo—
que era el monstruo que yo había creado. Con
estremecimientos de ira y terror resolví aguar-
darle a pie firme e, incluso, trabar con él un combate a muerte. Se aproximó, su rostro reflejaba
una gran angustia, mezclada con odio y desprecio, y su diabólica fealdad era en exceso horrenda
como para que la contemplaran ojos humanos.
No dediqué, sin embargo, demasiada atención a
sus facciones. La cólera y la náusea me habían
hecho enmudecer, pero, cuando recuperé el habla,
arrojé sobre su cabeza todo mi desprecio y mi
horror.

—¡Demonio! —grité—. ¿Cómo osas acercar-
te? ¿Acaso no temes que caiga sobre ti mi terrible venganza? ¡Aléjate, monstruosa criatura!
¡Pero no, prefiero que permanezcas aquí para
poder aniquilarte! Si acabando con tu inmunda
vida pudiera devolver (al menos) la existencia a
las víctimas de tus odiosos asesinatos.

—Esperaba ya que me recibierais así (1) —dijo el monstruo—. Todos los humanos odian a
quienes son infelices. ¡Cuánto odio debo despertar yo que soy el más infeliz de los seres vivien-
tes! Incluso vos, que me disteis la vida, incluso
vos me detestáis y me rechazáis, a mí, a la criatura con la que os atan lazos que sólo la muerte
podrá romper. Decís que queréis matarme, ¿pero
cómo podéis utilizar la vida como si fuera un
juego? Cumplid antes los deberes que tenéis conmigo y yo lo haré con los que me ligan a todo el
género humano. Si aceptáis mis condiciones os
dejaré tranquilo, tanto a vos como a vuestros se-

_____
(1) El monstruo usa —siempre que debe dirigirse a Víctor
Frankenstein— una forma arcaica de la segunda persona del pro-
nombre personal (thou en lugar de you) que sólo se emplea
actualmente en inglés para dirigirse a Dios cuando se ora. He
creído que el plural mayestático castellano reflejaba a la perfección las intenciones que la autora tuvo al emplear esta forma.
(Nota del traductor.)

mejantes. Pero si rehusáis, me hundiré en el crimen hasta saciar mi sed de sangre en la de todos aquellos que os aman y a los que amáis.

—¡Monstruo odiado! ¡Infame asesino! Los tormentos del infierno serán un castigo demasiado benévolo para tus crímenes. ¡Demonio inmundo! ¿Me reprochas que te haya creado? ¡Pues, bien, acércate y extinguiré el brillo de la vida que, en mi locura, supe alumbrar en ti!

Mi cólera había estallado. Me abalancé sobre él, impulsado por cuanto puede empujar a un ser humano a matar a otro. Me sujetó sin esfuerzo y dijo:

—¡Tranquilizaos! Os suplico que me escuchéis antes de liberar vuestro odio. ¿Acaso no he sufrido ya demasiado para que vos queráis, ahora, aumentar mis desgracias? Amo la vida, aunque, probablemente, no sea otra cosa que una sucesión de pesares, y estoy dispuesto a defenderla. Recordad que me hicisteis más fuerte que vos. Os aventajo en estatura y mis miembros son más vigorosos que los vuestros. Sin embargo, no quiero dejarme arrastrar a una lucha. Soy obra vuestra y deseo demostraros afecto y sumisión, pues, por ley natural, sois mi dueño y señor. Pero estas mismas razones os obligan a asumir vuestros deberes y a concederme aquello que me debéis. ¡Oh, Frankenstein! No os sintáis satisfecho de ser justo para con los otros si conmigo, con quien tiene más derecho que nadie a vuestra justicia y, también, a vuestra clemencia y amor, os mostráis tan implacable. Recordad que soy vuestra criatura. Debiera ser vuestro Adán y, sin embargo, me tratáis como al ángel caído y me negáis, sin razón, toda felicidad. Es por ello que deseo contaros de qué forma me habéis privado irremediablemente de la alegría. Yo era bueno y cariñoso. Los sufrimientos me han convertido en

142

un malvado. Concededme la felicidad y seré virtuoso.

—¡Aparta! ¡No quiero seguir escuchándote! No puede haber entendimiento entre tú y yo: somos enemigos. Aparta te digo o, de lo contrario, combatamos hasta que uno de los dos halle la muerte.

—¿Cómo podré conmoveros? ¿No conseguirán mis súplicas que miréis con piedad a esta infeliz criatura que suplica vuestra benevolencia y vuestra compasión? ¡Creedme, Frankenstein, soy bueno; mi espíritu está lleno de humanidad y amor, pero estoy solo, horriblemente solo! ¡Incluso vos, que me creasteis, me odiáis! ¿Qué puedo esperar, pues, de aquellos que no me deben nada? Me aborrecen y me acosan. Las desiertas cumbres y los glaciares han de ser mis refugios. Vago sin cesar por esos lugares y habito en las heladas cavernas; sólo allí me siento seguro. Son ésos los únicos placeres que no me niegan los humanos y bendigo los desolados parajes que son, para mí, más amables que vuestros mismos semejantes. Si toda la humanidad conociera mi existencia correrían, lo mismo que vos, a armarse para aniquilarme. ¿Acaso no es lógico que los odie, puesto que ellos me aborrecen? ¿Cómo ser bondadoso con mis enemigos? Soy desgraciado y ellos deben compartir mis sufrimientos. Sin embargo, tenéis en vuestras manos la posibilidad de hacerme feliz y librar a los hombres de una horrenda venganza que no sólo sufriríais vos y vuestra familia, sino también miles de seres que morirían en el torbellino de mi frenética matanza. ¡Permitid que la compasión nazca en vos, no me rechacéis! Oíd mi historia y, cuando lo hayáis hecho, abandonadme entonces a mi suerte o apiadaos de mí. Haced entonces lo que creáis oportuno. ¡Pero escuchadme, por piedad! La justicia de los hombres, por rígida que sea, permite a los culpables defenderse antes de condenarles. ¡Oídme, Frankenstein! Me habéis acusado de asesinato y por ello querríais, sin sentir remordimientos, destruir a quien creasteis. ¡Ah, alabemos la eterna justicia de los hombres! Pero no, no os suplico que me perdonéis. ¡Escuchadme, escuchadme tan sólo y luego, si podéis, aniquilad la obra de vuestras propias manos!

—¿Por qué —respondí— me recuerdas cosas que me estremecen con sólo pensarlas y de las que, ¡ay de mí!, soy el único culpable? ¡Maldito sea el día en que viste la luz, odioso diablo! ¡Malditas —aunque me maldiga a mí mismo— las manos que te crearon! Me. has hecho más infeliz de lo que me es dado expresar. Ni siquiera puedo detenerme a considerar si soy justo o injusto contigo. ¡Aparta! ¡Libra mis ojos de tu inmunda vista!

—Así lo hago, creador mío —dijo mientras colocaba sobre mis ojos sus aborrecidas manos, que aparté con violencia—. Quiero sólo —prosiguió— contaros la vida del ser a quien tanto odiáis. Y, no obstante, os negáis a escucharme y a concederme vuestra compasión. ¡Os suplico, en nombre de las virtudes que poseía al principio, que escuchéis mi relato! Es extraño y largo, la temperatura del exterior no es adecuada a vuestra constitución, más delicada que la mía. Acompañadme, venid a la cabaña que poseo en la ladera de aquel monte. El sol está en su cenit; antes de que se oculte tras las cimas nevadas para ir a iluminar la otra parte del planeta, mi historia habrá terminado y podréis decidir. En vuestras manos está el que yo abandone para siempre la vecindad de los humanos y deje transcurrir, alejado de ellos, una vida inofensiva o que, por el contrario, sea el verdugo de vuestros iguales y, por lo tanto, el artífice de vuestra desgracia.

Seguía hablando cuando ya había comenzado

a atravesar la extensión helada. Le seguí. Mi corazón latía rápidamente y no encontré palabras para responderle. Pero mientras caminaba sopesé los argumentos que había utilizado y me dispuse a escucharle. Sin duda era la curiosidad lo que me impulsaba a ello, pero, en cierto modo, también sentía compasión. Hasta entonces estuve convencido de que él era el asesino de mi hermano y estaba impaciente por oírle confirmar o desmentir mi certeza.

Por vez primera era consciente de los deberes que un creador tiene para con el ser que ha creado y comprendía que, antes que aborrecer sus perversas acciones, debía haber asegurado su felicidad. Estos pensamientos contribuyeron a modificar mi actitud para con él. Cruzamos el inmenso glaciar y escalamos las rocosas paredes del otro lado. El aire era helado. La lluvia volvía a caer. Entramos en su covacha, satisfecho el monstruo, sintiendo yo una opresión desconocida en el pecho, pero decidido a escucharle. Tomé asiento cerca del fuego que mi horrendo acompañante había encendido y, en seguida, el monstruo comenzó a contar su historia.

XI

«No puedo recordar sino con muchas dificultades el primer período de mi vida. Todos los sucesos se me aparecen como diluidos o nebulosos.

»Una extraordinaria acumulación de sensaciones se apoderó, al comienzo, de mi ser. La vista, el olfato, el oído, el tacto se me revelaron simultáneamente y precisé, en verdad, mucho tiempo antes de poder diferenciar los distintos sentidos.

Me acuerdo de haber percibido una luminosidad cada vez más fuerte que oprimía mis nervios ópticos y me forzaba a cerrar los ojos. La oscuridad que sobrevino me asustó. Pero apenas si el fenómeno había sido constatado cuando la luz volvió a herirme. Entonces me di cuenta de que, por instinto, había abierto los ojos de nuevo. Comencé a andar y, si no recuerdo mal, bajé por una escalera. De pronto, se produjo un gran cambio; hasta aquel momento había permanecido rodeado de cuerpos opacos y sombras que, por consiguiente, apenas si podían ser percibidas por mi vista y que, al hallarse lejos de mí, no podía tocar; pero descubrí que podía moverme sin que existieran para mí obstáculos infranqueables. La luz se me hacía cada vez más difícil de soportar y, a causa del esfuerzo, el calor comenzaba a incomodarme. Buscando algún lugar sombreado llegué al bosque de Ingolstadt, donde el hambre y la sed me atormentaron muy pronto, sacándome del sopor en que había caído. Devoré algunas bayas recogidas en los matorrales y, tras apagar mi sed en un arroyuelo, me tendí en el suelo y me dormí.

»Al despertar, la noche había caído. El frío me hacía temblar y sentía mucho miedo, cosa perfectamente natural considerando la situación en que me encontraba. Antes de abandonar vuestra casa, como sintiera frío, me había cubierto someramente con algunas prendas que pude hallar, pero no eran suficientes como para protegerme del relente nocturno. Sólo era una criatura abandonada y muy infeliz. Lleno de tristeza, me senté y comencé a llorar.

»Poco tiempo después, un débil brillo iluminó el horizonte y me procuró una vaga sensación de consuelo. Me levanté y vi un disco brillante que se levantaba despacio encima de los árboles. Lo contemplé asombrado, se elevaba poco a poco en el cielo y su luz bastaba para que pudiera distinguir lo que estaba a mi alrededor. Comencé a buscar bayas y, mientras lo estaba haciendo, encontré, por fortuna, una zamarra con la que pude cubrirme. Luego me senté de nuevo. Ningún pensamiento racional cruzaba mi espíritu. Era sensible al hambre y la sed, a la luz y la oscuridad. Incontables sonidos eran captados por mis orejas y, de todos lados, los más variados olores llegaban hasta mí. Pero lo único que, de momento, podía ver con claridad era la brillante circunferencia de la luna, que mis ojos contemplaban con agrado.

»Muchos amaneceres y muchos ocasos fueron, después, sucediéndose. Las noches eran bastante más cortas cuando comencé a percibir con claridad las sensaciones y a distinguirlas unas de otras. Fue así, casi sin darme cuenta, como comencé a distinguir con claridad el cristalino arroyo en el que bebía y los árboles cuyas ramas me prestaban abrigo contra los rayos demasiado ardientes del sol. Estuve a punto de enloquecer de alegría cuando me di cuenta de que el agradable sonido, tan dulce a mis oídos, que había escuchado provenía de la garganta de unas pequeñas criaturas voladoras que, de vez en cuando, al pasar por delante de mí, habían ocultado en parte la luz del día. Comencé a mirar también con mayor atención la brillante bóveda que se extendía sobre mi cabeza. Intentaba algunas veces, aunque sin lograrlo, imitar el canto de las aves. Otras, queriendo expresar mis sentimientos, producía con mi boca extraños sones que me asustaban y me hacían enmudècer.

»A medida que los días fueron pasando, la luna iba desapareciendo del firmamento para volver a aparecer cada vez más reducida; yo seguía en el bosque. En aquel tiempo mis sensaciones eran ya absolutamente claras y mi espíritu asimilaba, poco a poco, algunas ideas. Mis ojos se habían acostumbrado a la luz y lograban distinguir el auténtico aspecto de las cosas, podía diferenciar un insecto de un tallo de hierba y reconocía ya las distintas clases de plantas. Me había dado cuenta de que los gorriones producían sólo unos sones sin ninguna gracia y que, en cambio, el trinar de los tordos y los mirlos era grato al oído de quien lo escuchaba.

»Un día en que el frío me torturaba descubrí, por azar, la hoguera que debía haber encendido algún vagabundo. Tuve una gran alegría al notar la sensación de calor que se desprendía de ella. Contento por el hallazgo, quise poner las manos sobre las brasas, pero las saqué de inmediato, aullando de dolor. Comprobé, extrañado, que la misma causa podía tener dos efectos contrapuestos. Intenté saber la naturaleza del combustible y vi satisfecho que era madera, por lo que comencé en seguida a reunir ramas que, al estar húmedas, no quisieron arder. Aquello me desanimó y volví a sentarme, contemplando el fuego. Las ramas, que se habían quedado cerca de la hoguera, secaron poco después y prendieron, cosa que me proporcionó un motivo de reflexión. Al tocar algunas de las ramas pude, al fin, saber la causa del fenómeno, y me puse de nuevo a reunir mucha leña para ponerla a secar y tener, así, una reserva de combustible. Al anochecer, sintiéndome vencido por el sueño, temí que la hoguera se extinguiera durante mi reposo. La cubrí cuidadosamente de ramas secas y hojarasca poniendo, después, encima, gran cantidad de madera húmeda. Cuando hube terminado coloqué mi zamarra en el suelo y me dispuse a dormir.

»Al despertar había ya amanecido y mi primera preocupación fue cuidarme del fuego. Lo destapé y el ligero vientecillo que soplaba fue suficiente para que la llama volviera a surgir. Aquel nuevo fenómeno me dio la idea de construirme, con ramas, algo parecido a un abanico, que me permitió avivar mi hoguera cuando observaba que el fuego estaba a punto de apagarse.

»Al caer de nuevo la noche observé satisfecho que el fuego no sólo daba calor, sino que también iluminaba. Otro descubrimiento importante lo realicé al constatar, por los restos de comida abandonados por mi predecesor, que el fuego podía también ser utilizado para preparar los alimentos. Intenté hacerlo así, colocándolos sobre las brasas. De este modo aprendí que la comida no se estropeaba al asarla, sino que, por el contrario, al hacerlo, las avellanas y las raíces tenían un sabor mucho más agradable.

»Pero los alimentos escaseaban cada día más y, frecuentemente, tenía que pasar días enteros buscando en vano algunas bayas que llevarme a la boca. Por ello decidí abandonar aquellos parajes y buscar un lugar que pudiera alimentarme mejor. Sentí mucho la pérdida del fuego puesto que, como lo había conseguido por azar, ignoraba el modo de volver a encenderlo. Estuve muchas horas pensando en tan serio problema pero no conseguí hallarle solución. Abrigado por mi gran zamarra caminé por el bosque siguiendo en dirección al sol poniente. Anduve durante tres días enteros antes de llegar, por fin, al límite del bosque. Durante la última noche había caído una gran nevada y los campos aparecían cubiertos por una extensa capa blanca. El paisaje tenía un aspecto deprimente y noté que mis pies se estaban helando en contacto con aquella sustancia húmeda y fría que cubría la tierra.

»Eran poco más o menos las siete de la mañana y quería encontrar, antes que nada, algunos alimentos y un lugar seco que me permitiera descansar. Al recorrer los lugares próximos, descubrí sobre un cerro una cabaña que debía servir de morada a un pastor. Era para mí una novedad. Examiné con curiosidad el minúsculo edificio y, cuando la puerta cedió a mis empujones, penetré en su interior. Sentado junto al fuego, donde estaba cocinando alguna cosa, se hallaba un anciano. Al escuchar ruido volvió la cabeza y, viéndome, se levantó gritando, salió corriendo de la cabaña y se lanzó campo a través a una velocidad que parecía imposible en tan viejas piernas. Era distinto a todos los seres que anteriormente había contemplado y su fuga me sorprendió. Pero la cabaña atrajo pronto toda mi atención, la lluvia y la nieve no habían penetrado en ella y, por lo tanto, su suelo estaba seco. El lugar me pareció tan delicioso, tan exquisito, como debió parecerles el Pandemónium a los diablos del infierno, tras las horrendas torturas que habían sufrido al atravesar el lago de fuego (1). Comí con avidez el desayuno abandonado por el pastor, compuesto de pan, queso, leche y vino, aunque este último me desagradó sobremanera. A continuación, derrengado por el cansancio, me tendí sobre un montón de paja que hallé en un rincón y me dormí.

»Desperté a mediodía. Animado por la calidez del sol que brillaba sobre la nieve, me dispuse a seguir mi viaje. Guardé los restos de la comida en una faltriquera que robé al pastor y caminé de nuevo cruzando los campos por espacio de muchas horas hasta que, al crepúsculo, llegué a la entrada de un villorrio. ¡Qué hermoso me pareció! Las chozas, los alegres chalets y casas más acomodadas encendieron mi imaginación. Las verduras que crecían en los huertos, las jarras llenas de leche y los quesos colocados en las ventanas de ciertos chalets me hicieron recordar mi apetito. Elegí una de las más atractivas mansiones y entré, pero, antes de que hubiera podido

_____
(1) Alusión a un pasaje de **El paraíso perdido** de Milton. (Nota del traductor.)

abrir por entero la puerta, los niños prorrumpieron en chillidos y una mujer cayó desmayada al suelo. En menos de lo que cuesta decirlo, todo el pueblo se había puesto en movimiento. Gente enloquecida huía por doquier mientras otros me atacaban hasta que, lleno de heridas que me causaron las piedras y otros objetos que me lanzaban, pude huir al campo. Había ya oscurecido y busqué cobijo en un mísero cobertizo de techo muy bajo, en muy mal estado, que contrastaba con los pequeños palacios que había podido ver en el pueblo. Aquel cobertizo se encontraba adosado a un minúsculo chalet que me pareció muy bien arreglado. Sin embargo, y tras mi última experiencia, no me atreví a entrar en él. Mi nuevo refugio, hecho de madera, era tan bajo que casi no podía permanecer sentado sin verme obligado a agachar la cabeza. El piso, de tierra apisonada, estaba por fortuna seco y, a pesar de que el viento se colaba por muchas rendijas, me pareció que el lugar sería un agradable cobijo y que, al menos, me protegería de la lluvia y la nieve.

»Entré, pues, en aquel cobertizo providencial y me acosté en el suelo contento de haber hallado un asilo, pobre, es verdad, pero que me permitiría abrigarme de los fríos e inclemencias del invierno y, por encima de todo, de la salvaje crueldad de los humanos.

»Cuando brillaron los primeros resplandores del amanecer, salí de mi cuchitril y me dispuse a examinar con mayor atención el chalet adyacente para saber si podría, sin ser descubierto, seguir habitando en el cobertizo. Estaba éste a espaldas de la casa y próximo a un establo y un pequeño estanque de aguas cristalinas. En una de las paredes se abría una gran grieta que me había permitido entrar en él la noche última. Me di prisa por cubrirla, al igual que hice con todas las fisuras a través de las que mi presencia hubie-

151

ra podido ser descubierta. Lo hice utilizando piedras y pedazos de madera, pero tuve mucho cuidado en hacerlo de forma que me permitiera sacarlos cuando deseara salir al exterior. De esta forma, la única claridad que llegaba a mi refugio provenía del establo pero, aunque poca, la consideré suficiente.

»Remozada así mi vivienda y recubierto el piso de paja limpia que había encontrado en el exterior, tuve que ocultarme rápidamente en ella al entrever una figura humana que devolvió a mi memoria los desagradables incidentes de la víspera y me hizo desconfiar. Por fortuna, en la cabaña del pastor había podido recoger algunos víveres y un vaso que iba a servirme, mejor que mis manos, para beber el agua del estanque. El suelo de mi cobertizo se encontraba un poco más alto que el del exterior, gracias a lo cual podría conservarlo seco. Además, la chimenea del chalet desprendía el calor necesario para mantener caldeado el reducto y hacer soportable la temperatura.

»Teniendo ya un aceptable habitáculo, me decidí a permanecer allí hasta que sucediera alguna cosa capaz de hacerme cambiar de opinión. En verdad se trataba de un pequeño paraíso si lo comparaba con el bosque en el que había permanecido durante todo el verano, acostándome en un suelo que, con frecuencia, no estaba bien nivelado, y durmiendo bajo las ramas que goteaban a causa de las lluvias.

»Cuando, una vez hube consumido con buen apetito mi desayuno, me disponía a retirar la cobertura de la grieta para ir a buscar agua, escuché un rumor de pasos. Miré por una pequeña rendija y pude ver su cabeza; era una muchachita de aspecto amable, muy distinta a las personas que había hallado en los chalets y de los criados de las granjas que, más tarde, pude ver.

No obstante, su vestido era muy pobre; llevaba una falda de tejido basto y un chaquetón de grueso paño. Sus cabellos rubios estaban trenzados con esmero pese a que no lucía ningún adorno. Sus facciones revelaban tristeza y resignación. Desapareció de mi vista y, transcurridos unos quince minutos, la vi regresar llevando el recipiente lleno, en parte, de leche. Su andar traslucía visiblemente el cansancio y, entonces, un joven se dirigió a su encuentro. Parecía más entristecido que ella todavía. Conversaron unos momentos en lo que me pareció un tono de melancolía y, luego, el muchacho puso el cubo sobre su propia cabeza y lo llevó hasta el chalet. Ella fue tras él y, de este modo, ambos desaparecieron de mi vista. Transcurridos unos instantes, volví a ver al hombre. Llevaba en la mano algunos útiles y cruzó el campo que limitaba la casa por su parte trasera. En lo que respecta a la joven, pude verla entrar y salir del chalet con mucha frecuencia.

»Explorando con más atención mi refugio, me di cuenta de que una de las ventanas de la casa se abría, anteriormente, en la pared que ahora servía de apoyo al cobertizo, y que sus cristales habían sido reemplazados por planchas de madera. Una de aquellas planchas se había agrietado ligeramente y la fisura me permitió, acercando a ella uno de mis ojos, observar el interior de la vivienda. Vi una pequeña sala, hermosa y bien encalada, aunque desprovista casi por completo de mobiliario. En un rincón, cerca de un minúsculo hogar en el que lucía el fuego, estaba un anciano, sentado con la cabeza entre las manos. Toda su actitud revelaba el más hondo desaliento. La joven se afanaba en ordenar la pieza. Luego, al cabo de unos momentos, buscó en un cajón y extrajo algo que tomó entre sus manos. Tomó asiento cerca del anciano que, tomando un instrumento, comenzó a tañerlo extrayendo de él sones más dulces todavía que el trinar del mirlo o el ruiseñor. Era un cuadro bellísimo, incluso para un infeliz que, como yo, jamás había podido contemplar nada tan hermoso. Los plateados cabellos y los rasgos llenos de bondad del anciano despertaron mi respeto, mientras los agradables ademanes de la muchacha me hicieron descubrir el amor. Tocaba una tonada, dulce y triste, que conmovió hasta el llanto a su dulce acompañante, a quien el hombre pareció no hacer caso hasta que pudo oír el sonido de sus sollozos. Dijo entonces algunas frases y la jovencita, dejando su labor, se arrodilló a su vera. Experimentaba yo, en aquellos momentos, algo que ni el hambre, la sed, el frío o el calor me habían hecho sentir. Tuve que alejarme de aquella grieta incapaz de aguantar por más tiempo una emoción semejante.

»Al poco rato regresó el muchacho que traía, sobre sus espaldas, unas brazadas de leña. La muchacha salió a su encuentro, le ayudó a librarse de su pesado cargamento y, después, cogió algunas ramas que arrojó al fuego. Luego fue a reunirse con el hombre en una esquina de la habitación, en donde éste le mostró un gran pan y un pedazo de queso. Con gestos de alegría la joven se dirigió al huerto, recogió algunos tubérculos y legumbres y, después, penetrando en la casa, los colocó en un recipiente con agua que dopositó sobre el fuego. Cuando hubo terminado volvió a tomar su labor mientras el hombre, en el jardín, parecía estar muy ocupado arrancando unas raíces. Cuando hacía aproximadamente una hora que estaba trabajando en ello, la jovencita salió a buscarlo y, juntos, regresaron al chalet.

»Durante todo aquel tiempo el anciano habíase mantenido en actitud meditativa pero, cuando sus compañeros hubieron regresado, sus rasgos se animaron y, todos juntos, se sentaron en torno a la mesa y se dispusieron a comer. El almuerzo acabó pronto y la muchacha comenzó entonces a ordenar la habitación en tanto que el anciano, apoyado en el brazo del joven, caminó unos instantes, tomando el sol, a la puerta de la casa. Nada puede resultar más bello a la vista que el contraste de aquellos dos seres. Uno de ellos, el anciano, tenía el pelo blanco y sus facciones traslucían amor y tranquilidad; el otro, el joven, era apuesto y hermoso, sus rasgos estaban simétricamente modelados, pero sus ojos y su actitud parecían expresar el desaliento y la tristeza más profundos. El anciano entró en el chalet y el muchacho, tras haber cogido algunos aperos, distintos a los que había empleado por la mañana, se alejó de nuevo cruzando los campos.

»Al anochecer pude comprobar, sorprendido, que los habitantes de aquella casa habían logrado prolongar la luz merced a unos bastones hechos con una cera especial. Me alegró sobremanera que la puesta del sol no pusiera fin al gozo que experimentaba en la contemplación de mis vecinos.

»A lo largo de la velada, tanto la muchacha como su compañero se entregaron a distintas ocupaciones cuya utilidad yo no sabía comprender. El anciano tomó de nuevo en sus manos el instrumento musical cuyos sones angélicos habían despertado ya mi admiración por la mañana. Cuando terminó la melodía, el joven permaneció mucho tiempo articulando una serie de monótonos sonidos que no se asemejaban en absoluto al hermoso y agradable son del instrumento que había pulsado el anciano, ni tampoco al trinar de los pájaros. Más tarde llegaría a descubrir que estaba leyendo en alta voz pero, en aquel tiempo, todo aquello que se refería al arte de las palabras y las letras me era completamente desconocido.

»Cuando hubo transcurrido algún tiempo, que la familia dedicó a aquellos menesteres y que a mí se me antojó muy breve, apagaron las luces y todos se retiraron a descansar.»

XII

«Me acosté en mi camastro, pero no logré conciliar el sueño. Repasé los sucesos de la jornada. Lo que más me había impresionado eran los amables modales de aquellas personas. Hubiera deseado unirme a ellas, pero no me atrevía a hacerlo. Tenía muy presente el trato recibido, la víspera, de aquellos feroces pueblerinos y estaba decidido, cualquiera que fuese la actitud que adoptara en el futuro, a permanecer por el momento encerrado en mi cobertizo, observando a mis vecinos y procurando averiguar la causa de todas sus acciones.

»Al día siguiente se levantaron cuando todavía no había amanecido. La joven ordenó de nuevo la casa y dispuso, luego, el desayuno. Tras haber comido, el muchacho se marchó.

»La jornada transcurrió casi igual que la anterior. El joven trabajaba constantemente fuera del chalet, la muchacha se ocupaba de las tareas domésticas. El anciano —pude darme cuenta en seguida de que era ciego— pasaba el tiempo tañendo su instrumento musical o sumido en meditaciones. El afecto y el respeto que ambos jóvenes testimoniaban a su venerable compañero parecían ilimitados. Le prestaban, dulces y afectuosos, todos los pequeños servicios que precisaba y él se lo agradecía con una sonrisa llena de bondad.

»Pese a ello, aquellas personas no eran en absoluto felices. Los muchachos se apartaban algunas veces y parecían entregarse al llanto. No podía comprender la razón de su infelicidad, pero aquello me afectaba en lo más hondo. El hecho de que tan hermosas criaturas se sintieran desgraciadas me hacía más fácil admitir que yo, ser solitario e imperfecto, lo fuera más todavía. ¿Pero por qué eran tan profundamente desdichadas aquellas excelentes personas? Poseían una bella casa (al menos eso me parecía) y disfrutaban de todas las comodidades apetecibles. Tenían fuego para calentarse cuando hacía frío y suculentos manjares para alimentarse cuando sintieran hambre. Sus vestiduras eran de buen paño y —lo que a mi entender era más de apreciar— gozaban de su mutua presencia y podían permanecer unidos intercambiando, día tras día, miradas llenas de amor y de bondad. ¿Qué significaban, por ende, sus lágrimas? ¿Acaso sufrían de verdad? No pude, al principio, encontrar respuesta adecuada a estas preguntas, pero observándoles con sostenida atención pude hallar, más tarde, la explicación a muchas de las cosas que, en aquel tiempo, me resultaban imposibles de entender.

»Pasaron muchas semanas antes de que pudiera descubrir uno de los motivos de la tristeza que parecía reinar en aquella agradable familia. Era ésta la extrema miseria que sufrían. Al revés de cuanto había yo imaginado, su comida estaba casi por completo compuesta de legumbres que recogían en el huerto y de leche que les proporcionaba una sola vaca que, además, la daba muy escasa cuando llegaba el invierno, precisamente cuando la pobre gente se veía en mayores dificultades para asegurarse el sustento diario. Tengo la impresión de que, con mucha frecuencia, padecían la tortura del hambre, de manera especial ambos jóvenes, ya que, a menudo, les vi privarse de su comida para dársela al anciano.

»Semejante rasgo de bondad me impresionó hondamente. Yo acostumbraba a quitarles, durante la noche, una porción de su comida que servía para alimentarme, pero cuando advertí que mis pequeños robos les perjudicaban, no volví a hacerlo y, en lo sucesivo, tuve que contentarme con las bayas, avellanas y raíces que hallaba en el bosque cercano.

»De ese modo pude encontrar una forma de ayudarles en su trabajo. Había observado que el muchacho gastaba una buena parte de su tiempo en hacer leña para el hogar familiar. Protegido por la noche, me apoderaba de sus instrumentos, cuyo manejo me fue fácil aprender, y cortaba suficiente cantidad de leña como para aprovisionarles durante varios días.

»Recuerdo que, la primera vez que lo hice, cuando, por la mañana, la joven abrió la puerta, quedó muy asombrada al ver, ante la casa, tan gran cantidad de leña. Lanzó algunos gritos y atrajo la atención de su joven compañero que mostró, también, igual sorpresa. Observé satisfecho que aquel día el muchacho no fue al bosque y dedicó su tiempo a hacer pequeñas reparaciones en la casa y a cultivar el huerto.

»Poco a poco hice otro descubrimiento mucho más importante que el primero. Me di cuenta de que aquellos seres poseían un modo de comunicarse mutuamente sus experiencias y sensaciones por medio de sonidos articulados. Vi que las palabras que utilizaban tenían la virtud de provocar, en aquellos a quienes iban dirigidas, pena o alegría, sonrisas o gestos de tristeza. En verdad se trataba de una ciencia divina que, inmediatamente, despertó en mí el deseo de poseerla. En efecto, mis vecinos hablaban demasiado aprisa y las frases pronunciadas no tenían, al parecer, ninguna relación con objetos tangibles, por lo que yo no me encontraba en condiciones de hallar un indicio que me permitiera penetrar su sentido. Logré tan sólo y a costa de enormes esfuerzos, aprender el nombre de algunas de las cosas que con más frecuencia entraban en sus conversaciones, como *fuego, leche, pan* y *leña*. También aprendí el nombre de mis vecinos. El joven y la muchacha tenían varios, pero el anciano se llamaba solamente *padre*. La muchacha podía ser *hermana* o *Agata* y el joven, *Félix, hermano* o *hijo*. No puedo expresar la alegría que experimenté al descubrir el sentido de tales vocablos y al ser, a mi vez, capaz de pronunciarlos. Había podido, también, oír otras expresiones sin que hubiera logrado averiguar su significado ni desentrañar su utilización; éstas eran, por ejemplo: *bueno, querido, desgraciado*.

»Transcurrió así el invierno. Las amables maneras y la bondad que mostraban los habitantes del chalet consiguieron que me encariñara con ellos. Cuando se sentían desgraciados yo estaba deprimido y cuando estaban contentos compartía su alegría. No tenía demasiadas ocasiones de ver a otras personas distintas a ellos tres y, cuando esto ocurría, cuando alguien venía al chalet, sus modales bruscos y su tosquedad me herían sin conseguir más que resaltar las superiores cualidades de mis amigos. Pude observar que, a menudo, el anciano intentaba levantar la moral de sus hijos, como él les llamaba, y aliviar su melancolía; entonces sus palabras estaban llenas de animación y su rostro traslucía tanta bondad que yo mismo sentía el mayor placer al contemplarlo.

»Agata le escuchaba respetuosamente, muchas veces sus ojos se llenaban de lágrimas que enjugaba a escondidas; pero, por regla general, sus rasgos se dulcificaban y su voz sonaba mucho más alegre al terminar de hablar con su padre.

Con su hermano, en cambio, las cosas eran distintas. Era el que más triste se mostraba de los tres y, a pesar de mi inexperiencia, comprendí que el muchacho había sufrido, sin duda, mucho más que sus compañeros. Pese a ello, cuando se dirigía a su padre, su voz era más vibrante, más alegre que la de su hermana.

»Podría citar incontables ejemplos de hechos, poco relevantes, es cierto, pero que testimoniarían con claridad la magnífica disposición de aquellas buenas gentes. Pese a la desazón que le causaba su indigencia y su tristeza, Félix tuvo la exquisita atención de llevar a su hermana, con evidente satisfacción, la primera flor blanca que, con su corola, rompió el tapiz de la nieve. Por la mañana, antes de que ella despertara, limpió de nieve el sendero que llevaba al establo, sacó agua del pozo y recogió la leña que una mano desconocida seguía depositando, noche tras noche, a la puerta de la casa, con la consiguiente sorpresa de todos.

»Creo que, durante el día, Félix había comenzado a trabajar para un granjero de los alrededores, pues ocurría que, marchándose del chalet por la mañana, no regresaba sino cuando había oscurecido, sin llevar, como lo hacía antes, la provisión de leña.

»En otros instantes se ocupaba del huerto, pero como la estación no era demasiado propicia a aquel tipo de labores, pasaba mucho tiempo leyendo en voz alta para su padre y Agata.

»Aquellas lecturas lograron, al principio, intrigarme mucho. Sin embargo, descubrí poco a poco que, al leer, repetían con frecuencia sonidos semejantes a los que emitían cuando hablaban. Llegué a la conclusión de que sobre el papel estaban marcados signos que les servían para expresarse y que ellos conocían a la perfección. Deseaba con todo mi corazón llegar a comprenderlos, pero ¿cómo hubiera podido hacerlo si desconocía también los sonidos que representaban? Sin embargo, lograba importantes progresos en este arte, aunque no lo bastante para permitirme seguir una conversación, pese a que ponía en ello todo mi interés. Veía con claridad que por grandes que fueran mis deseos de dirigirme a aquellos seres, no podía ni soñar en hacerlo antes de haber adquirido un perfecto conocimiento de su lengua, conocimiento que me permitiría hacer olvidar mi monstruosidad. También en este aspecto la continua comparación había servido para abrirme los ojos.

»Admiraba las hermosas proporciones de mis amigos, su gracia corporal, su belleza y el suave tono de su piel. ¡Cómo me desesperaba al ver mi reflejo en el agua! La primera vez que lo contemplé, salté aterrado hacia atrás, incapaz de creer que, realmente, era mi imagen la que se había reflejado en aquella especie de espejo. Pero pronto me vi forzado a admitir que, sin duda, yo era aquella monstruosidad y sufrí las más horribles amarguras. ¡Ah, ni siquiera podía imaginar los catastróficos efectos que mi fealdad produciría!

»A medida que el sol iba ganando en calidez y los días iban siendo más largos, la nieve fue fundiéndose y aparecieron de nuevo los umbrosos árboles y la oscura tierra. A partir de entonces, Félix tuvo más trabajo fuera del chalet y dejaron de manifestarse en la casa los inquietantes indicios de un hambre inminente. Desde aquel momento, el alimento de mis vecinos, bien que frugal, fue sano y suficiente. Nuevos tipos de plantas comenzaron a crecer en el huerto y mis amigos las utilizaron para conseguir mayor variación en las comidas. Además, a medida que la primavera iba avanzando, yo podía notar en el chalet las muestras de un mayor bienestar, al menos por lo que se refiere al alimento.

»Al mediodía, cuando no llovía, el anciano salía a pasear un poco, apoyándose siempre en el brazo de su hijo. Sin embargo, a menudo tenía que permanecer en el interior del chalet, retenido por violentas tempestades. Pero tras las lluvias llegaron los vientos que secaron la tierra. Las condiciones de vida mejoraron cada día más, incluso para mí, pese a que me hallara recluido en el pequeño cobertizo. Por la mañana contemplaba las idas y venidas de mis vecinos, a menos que les dispersara el trabajo en el exterior. En ese caso dormía. La tarde transcurría de modo semejante. Pero por la noche, cuando ellos dormían ya, si había luna o la luz de las estrellas era suficientemente clara, me marchaba al bosque para conseguir mi comida y buscar leña para el fuego. Antes de la llegada del buen tiempo, yo había limpiado con frecuencia el sendero de la nieve caída por la noche y efectuaba, también, pequeños trabajos que había visto realizar a Félix. Pude observar, ya lo he dicho antes, que aquellos trabajos misteriosamente realizados, les llenaban de asombro. Un par de veces les oí pronunciar, a este respecto, las palabras *hada buena* y *maravilloso*; pero en aquel tiempo ignoraba lo que significaban ambos términos.

»Mi cerebro era cada vez más activo y yo deseaba, más que nunca, averiguar los sentimientos que movían y animaban a aquellos hermosos seres. Era en extremo curioso y quería saber la razón por la que Félix parecía tan desdichado y Agata tan triste. Creía (¡infeliz de mí!) que, tal vez, yo podría devolver la felicidad a aquellas benévolas criaturas. En mi imaginación o cuando estaba ausente en mis correrías nocturnas, la imagen del padre ciego, del hermoso Félix y la bella Agata, se me aparecían sin cesar. Les con-

162

sideraba seres superiores que habrían de ser, más tarde, árbitros de mi destino futuro. Trataba de figurarme, de mil maneras distintas, el día que me presentaría ante ellos y la forma como me recibirían. Creía que, tras la repulsión que sin duda les causaría al principio, acabarían por otorgarme su simpatía y, más tarde, su afecto, conquistados por mi buen comportamiento y la amabilidad de mis intenciones.

»Aquellos pensamientos conseguían exaltarme y me daban valor para aumentar mis esfuerzos encaminados a lograr expresarme con toda corrección. Mis cuerdas vocales eran gruesas, pero flexibles y, a pesar de que mi voz no tenía ni con mucho la dulzura melodiosa de la suya, lograba ya pronunciar con facilidad las palabras que me eran conocidas. Ocurría algo semejante a la fábula del asno y del perro, aunque el gentil asno, cuyas intenciones rebosaban afecto, merecía mejor final, a pesar de sus modales algo rudos, que ser apaleado e insultado.

»Las lluvias templadas y la agradabilísima temperatura primaveral transformaron de forma notable la naturaleza que nos rodeaba. Los hombres, que en la anterior estación parecían haberse enterrado en vida, cuando llegó el cambio se dispersaron por doquier afanándose en los más distintos trabajos y los más variados cultivos. Los pájaros cantaban con mucha más alegría. En los árboles los brotes comenzaban a dar hojas. ¡Alegre, alegre tierra! Lugar que parece hecho para los dioses y que, sin embargo, aún ayer era húmedo, frío y malsano. Mis sentidos se extasiaban ante el maravilloso aspecto que tomaba toda la naturaleza. El pasado había desaparecido, el presente era hermoso y el porvenir se anunciaba coloreado por los rutilantes rayos de la esperanza y con la promesa de grandes alegrías.»

XIII

«Me apresuraré ahora, para llegar pronto a la parte más conmovedora de mi narración. Ella os descubrirá como surgieron en mí los sentimientos que me han hecho ser lo que soy.

»La primavera avanzaba con rapidez. El tiempo era magnífico, el cielo estaba siempre sereno. Me sorprendía al darme cuenta de como lo que había sido tan sólo desierto y tristeza se había transformado en un paraíso de verdor y un vergel de flores maravillosas. Mis sentidos estaban hechizados y estimulados por mil distintos y exquisitos olores, por mil cosas hermosas.

»El día del que os quiero hablar era uno de aquellos durante los que mis vecinos reposaban de su trabajo. El anciano tañía su guitarra y sus hijos le escuchaban. Pude darme cuenta de que Félix parecía más melancólico, todavía, que de costumbre. Suspiraba con frecuencia. Su padre acabó por advertirlo y dejó de tocar. Creí averiguar, por sus ademanes, que le estaba preguntando a su hijo las causas de su extremada tristeza. El joven respondió en un tono que trataba de ser alegre y su padre reemprendió de nuevo la melodía que estaba tocando cuando, de pronto, alguien llamó a la puerta.

»Era una señora acompañada de un campesino que le había servido de guía. La dama iba vestida de negro de los pies a la cabeza y llevaba sobre su rostro un espeso velo. Agata formuló una pregunta a la extranjera y ella respondió pronunciando con dulzura tan sólo el nombre de Félix. Su voz era melodiosa, pero tenía un timbre distinto a la de mis amigos. Al oír su nombre el joven se adelantó hacia la dama que, al verle, levantó su velo mostrando un rostro de angelical belleza. Sus largos cabellos, negros y brillantes, se hallaban curiosamente trenzados. Tenía los ojos oscuros y amables, aunque llenos de vivacidad. Su tez poseía una resplandeciente tersura y sus mejillas estaban coloreadas con delicadeza.

»Félix, al verla, pareció volverse loco de alegría. La más pequeña señal de su melancolía desapareció de su rostro que, inmediatamente, dio muestras de un placer y un gozo que jamás le creí capaz de experimentar. Sus ojos relampaguearon y sus mejillas enrojecieron de alegría. Me dije, al verle así, que sus facciones se asemejaban en algo a las de la extranjera que, asimismo, mostraba ser presa de agitados sentimientos. Enjugando las lágrimas que corrían de sus hermosos ojos, tendió a Félix una mano que éste besó con júbilo mientras la llamaba, si no recuerdo mal, "mi dulce árabe". Ella no parecía comprender nada de lo que el joven decía aunque, pese a ello, sonreía. El muchacho le ayudó entonces a descender del caballo y luego, una vez hubo despedido al guía, le hizo penetrar en el chalet. Tuvo entonces lugar una breve conversación entre el padre y el hijo. La joven extranjera se arrodilló a los pies del anciano y le hubiera, incluso, besado la mano si éste no se hubiese apresurado a levantarla y abrazarla, después, afectuosamente.

»Pronto pude darme cuenta de que, si bien la joven parecía disponer de palabras que pertenecían a una lengua propia, los demás no la comprendían del mismo modo que ella, a su vez, tampoco les entendía. Intercambiaron muchas señas que no me fue posible interpretar, pero advertí, a pesar de ello, que su llegada había traído la alegría a la casa, disipando la melancolía que reinaba entre mis vecinos como el sol disipa las brumas matinales. Félix parecía el más feliz de todos y, con sonrisa radiante, atendía solícito a su hermosa árabe. Agata, la siempre dulce Agata, besaba con afecto las manos de la extranjera y, señalando a su hermano, parecía querer indicarle que, antes de su llegada, había sido muy desgraciado.

»Transcurrieron de este modo algunas horas, en el curso de las cuales todos dieron pruebas de una alegría cuyos motivos yo no podía averiguar. Descubrí, no obstante, por la frecuente repetición de palabras, que la extranjera trataba a su vez de imitar, que estaban comenzando a enseñarle su lengua. Aquello me dio la idea de aprovechar lo que me fuera posible asimilar de tales lecciones. La muchacha aprendió, en esta primera clase, casi una veintena de nombres, la mayoría de los cuales yo ya conocía, pero logré retener algunas palabras que ignoraba hasta aquel momento.

»Cuando llegó la noche, Agata y la muchacha árabe se retiraron pronto a descansar. Félix besó la mano de la extranjera mientras murmuraba:

»—Buenas noches, dulce Safie.

»El, por su parte, permaneció despierto mucho tiempo, hablando con su padre. El nombre de la mujer, que surgía una y otra vez a lo largo de su conversación, me dio a entender que hablaban de ella. De buena gana hubiera deseado comprenderles, pero, pese a todos mis esfuerzos, me era absolutamente imposible.

»A la mañana siguiente, Félix marchó como de costumbre a su trabajo y, cuando Agata hubo terminado sus tareas domésticas, la muchacha árabe se sentó a los pies del anciano. Luego, tomando la guitarra, se puso a tocar unos aires de tan conmovedora belleza que me hicieron derramar lágrimas de tristeza y admiración. Cantó y su voz, de magnífica sonoridad, parecía surgir, elevándose o llenándose de dulzura, como los trinos de un ruiseñor silvestre.

»Cuando terminó, tendió la guitarra a Agata que, rechazándola al principio, la tomó luego y, animándose, se puso a tocar una sencilla tonada mientras cantaba con su dulce voz que, sin embargo, no podía ser comparada al tono cálido y matizado de la extranjera. El anciano parecía estar muy contento. Pronunció algunas palabras que Agata intentó transmitir a Safie. Creí entender que le estaba expresando el inmenso placer que su música le había proporcionado.

»Los días volvieron a adquirir en seguida su agradable transcurso con la diferencia de que, ahora, la alegría había reemplazado a la tristeza. Safie parecía estar siempre contenta y gozosa. Avanzaba rápidamente en el conocimiento del idioma y, al mismo tiempo, yo progresaba también, puesto que al cabo de dos meses me era ya posible comprender la mayor parte de las palabras que oía.

»Mientras, la tierra se había cubierto de un suave tapiz de hierba que, muy pronto, comenzó a salpicarse de innumerables flores, estrellas multicolores de delicioso olor y maravillosa apariencia, que esmaltaban la pradera y brillaban tenuemente en la umbría penumbra del bosque. El sol se hizo más cálido, las noches eran claras y suaves. Yo disfrutaba mucho con mis salidas nocturnas pese a que, día tras día, se hicieron más cortas, puesto que el sol aparecía cada vez más pronto y se ponía más tarde. Jamás me atrevía a permanecer en el exterior a la luz del día, temiendo ser sometido a un trato semejante al que recibí en el pueblo, donde tan imprudentemente me había arriesgado la noche de mi llegada.

»Mis jornadas transcurrían siempre llenas de

la mayor atención, pues esperaba que, de esforzarme, pronto podría hablar el lenguaje de aquellas gentes. Puedo asegurar sin inmodestia que mis adelantos eran mayores y más rápidos que los de la muchacha árabe, ya que ella apenas si comprendía nada y pronunciaba muy mal cuando yo lo comprendía todo y era capaz de repetir correctamente casi todas las palabras que a lo largo de las lecciones había escuchado.

»Al tiempo que perfeccionaba así mi locución, fui familiarizándome, también, con el alfabeto que mis vecinos enseñaban a la joven. De esta forma se abrió ante mí un nuevo y extenso campo de estudios verdaderamente maravillosos.

»El libro que Félix utilizaba para enseñar a Safie se titulaba *Ruinas o meditaciones sobre la revolución de los imperios*, de Volney. Me hubiera sido imposible comprender el contenido de aquel libro si Félix, mientras iba leyéndolo, no lo hubiese explicado minuciosamente. Comentó a la joven que lo había elegido, prefiriéndolo a los demás, por su estilo declamatorio, inspirado en los autores orientales. Gracias a este libro me hice con un conocimiento general de la Historia y adquirí algunas nociones sobre los diversos imperios del mundo contemporáneo. Extraje, también de él, valiosas enseñanzas sobre las costumbres, los gobiernos y las creencias religiosas de las diferentes naciones de la Tierra. Conocí la innata negligencia de los asiáticos, el genio y las actividades intelectuales de los antiguos griegos, las virtudes y hazañas bélicas de la Roma clásica, la decadencia de aquel poderosísimo imperio y el nacimiento de las órdenes de caballería, la cristiandad y la monarquía. Supe cómo fue descubierta América y lamenté, junto a Safie, la desdichada suerte de los indígenas habitantes de tan remotos lugares.

»Aquellas historias apasionantes despertaban

en mí insólitos pensamientos. ¿Realmente era el ser humano tan poderoso, tan virtuoso y magnífico, siendo, al mismo tiempo, tan vil y lleno de vicios? En ciertos momentos parecía ser, tan sólo, un instrumento en manos del espíritu del mal, en otros, por el contrario, encarnaba todo cuanto pueda imaginarse de noble y divino. El mayor honor al que podía aspirar el hombre parecía ser el demostrarse magnífico y virtuoso, mientras que ser cruel y vicioso, como lo habían sido tantos personajes de los que la Historia nos habla, parecía ser prueba de la más infamante decadencia y testimoniar una condición más baja que la del ciego topo o la del miserable gusano de tierra. No logré comprender, durante mucho tiempo, cómo podía el ser humano cometer un acto tan horrendo como matar a un semejante, ni pude concebir, tampoco, la necesidad de leyes y gobiernos. Pero cuando supe algunas cosas más sobre el vicio y el crimen, dejé de asombrarme para no sentir más que vergüenza y disgusto.

»Durante todo aquel tiempo, cada una de las conversaciones que sostenían los habitantes del chalet, me descubría nuevas maravillas. Fue, por ejemplo, escuchando las enseñanzas de Félix a la joven árabe como aprendí el extraño sistema que regía la sociedad de los humanos. Fue así como llegué a conocer la injusta distribución de las riquezas, como supe de las gigantescas fortunas y de las terribles miserias; como me enteré de la existencia del rango, la casta y la "sangre azul".

»Todas aquellas cosas me hicieron reflexionar. Pude comprender que los humanos estimaban por sobre todas las demás cosas una casta elevada y sin mancha acompañada de inmensas riquezas. El hombre que poseía, tan sólo, una de ambas condiciones podía considerarse, en rigor, como digno de aprecio y respeto; pero si no gozaba de ninguna de ellas se le tenía, salvo raras excepciones, por un vagabundo o un esclavo destinado a utilizar todas sus fuerzas para enriquecer y beneficiar a algunos privilegiados. ¿Pero qué era yo? No sabía nada acerca de mi creación y mi creador. Lo único que sobre mí conocía era que no disponía de dinero ni de amigos y que estaba, además, dotado de un aspecto repulsivo, deforme, odioso. Mi naturaleza no era la de los seres normales. En realidad gozaba de mayor fuerza y agilidad que los demás humanos y me bastaba, para asegurar mi subsistencia, un alimento mucho más precario. Soportaba con mayor facilidad las temperaturas extremas. Mi estatura sobrepasaba en mucho la de los hombres. Observando a mi alrededor y escuchando a mis vecinos jamás pude oír hablar de un ser semejante a mí. ¿Era, por lo tanto, un monstruo, una criatura de la que todos se alejarían con repugnancia y horror?

»No puedo describir la desesperación que tales reflexiones me produjeron. Luché para recuperar mi valor, pero, cuanto más me instruía, mayores eran las razones que me empujaban al temor y a la tristeza. ¡Ah!, ¿por qué no seguí viviendo en mi selva natal, sin conocer ni experimentar otras sensaciones que el hambre, la sed, el frío y el calor?

»¡Qué extraña es la sabiduría! Se aferra al espíritu del que ha tomado posesión como el liquen se aferra a la roca. Deseé entonces destruir cualquier pensamiento, cualquier afecto. Pero sabía ya que sólo de una forma podría escapar al dolor, muriendo, y aun sin comprenderla, deseaba ya la muerte. Admiraba la virtud y los buenos sentimientos; amaba los modales dulces y afables de mis vecinos y, no obstante, me estaba vedada la convivencia con ellos si no era sirviéndome de medios practicados a escondidas, permaneciendo desconocido para ellos, lo que aumentaba, si esto es posible, el deseo de ser aceptado por mis semejantes y convertirme en su igual. La dulce voz de Agata, las alegres sonrisas de la bella árabe, los generosos consejos del anciano y los decididos propósitos del buen Félix jamás se dirigirían a mí. ¡Ah, qué miserable y triste ruina era yo!

»Otros conocimientos me impresionaron más todavía. Supe lo que diferencia los sexos, cómo nacen los niños y cómo crecen; conocí el gozo de un padre ante la sonrisa de su hijo, cómo despierta el espíritu en los cachorros de hombre; cómo las atenciones y cuidados de la madre se concentran en el ser que lleva en las entrañas; cómo va desarrollándose la inteligencia de los adolescentes, enriqueciéndose con multitud de diversos conocimientos; supe, por fin, el significado de las palabras *hermano* y *hermana,* y la naturaleza de los vínculos que tan estrechamente unen a dos seres humanos.

»¿Pero dónde se encontraban mis parientes, dónde mis amigos? No había tenido un padre que cuidara de mi infancia, ni una madre que me prodigara la bendición de sus caricias y sus sonrisas o, en el caso de que aquello hubiera ocurrido alguna vez, mi vida anterior no era más que un vacío, una nada de la que habían desaparecido los recuerdos. Hasta donde mi memoria podía alcanzar yo había tenido siempre la misma estatura, las mismas proporciones actuales. Jamás había visto un ser que se me asemejara o que hubiera aceptado tener la menor relación conmigo. ¿Era eso justo? Aquella pregunta se apoderó otra vez de mi alma, sin que pudiera responder a ella más que con tristes lamentaciones.

»Pronto os relataré hacia dónde me llevaron mis pensamientos. Pero antes permitid que vuelva a los habitantes del chalet, cuya historia desveló en mí sentimientos que eran mezcla de indignación, alegría y sorpresa, pero que contribuyó a aumentar el afecto y el respeto que experimentaba por mis protectores (pues así les llamaba yo, con un inocente y casi doloroso deseo de engañarme).»

XIV

«Transcurrió algún tiempo antes de que pudiera conocer la historia de mis vecinos. Pero cuando me enteré de ella, permaneció grabada para siempre en mi memoria a causa de sus apasionantes aventuras y de sus acontecimientos asombrosos para un ser que, como yo, era tan inexperimentado en aquel entonces.

»El anciano se llamaba De Lacey y pertenecía a una antigua familia francesa de rancio abolengo. Durante muchos años había vivido en Francia, rico, con el respeto de quienes ostentaban una situación superior a la suya y con el afecto de los de su misma clase. Su hijo se había entregado al servicio de la patria y Agata frecuentaba el trato con las damas de la mejor sociedad. Apenas unos meses antes de mi llegada a aquel pueblecillo de Alemania, la familia vivía todavía en una inmensa ciudad, llamada París, rodeada de amigos, disfrutando de todas las ventajas que proporcionan la virtud, la cultura, el buen gusto y una riqueza realmente considerable.

»Fue el padre de Safie quien atrajo la ruina sobre la cabeza de los De Lacey. Este era un gran comerciante turco que, como ellos, vivía también en París desde hacía muchos años cuando, de pronto, por una razón de la que nunca pude enterarme, cayó en desgracia ante el gobierno. Fue detenido y encarcelado el mismo día en que Safie llegó de Constantinopla para permanecer en París viviendo al lado de su padre. Fue juzgado y condenado a muerte, pero la sentencia, injusta a todas luces, levantó indignación en toda la ciudad, pues se estimaba que habían sido la religión y la fortuna del condenado, mucho más que un delito, los motivos del rigor con que había procedido el tribunal.

»Félix, que por casualidad había presenciado los debates, no pudo dominar el horror y la indignación que le embargaron al escuchar la sentencia y, en la misma sala del juicio, se juró libertar al desdichado, emprendiendo inmediatamente la búsqueda de un medio que le permitiera llevar a cabo su proyecto. Después de haber intentado varias veces en vano penetrar en la cárcel acabó por descubrir, en un rincón mal custodiado de la muralla exterior, una ventana provista de gruesos barrotes que daba justamente a la celda del infortunado musulmán. Este, cargado de cadenas, aguardaba lleno de desesperación el instante en que se cumpliría la sentencia. Félix regresó a aquel lugar, protegido por la oscuridad nocturna, para comunicar al prisionero las intenciones que albergaba. Sorprendido y encantado, el turco quiso estimular la voluntad del muchacho prometiendo que le entregaría una verdadera fortuna en caso de que consiguiera propiciar su evasión. Pero Félix rechazó ofendido tal ofrecimiento. No obstante, cuando pudo ver a la hermosa Safie, que había obtenido autorización para permanecer en la celda de su padre y que, por señas, le testimoniaba la mayor gratitud, no pudo evitar el pensamiento de que el prisionero tenía, en la persona de su hija, un tesoro que recompensaría con creces las fatigas y peligros a los que iba a exponerse. Un tesoro superior a todas las riquezas del mundo.

»El mahometano comprendió con rapidez la impresión que Safie había producido en el muchacho y quiso asegurarse su celo jurando que le concedería la mano de su hija en cuanto lograran refugiarse en lugar seguro. Félix era demasiado delicado como para aceptar semejante oferta, que más se asemejaba a una transanción comercial, pero las más dulces esperanzas despertaron en su corazón como un augurio de felicidad futura.

»Durante los días siguientes, mientras el joven se ocupaba de los detalles de la evasión, su valor se veía acrecentado por ciertas misivas que le escribía la hermosa joven que había hallado el medio de expresar en francés sus pensamientos, gracias a la intervención de un viejo sirviente de su padre que había llegado a dominar esta lengua. La joven le agradecía, en ellas, calurosamente, el auxilio que intentaba prestar al comerciante turco, deplorando, con discretas palabras, lo amargo de su propia suerte.

»Poseo copia de todas estas cartas. Durante mi estancia en el cobertizo hallé el modo de procurarme útiles de escritura y, a menudo, Félix o Agata tomaban las misivas en sus manos, cosa que me dio la oportunidad de leerlas. Antes de nuestra separación quisiera entregaros estas cartas que os darán fehacientes pruebas de la historia que voy a relataros. Sin embargo, el sol comienza a declinar y no me será posible más que resumiros sus detalles.

»Safie explicaba en ellas que su madre había sido una árabe convertida al cristianismo y, luego, capturada y vendida como esclava por los turcos. Destacando por su gran belleza había logrado conquistar el corazón de su padre que la tomó por esposa de acuerdo con las tradiciones y costumbres musulmanas. La muchacha hablaba con acendrado afecto de su madre que, nacida libre y reducida a la esclavitud, supo librarse del cruel destino al que había sido condenada. Aquella

174

mujer educó a su hija en las normas de su propia religión y le inculcó el deseo y la aspiración de un nivel intelectual y una libertad de espíritu prohibidos a las mujeres musulmanas. A la muerte de su madre, aquellos consejos no fueron olvidados por la muchacha y, ahora, se desesperaba ante la mera idea de regresar a su patria para ser encerrada en un harén, con autorización tan sólo para entregarse a juegos infantiles que no se adecuaban en absoluto a las disposiciones de su espíritu. Se hallaba, en efecto, acostumbrada al goce de los pensamientos elevados y a la práctica de la virtud. La perspectiva de contraer matrimonio con un cristiano y habitar en un país en el que las mujeres podían ocupar un lugar en sociedad, la llenaba de gozo.

»El día de la ejecución fue por fin fijado, pero la noche anterior el condenado se esfumó misteriosamente de su prisión y antes de que amaneciera se encontraba ya a gran distancia de París. Félix se había procurado salvoconductos a nombre de su padre, de su hermana y del suyo propio. El anciano De Lacey, enterado de su propósito, facilitó la fuga al dejar su casa pretextando que iba a efectuar un viaje pero ocultándose, realmente en algún lugar de París.

»Félix condujo a los fugitivos atravesando Francia hasta llegar a Lyon, luego, por el monte Cenís, les llevó a Leghorn en donde el mercader turco había decidido esperar la oportunidad de dirigirse a un territorio que estuviera bajo la dependencia de su país.

»Safie decidió permanecer al lado de su padre hasta el momento de la partida, y éste renovó su promesa de otorgar a su salvador la mano de su hija.

»Félix se quedó a su lado animado por las palabras del mahometano y entreteniendo la espera en compañía de la joven árabe, que le daba muestras del más sincero y dulce afecto. Conversaban gracias a un intérprete pero, la mayoría de las veces, se limitaban a intercambiar miradas que bastaban, por sí solas, para expresar sus sentimientos, o Safie cantaba para él las divinas melodías de su patria.

»El aceptaba en esta intimidad y, aparentemente, veía con buenos ojos las esperanzas de ambos enamorados. No obstante, había concebido, en secreto, otros proyectos. Le era insoportable la idea de que su hija se ligara a un cristiano, pero temía la reacción de Félix si, ahora, intentaba impedir aquella unión. Sabía que estaba en manos de su salvador y que éste podía, si quisiera, denunciarle a las autoridades italianas. Tramó numerosas artimañas que le permitieron prolongar su engaño mientras fue preciso. Lo cierto era que tenía intención de llevarse con él a su hija cuando se presentara la ocasión de partir. Sus mezquinos propósitos se vieron favorecidos por las malas noticias llegadas de París.

»La fuga del turco había provocado una violenta indignación en el gobierno. El plan que Félix había puesto en práctica para la evasión fue descubierto muy pronto y, por esta causa, De Lacey y su hija Agata fueron detenidos inmediatamente. La triste noticia sacó a Félix de sus sueños de dicha. Su anciano padre ciego y su hermana habían sido encarcelados en una lóbrega prisión mientras él gozaba en libertad de la vida y la felicidad junto a la mujer a quien amaba. Aquella idea le atormentaba cruelmente. Acordó con el turco que, de llegar en su ausencia la tan deseada ocasión de partir, él mismo cuidaría de hallar acomodo para Safie en un convento de las proximidades de Leghorn.

»Despidiéndose de la hermosa muchacha, el joven regresó a París con toda rapidez y se entregó a las autoridades con la convicción de que conseguiría así la libertad para De Lacey y Agata.

»Inútil pretensión. Los tres permanecieron en la mazmorra durante cinco largos meses, mientras aguardaban un juicio que, cuando tuvo lugar, les arrebató todos sus bienes y les condenó al destierro.

»Hallaron refugio en Alemania, en el modesto chalet donde yo les encontraría más tarde. Félix se enteró muy pronto de que el innoble personaje, a causa del cual él y su familia sufrieron tan terribles pruebas, había abandonado Italia llevándose a Safie. Enterado de que su libertador estaba arruinado y viviendo en la miseria, había olvidado sus promesas y su honor. Le pareció suficiente enviar a Félix una mínima cantidad en metálico para que, según decía, pudiese recuperarse y conseguir algún medio de subsistencia.

»Aquellos tristes sucesos habían sumido a Félix en la melancolía y le habían llevado a ser la persona más desdichada de su familia. La pobreza no le resultaba difícil de soportar y, además, fortalecido su espíritu por la desgracia, no se avergonzaba de ella; pero la ingratitud y la vileza de que había dado pruebas el turco y la pérdida de su idolatrada Safie, habían sido para él golpes de los que difícilmente podría reponerse. La inesperada aparición de la muchacha árabe devolvió la alegría a su corazón herido. Todo se había desarrollado así:

»Cuando llegó a Leghorn la noticia de que Félix había sido condenado a perder su fortuna y su rango, el comerciante se valió de ello para ordenar a su hija que, olvidando a su pretendiente, se dispusiera a regresar con él a Constantinopla. Pero la generosidad innata en Safie se rebelaba ante el cinismo de su padre. Intentó convencerle, pero sin éxito; el turco se negaba a escuchar sus palabras limitándose a repetir su tiránica orden.

»Días más tarde, haciendo súbita entrada en los aposentos de su hija, le dijo que tenía buenas razones para creer que su presencia en la villa había sido descubierta y que, según temía, se había decidido devolverle a las autoridades francesas. Para evitarlo había fletado un navío que le llevaría hasta Constantinopla y que partiría pocas horas más tarde. Le comunicó luego que se proponía dejarla bajo la custodia de un servidor de toda confianza para que, transcurridos unos días, le siguiera con el resto de sus bienes que no habían llegado todavía a Leghorn.

»Cuando Safie se vio dueña de su persona, trazó el plan de acción que convenía adoptar en aquella situación. Odiaba la idea de regresar a su patria. Se oponían a ello tanto su religión como sus sentimientos. Merced a ciertos papeles de su padre, que por casualidad llegaron a sus manos, supo la dirección del hombre a quien amaba. Vaciló pero, por fin, tomó la decisión de partir hacia el destierro en que vivía Félix. Recogió las joyas que le pertenecían personalmente y, apoderándose de una pequeña suma, abandonó Italia acompañada por una joven sirvienta natural de Leghorn, pero que chapurreaba algo el turco.

»Pudo llegar sin ninguna dificultad hasta un pueblecito situado a una veintena de leguas del lugar donde habitaban los De Lacey. Allí su sirvienta enfermó de gravedad y, pese a los cuidados y la dedicación de Safie, la infeliz jovencita falleció y la hermosa árabe se encontró sola en una tierra cuya lengua y costumbres desconocía por completo. Por fortuna había caído en buenas manos. La sirvienta italiana había indicado, antes de morir, el lugar a dónde se dirigía su dueña, y la mujer que había dado hospedaje a ambas muchachas tomó a Safie bajo su protección y se encargó de que llegara, sin más preocupaciones, a la casa donde vivía Félix.»

XV

«Esta es la historia de mis queridos vecinos. Me impresionó mucho y me enseñó, por los aspectos de la vida social que encerraba, a admirar las virtudes y a aborrecer los vicios de la humanidad.

»Hasta aquel momento yo había considerado el crimen como algo remoto. La bondad y la generosidad estaban constantemente ante mis ojos, desvelando en mí el deseo de participar activamente en una vida donde encontraban su expresión tantas cualidades admirables. Pero, al narraros el progreso que estaba experimentando en el campo intelectual, no puedo olvidar un suceso fortuito que tuvo lugar a comienzos del mes de agosto de aquel mismo año.

»Cierta noche, en el transcurso de una de mis habituales excursiones al bosque vecino, en las que me procuraba el alimento y recogía leña para mis protectores, hallé una bolsa de cuero que alguien debía haber extraviado. En su interior encontré varias prendas de vestir y algunos libros. Me apoderé con fruición de todo ello y lo llevé a mi cobertizo. Por fortuna los libros estaban escritos en el idioma que hablaban las gentes del chalet. Sus títulos eran: *El paraíso perdido*, de Milton; *Vida de los hombres ilustres de Grecia y Roma*, de Plutarco y *Las desventuras del joven Werther*, de Goethe. Mi descubrimiento me llenó de felicidad. Sin aguardar un solo instante comencé a leer y estudiar aquellas obras que me permitieron ejercitar mi espíritu durante el día, mientras mis amigos realizaban sus cotidianas tareas.

»Me resultaría muy difícil explicaros los sen-

179

timientos que aquellas obras despertaron en mí. Ellas llevaron a mi espíritu un cúmulo de imágenes nuevas y sensaciones desconocidas que, a menudo, me sumergieron a partir de entonces en un mar de perplejidad y desaliento. En el *Werther*, por ejemplo, además de su atractiva historia, sencilla y conmovedora, se examinan tantas opiniones y se iluminan con tan intensa luz ciertos temas, que hasta aquel momento habían permanecido para mí oscuros e incomprensibles, que hallé en el libro una inagotable fuente de asombro y de reflexión. Las tranquilas costumbres domésticas que se describen y los sentimientos nobles y altruistas de sus personajes armonizaban a la perfección con aquellos que me hacía experimentar la contemplación de las personas a quienes me gustaba llamar mis protectores, y con lo más profundos deseos que comenzaban a desvelarse en mi interior. Werther me pareció la criatura más divina de todas cuantas me había sido concedido ver o imaginar, con tanta profundidad está tratado un personaje de tal sencillez. Sus meditaciones sobre el suicidio y la muerte parecían hechas a propósito para remover en mí un cúmulo de encontrados pensamientos. No tenía la pretensión de juzgar el caso pero, pese a ello, me sentía muy próximo a las opiniones del protagonista, cuyo suicidio me hizo derramar ardientes lágrimas, aunque no lograba comprenderlas por entero.

»Encontré en mis estudios abundante materia para efectuar numerosas comparaciones con mis propios sentimientos y mi triste condición. Llegaba a identificarme por completo con los personajes que iba hallando en el curso de la lectura hasta el punto que me parecía escucharles mientras hablaban. Me sentía a un tiempo idéntico e insólitamente distinto a ellos. Despertaban mi simpatía y les comprendía, aunque sólo en parte, puesto que mi inteligencia no estaba, todavía, muy cultivada. Yo no dependía de nadie y no tenía vínculo alguno que me ligara a un semejante. "El camino de mi partida estaba expedito" y nadie me lloraría si muriese. Mis rasgos eran de una fealdad nauseabunda y mi talla gigantesca. ¿Por qué? ¿Quién era yo? ¿De dónde venía? ¿Hacia dónde me dirigía? Aquellas preguntas resonaban incesantemente en mi cerebro sin que pudiera hallar respuesta para ninguna de ellas.

»El volumen de las *Vidas* de Plutarco narraba la historia de los creadores de antiguas repúblicas. La obra me produjo un efecto distinto por completo del que me había causado la lectura del *Werther;* Plutarco despertó en mí grandes pensamientos. Hizo que me elevara por encima del círculo reducido y amargo de mis perennes meditaciones para llevarme hasta la admiración de los héroes clásicos. No es preciso decir que muchas de las cosas que contaba escapaban por completo a mi compresión y a mi experiencia. Tenía una difusa idea de lo que eran los imperios, los enormes territorios del globo, sus majestuosos ríos y sus grandes océanos pero, sin embargo, ignoraba todo cuanto hacía referencia a las ciudades y a las grandes agrupaciones humanas. La modesta mansión de mis protectores había sido mi única escuela y sólo en ella me había sido posible estudiar al hombre. Aquel libro me abrió, por lo tanto, vastos horizontes desconocidos y me descubrió mayores campos de acción. Por él conocí la vida de los seres que habían gobernado o aniquilado a sus semejantes. Poco a poco fue naciendo en mí una gran admiración por la virtud y un inmenso desprecio por el vicio; todo ello en la medida en que podía yo comprender el significado de aquellos términos, que, en aquel tiempo, me parecían idénticos a las nociones de felicidad o de dolor. Poseído por tales sentimientos fui, pues, aprendiendo, naturalmente, a admirar a los estadistas pacíficos: Numa, Solón y Licurgo, mucho más que a los Rómulo o Teseo. La existencia patriarcal de mis vecinos terminó de fortalecer tales sentimientos. Es posible que si mi iniciación a la humanidad hubiera corrido a cargo de un joven y exaltado militar, ávido de batallas y de gloria, mis impresiones serían ahora por completo distintas.

»Por lo que hace referencia a *El paraíso perdido*, despertó en mí sentimientos todavía más profundos, aunque distintos. Leí la obra del mismo modo como lo hice con las otras dos, es decir, creyéndola como si se tratara de historias reales. Aquello no pudo sino provocar en mí todo el asombro y la estupefacción que es capaz de inspirar la figura de un dios combatiendo contra sus criaturas. A menudo me conmovió la semejanza que hallaba entre alguna de las situaciones y mi propio caso. Al igual que Adán, yo no estaba, en apariencia, atado por vínculo alguno a ningún ser. Pero, sin embargo, en las restantes circunstancias su situación era por completo distinta a la mía. El había nacido de las manos de Dios, era un ser perfecto que todo lo tenía y nada le faltaba. Además, su creador cuidaba de él y le protegía solícitamente. Estaba capacitado para hablar con seres de esencia superior a la suya y por ellos adquiría saber y conocimientos. Por el contrario, yo era una infeliz criatura que se encontraba sola y desamparada. En innumerables ocasiones me vi impelido a creer que Satanás era el ser que más se adecuaba a mi condición; al igual que él yo había sentido el arañazo de la envidia al contemplar la dicha y la felicidad que parecía reinar entre aquellos a quienes llamaba mis protectores.

»Un nuevo hecho vino a confirmar y a prestar mayor fuerza a aquellos pensamientos. Poco tiempo después de mi instalación en el cobertizo hallé unos papeles en el bolsillo de la chaqueta que había cogido antes de abandonar vuestro laboratorio. Al comienzo no les presté ninguna atención, pero, cuando fui capaz de descifrar lo que decían, comencé a leerlos detenidamente. Eran unos fragmentos de vuestro diario en los que vos relatabais los cuatro meses que habían precedido a mi creación. Habíais narrado en aquellas líneas todo el desarrollo de vuestro trabajo, una etapa tras otra. Sus páginas estaban llenas de acontecimientos sin importancia, sucesos de vuestra vida cotidiana. Sin duda no habéis olvidado aquel diario, pues bien ¡aquí está! Todo lo que escribisteis en él hace referencia, directa o indirectamente, a mis malditos orígenes. El cúmulo de horrendas acciones que hicieron posible mi creación está explicado con detalle. También encontré en él una descripción minuciosa de mi repulsiva apariencia, expresada en unas palabras que hablaban por sí solas de vuestro horror y que hicieron del mío algo que escapa a toda comprensión. La lectura de aquellas páginas soliviantó mi corazón:

»—¡Mil veces maldito el día que me vio nacer! —grité con desesperación—. ¡Infame creador! ¿Por qué habéis dado vida a un ser monstruoso frente al que, *incluso vos*, apartáis de mí la mirada, lleno de asco? Dios, con su misericordia, hizo al hombre hermoso y atractivo, a su imagen y semejanza; pero mi cuerpo es una abominable parodia del vuestro, más inmundo todavía debido a esta semejanza. Satán tiene, al menos, compañeros, otros seres diabólicos que le admiran y le ayudan. Pero mi soledad es absoluta y todos me desprecian.

»Aquéllas fueron las reflexiones a que me entregaba en mis horas de soledad y desesperación. Pero cuando contemplaba las virtudes de mis vecinos, cuando juzgaba su amabilidad y sus cualidades, llegaba al convencimiento de que, cuando supieran de qué forma admiraba su benevolencia, se apiadarían de mí, cerrando los ojos a mi monstruosidad. Jamás podrían arrojar lejos de su hogar a una criatura, por deforme que ésta fuera, que solicitara su compasión y su afecto. Decidí no abandonarme a la desesperación, sino, por el contrario, prepararme de todas las formas posibles para la entrevista de la que dependía mi destino. Retrasé en algunos meses la fecha de mi tentativa, ya que el inmenso valor que yo otorgaba a su éxito o su fracaso me llenaba de temores y me decía que, si la precipitaba demasiado, comprometería irrevocablemente el resultado. Además, al ver que mi aplicación incesante hacía mejorar rápidamente mi dominio del idioma me convenció de que, transcurridos algunos meses, habría llegado a poseer la necesaria soltura al hablar.

»Mientras, el chalet había experimentado algunos cambios. Como os he dicho, la llegada de la joven árabe había colmado la felicidad de mis vecinos y pude observar, asimismo, que ahora gozaban de una relativa abundancia. Félix y Agata destinaban más tiempo a las distracciones y a conversar y contrataron, para ayudarles en sus trabajos, a algunos servidores. No es que parecieran ricos, pero se les veía muy satisfechos y felices con su suerte. Estaban llenos de paz y felicidad mientras que mis pensamientos eran cada vez más tormentosos. El aumento de mis conocimientos me revelaba con mayor claridad la miserable clase de paria que yo era. Ciertamente tenía una esperanza, pero ésta se desvanecía en cuanto miraba mi imagen reflejada en el agua del estanque o, incluso, cuando distinguía mi sombra a la luz de la luna, por vaga y difusa que fuera.

»Seguía combatiendo mis temores e intentaba

conseguir el valor necesario para enfrentarme a la prueba decisiva que había decidido llevar a cabo. Algunas veces, negándome a ser dominado por las frías razones, dejaba errar mis pensamientos por los jardines del edén y llegaba a imaginar que bellas y amables criaturas simpatizaban de buen grado conmigo y consolaban mis pesares mientras me sonreían con sus rostros angelicales y llenos de felicidad. ¡Ah!, se trataba tan sólo de inútiles sueños. No, ninguna Eva se hallaba a mi lado para endulzar mi tristeza y compartir mis sentimientos. ¡Estaba solo! Recordaba la petición hecha por Adán a su creador. ¿Pero dónde estaba el mío? ¡Me había abandonado! Y, entonces, con el corazón lleno de amargura, os maldije.

»Así transcurrió el verano, luego el otoño y vi, con sorpresa y desilusión, cómo se secaban las hojas, cómo caían al suelo y cómo la naturaleza volvía a tomar el aspecto frío y desolado que tenía cuando llegué a aquel paraje. Pese a ello, los rigores e inclemencias del tiempo no me incomodaban lo más mínimo, puesto que mi constitución estaba mejor preparada para el frío que para el calor. Lo que me entristecía era la desaparición de mis mejores goces; aquellos que me habían proporcionado la contemplación de las flores, los pájaros y las magníficas galas de la estación estival. Cuando me vi privado de aquellas delicias me entregué aún con mayor atención al estudio y a la observación de los habitantes del chalet. El fin del verano no había alterado en modo alguno su felicidad. Se querían de idéntico modo y seguían simpatizando mutuamente. También las alegrías les habían unido y el ambiente desapacible no hizo mella en ellos. Cuanto más les observaba mayor era el deseo de granjearme su amistad y su protección para poder gozar los placeres de su benevolencia. Deseaba con toda el alma ser conocido y amado por aquellas criaturas tan hermosas. Saber que sus dulces miradas se detenían en mí con afecto había llegado a ser la mayor de mis ambiciones. Ni siquiera osaba imaginar que podían alejarme de su lado con desdeño y repugnancia. Los miserables mendigos que llegaban a su puerta no eran despedidos jamás con las manos vacías. Ciertamente yo solicitaba algo más valioso que un pedazo de pan o un lugar en donde reposar; quería simpatía y afecto sin considerarme indigno de ello.

»El invierno iba avanzando; todo un ciclo de estaciones había ya transcurrido desde mi creación. Ahora todo mi interés estaba concentrado en la elaboración de un plan que me permitiera entrar en el chalet de mis protectores. Era ya lo bastante sagaz como para advertir que la fealdad anormal de mi persona había sido el motivo que desencadenara el odio y la repulsión en aquellos que me contemplaron. Mi voz, si bien era ruda, no tenía nada de terrorífica. Pensaba, por lo tanto, que mientras los jóvenes se hallaban ausentes yo podría obtener la benevolencia del anciano De Lacey y recabar su intercesión ante los jóvenes.

»Cierto día en que el sol brillaba sobre la alfombra de hojas rojizas que tapizaba el suelo y, pese a que no fuera demasiado cálido, transmitía sin embargo una cierta alegría, Safie, Agata y Félix decidieron salir para efectuar un largo paseo por el campo. Por su parte, el anciano expresó su deseo de permanecer en casa y así lo hicieron. Cuando los tres muchachos hubieron partido, tomó su guitarra y tocó algunas dulces y melancólicas melodías que superaban en tristeza a las que, hasta aquel momento, le había oído. Sus facciones, que se hallaban casi siempre llenas de felicidad, fueron poco a poco volviéndose sombrías y apesadumbradas. Abandonó, por fin, su instrumento musical y permaneció inmóvil sumido en sus reflexiones.

»Mi corazón comenzó a latir desacompasadamente. Había llegado ya el esperado instante de poner en práctica el plan que había de llevar a buen puerto todas mis esperanzas o, por el contrario, había de aniquilarlas por completo. La servidumbre se había marchado, también, a un pueblo de los alrededores que estaba celebrando sus fiestas. El chalet y sus entornos se hallaban tranquilos y silenciosos. Ni en sueños hubiera podido imaginar una ocasión más propicia a mis proyectos. No obstante, cuando quise ponerme en pie, mis piernas flaquearon y caí al suelo. Volví a levantarme y, haciendo acopio de valor, separé las planchas que cubrían el boquete y salí del cobertizo. El aire del exterior me reconfortó. Con el corazón lleno de esperanza, resuelto a terminar con mis sufrimientos, me dirigí a la puerta del chalet y llamé.

»—¿Quién está ahí? —preguntó el anciano y, acto seguido, añadió—: ¡Adelante!

»Empujé la puerta y dije:

»—Perdone usted, soy un viajero y quisiera reposar un poco. Me haría un gran favor si me autorizara a permanecer unos instantes cerca del fuego.

»—Acérquese, pues —dijo De Lacey—. Procuraré, en lo que pueda, proporcionarle lo que necesite. Por desgracia, mis hijos han salido y como yo hace tiempo ya que perdí la vista, temo que me sea difícil encontrarle algo de comer.

»—No se preocupe, buen hombre —respondí—. Tengo provisiones suficientes y no necesito sino un poco de calor y de reposo.

»Tomé asiento y el silencio se abatió sobre nosotros. Yo sabía que cada segundo era precioso y, sin embargo, no encontraba el modo de proseguir la entrevista. Afortunadamente fue el anciano quien, tomando la palabra, se encargó de ello:

»—Su acento me hace suponer que somos compatriotas. ¿Por casualidad es usted francés?

»—No, no lo soy, pero he sido educado por una familia francesa y ésta es la única lengua que hablo. Ahora voy a solicitar ayuda a unos amigos que me son muy queridos y que, al menos eso es lo que espero, querrán sin duda prestarme su apoyo.

»—¿Son alemanes?

»—No, son franceses. Pero si no le supone ninguna molestia preferiría variar de conversación. Soy un ser solo y desamparado. A cualquier parte a donde vuelva mi vista no encuentro un solo pariente ni un solo amigo. Esas personas a las que tanto quiero y de las que acabo de hablarle, ni siquiera me conocen. En realidad estoy asustado, puesto que si ellos me rechazan, me veré condenado a ser un infeliz durante toda mi vida.

»—¡No desespere! En verdad, hallarse sin amigos es una gran desgracia, pero, convénzase, el corazón de los seres humanos está lleno de amor y de cariño fraternal. Tenga confianza. Si esas personas de las que me ha hablado son buenas y caritativas no tiene por qué temer nada.

»—¡Son buenas! —exclamé—, es imposible que exista en el mundo nadie mejor; por desgracia tienen algunos reparos en lo que a mí respecta, pese a que estoy lleno de buenas intenciones. Jamás he causado mal a nadie. Al contrario, en la medida de mis modestas posibilidades, he procurado siempre ayudar al prójimo. De todos modos, sé que un injustificado prejuicio no les deja ver las cosas claras y me hace aparecer ante sus ojos como un monstruo cuando quisiera ser, para ellos, un amigo sensible y bueno.

»—¡Ciertamente es usted muy desgraciado! ¿Está seguro de que sus acciones han sido siem-

188

pre irreprochables? ¿Por qué no demuestra a sus amigos que están en un error?

»—Esto es, justamente, lo que pretendo hacer y ésta es, también, la razón por la que estoy tan asustado. Compréndame, quiero con ternura a estos amigos. Desde hace ya algunos meses, y sin que ellos lo sepan, intento prestarles algunos pequeños servicios y, no obstante, imaginan todavía que deseo causarles daño. Es, pues, esta desconfianza del todo injustificada la que deseo vencer.

»—¿Dónde viven sus amigos?

»—¡Muy cerca de aquí!

»El anciano permaneció unos instantes en silencio; luego prosiguió:

»—Si usted me cuenta sin ninguna reserva los detalles de su caso, es probable que yo pueda intentar algo en su favor. Por desgracia, ya se lo he dicho, estoy ciego y no puedo, por lo tanto, juzgar su apariencia, pero hay en sus palabras algo que me impulsa a confiar en usted. Soy un anciano desterrado, pero sentiría un gran placer si pudiera ayudar, todavía, a algún ser humano.

»—¡Es usted muy bondadoso! Agradezco su oferta y la acepto de buena gana. Su benevolencia será mi salvación. Estoy convencido de que con su ayuda jamás seré rechazado ya por los seres humanos y que, por fin, mis amigos me concederán su afecto.

»—¡Dios le guarde de ser rechazado por los hombres! Ni que fuera usted un criminal. Cuando los humanos actúan de esta forma no hacen sino empujar al desdichado hacia las más horrendas acciones, aunque en realidad debieran llevarle al bien. Sepa que también yo soy desgraciado. Fui condenado injustamente, al igual que mi familia, y nadie mejor que nosotros podría comprenderle.

»—¡Ah,!, ¿cómo agradecerle sus palabras? Es usted mi único amigo, mi verdadero benefactor.

Usted me ha dirigido las primeras frases amables que mis oídos han podido escuchar. Jamás podré olvidarlo. Esta prueba de benevolencia me afirma en la esperanza de que seré recibido como un amigo entre aquellos a quienes amo.

»—¿Cómo se llaman sus amigos? ¿Dónde viven?

»Guardé silencio unos momentos. Había llegado la hora de que mis esperanzas se vieran realizadas o fueran destruidas sin remisión. Mi felicidad futura estaba en juego. Procuré conservar la calma mientras buscaba el coraje necesario para responder al anciano. Pero el esfuerzo agotó mis débiles energías y, abatiéndome sobre la silla, comencé a sollozar. En aquel instante escuché un ruido de pasos que se aproximaban, procedentes del exterior. Sin duda eran mis jóvenes protectores que estaban ya de regreso. Tomando la mano del señor De Lacey, grité poniendo en mi grito las últimas fuerzas:

»—¡Ha llegado la hora! ¡Sálveme! ¡Protéjame! Usted y su familia son las personas que he venido a buscar. No me abandone en el momento decisivo.

»—¡Dios mío! —exclamó el anciano poniendo sus manos en mi cabeza—. ¿Quién es usted?

»En aquel instante la puerta del chalet se abrió dando paso a Safie, Ágata y Félix. ¿Cómo explicaros el horror y la desesperación que se apoderaron de mí? Ágata, sobrecogida, perdió el conocimiento y Safie, demasiado aterrorizada para acudir en auxilio de su amiga, salió corriendo del chalet. Félix se abalanzó sobre mí y, con sobrenatural energía, me arrancó del lado de su padre, a cuyas rodillas me había postrado. Ciego de furia me arrojó al suelo propinándome un violento garrotazo. Destrozarlo me hubiera sido tan fácil como lo es para un león despedazar a una gacela, pero mi alma estaba llena de terrible an-

190

gustia y supe contenerme. Vi cómo se disponía a golpearme de nuevo; vencido por el dolor y la desesperación salí del chalet y, al amparo de la confusión que se había producido, logré penetrar sin ser visto en mi cobertizo.»

XVI

«¡Maldito, maldito creador! ¿Por qué me disteis la existencia? ¿Por qué no extinguí, en aquel mismo instante, la llama de la vida que con tanta inconsciencia vos habíais encendido? No sé, en verdad, qué me contuvo. La desesperación no había hecho presa todavía en mí con todo su horror inenarrable. No experimenté, entonces, más que cólera y un deseo invencible de venganza. ¡Qué placer me hubiera producido la destrucción del chalet y de todos los que lo habitaban! ¡Con qué gozo hubiera escuchado sus alaridos de espanto y de dolor!

»Cuando hubo anochecido salí de mi refugio y vagué por el bosque. Sin temor ya a que me descubrieran, di libre curso a la angustia que me atenazaba prorrumpiendo en alaridos y gritos que no parecían humanos. Me asemejaba a una bestia salvaje que, rotas sus ataduras, huye de cuanto la mantenía sujeta. Destrocé furiosamente cuanto se atravesaba en mi camino, adetrándome en el bosque con la celeridad de un ciervo asustado. ¡Qué horrenda noche! Las frías estrellas parecían burlarse de mí y las ramas desnudas de los árboles se agitaban sobre mi cabeza como si quisieran insultarme. De vez en cuando el dulce trinar de un pajarillo rompía el silencio. A aquellas horas todas las criaturas descansaban o gozaban; sólo yo, maldito monstruo diabólico, acarreaba en mi interior mi propio infierno y, al no encontrar una amistad o un afecto, deseaba arrancar de raíz los árboles y dispensar a mi paso la muerte y la destrucción, tras de lo cual tomaría asiento en las ruinas y contemplaría las pavesas acumuladas a mi alrededor.

»Pero aquella confusión de sentimientos no podía durar. Cansado por mi carrera, me tendí sobre la hierba húmeda, enfermo de impotencia y desesperación. No había un solo ser humano de entre los millones que pueblan la tierra, capaz de compadecerse de mí y prestarme su auxilio. ¿Por qué tenía que ser generoso con mis enemigos? ¡No! Fue en aquel momento cuando lancé mi implacable desafío a todo el género humano y, en especial, al hombre que, creándome, me había condenado a tan indecibles suplicios.

»Al llegar el alba escuché voces humanas y me di cuenta de que no podría regresar a mi refugio sin ser descubierto, al menos mientras durara la luz del día. Me escondí, por lo tanto, en el bosque, decidido a utilizar las horas siguientes examinando atentamente mi situación.

»La calidez del sol y la pureza del aire fueron devolviéndome una relativa tranquilidad y, al rememorar paso a paso todo cuanto había ocurrido en el chalet, no pude menos que reconocer cierta precipitación en mis actos. Sí, había sido imprudente. Era indudable, según se desprendía de la conversación que había mantenido con De Lacey, que había logrado despertar su interés, pero cometí la locura de dejarme ver demasiado pronto por sus hijos. Hubiera debido esperar hasta granjearme por completo la confianza del anciano antes de mostrarme a los restantes miembros de la familia que, así, estarían suficientemente preparados a mi presencia. La situación no era, todavía, desesperada. Tras reflexionar mucho tiempo decidí regresar a la casa, hablar de nuevo con el

anciano y conquistarle así, exponiéndole sinceramente mi situación, para mi causa.

»Aquellos pensamientos acabaron de devolverme la tranquilidad y, cercano ya el mediodía, logré conciliar el sueño. Sin embargo, la fiebre que
habitaba mis venas me produjo pesadillas. Viví de
nuevo, numerosas veces, la odiosa escena de la
víspera; vi huir a las jóvenes enloquecidas y a Félix, cegado por la cólera, apartándome de su padre.
Cuando desperté estaba por completo exhausto
y, al anochecer, abandoné mi escondrijo para buscar algo que comer.

»Cuando mi apetito se hubo calmado me dirigí,
por el sendero que tan bien conocía ya, hacia el
chalet tranquilo y mudo. Penetré sigilosamente
en mi cobertizo y permanecí allí, esperando la
hora en que mis vecinos acostumbraban a levantarse. Pero transcurrió el tiempo, el sol estaba ya
alto en el cielo, y nadie se había dejado ver. Me
estremecí temiendo algún horrible acontecimiento.
En el interior de la vivienda todo permanecía
a oscuras. No tengo palabras para describiros la
angustia que llenó aquella espera.

»Al cabo de mucho tiempo se acercaron dos
campesinos que, deteniéndose en las cercanías de
la casa, comenzaron a discutir gesticulando mucho. Puesto que hablaban en el idioma del país,
muy distinto al que yo había aprendido de mis
vecinos, me fue imposible entender lo que decían.
Poco después llegó Félix en compañía de otro hombre, cosa que me produjo gran asombro, puesto
que yo sabía que el joven no había abandonado
aquella mañana el chalet. Aguardé corroído por
la impaciencia a que se desvelara aquel enigma.

»—Comprenda usted —decía el acompañante
de Félix—. Tendrá que pagar tres meses de alqui-
ler y perderá, además su derecho a lo que produce
el huerto. No quisiera aprovecharme de esta situa-

193

ción; reflexione unos días antes de tomar semejante decisión.

»—¡No hay nada que reflexionar! —respondió Félix—. Nos es imposible ya seguir viviendo en el chalet. La vida de mi padre ha estado en grave peligro, ya le he contado a usted lo que sucedió, mi esposa y Agata tardarán mucho tiempo en reponerse del terrible sobresalto. No insista, se lo suplico. Recupere usted su casa y déjenos marchar en buena hora.

»Félix temblaba. Penetró en la casa seguido de aquel hombre y permanecieron unos instantes en su interior. Luego salieron y ya jamás he visto de nuevo a un miembro de la familia De Lacey.

»Pasé el resto del día en mi refugio poseído por la más viva desesperación. Mis protectores se habían marchado y desaparecía, con ellos, el único lazo que me ataba a los humanos. Sentimientos de odio y deseos de venganza volvieron a apoderarse de mí sin que, esta vez, hiciera nada para contenerlos. Me abandoné a la tristeza que me poseía y encaminé todos mis pensamientos hacia visiones de destrución y de muerte. Sin embargo, cuando, a pesar mío, volvían a mi memoria aquellos seres a quienes seguía considerando, contra toda evidencia, mis amigos; cuando recordaba la voz dulce del anciano, la tierna mirada de Agata, la extremada hermosura de la muchacha árabe, mis crueles deseos naufragaban, las lágrimas corrían por mis mejillas y hallaba en el llanto un relativo consuelo. Pero diciéndome en seguida que ellos me habían rechazado, dejándome sumido en la desesperación, sentía como una cólera ciega y brutal volvía a hacer presa en mí. Puesto que no estaba en condiciones de vengarme de los seres humanos, volcaría mis ansias de violencia sobre las cosas inanimadas. Avanzada ya la noche, acumulé enormes haces de leña en torno al chalet y arrasando la vegetación que lo

194

rodeaba y destrozando las verduras del huerto, esperé la desaparición de la luna para entregarme a mi vengativa tarea.

»El fuerte viento que comenzó a soplar en dirección al bosque dispersó las nubes y alejó la posibilidad de que lloviera. En pocos segundos arreció en su violencia hasta convertirse en un imponente huracán que me sumió en una especie de locura, arrinconando cualquier vestigio de mi razón. Prendí fuego a una rama seca y comencé una rabiosa danza en torno al chalet, con los ojos vueltos hacia el este en donde la luna comenzaba a rozar el horizonte. Desapareció finalmente el astro y, entonces, prorrumpiendo en aullidos y blandiendo mi antorcha, fui encendiendo la leña que con tanto cuidado había amontonado. El viento avivaba las llamas y, pronto, la casa desapareció tras una densa cortina de fuego, que la envolvía lamiéndola con sus lenguas ardientes.

»Cuando me di cuenta de que nada quedaría en pie sino un pedazo de muro carbonizado, me alejé de aquel lugar para buscar cobijo en el bosque cercano.

»El mundo se abría ahora ante mí pero no sabía hacia dónde dirigir mis pasos. Decidí, por lo pronto, huir lejos del paraje que había servido de escena a mis desdichas. Pero, puesto que al parecer los humanos me odiaban y despreciaban, todos los países me serían igualmente hostiles. Finalmente, pensé en vos. Sabía por vuestro diario que erais mi padre, mi creador y, por lo tanto, no podía acudir en busca de ayuda a nadie mejor que aquel que me había dado la vida. Entre las enseñanzas que Félix había impartido a Safie, estaba también la geografía. De este modo aprendí a conocer la situación de los distintos países del globo y, puesto que vos mencionabais Ginebra como vuestra ciudad natal, allí debía dirigirme.

»¿Pero cómo orientarme? Sabía que era preciso seguir en dirección sudoeste, sin embargo, no contaba más que con el sol para guiarme, ignoraba el nombre de las ciudades que debía rodear —puesto que no me atrevía a cruzar por su interior— y no podía confiar en que algún ser humano que encontrara en el camino quisiera responder a mis preguntas. No obstante, nunca dudé de que alcanzaría la meta que me había propuesto. Sólo podía ya esperar vuestro auxilio y, sin embargo, únicamente despertaba en vos sentimientos de odio. ¡Ser insensible y sin corazón! Me disteis sentimientos y pasiones echándome luego al mundo para que fuera víctima del desprecio y la repugnancia de todo el género humano. Pero me sabía con derecho a esperar de vos campasión y justicia. Sería, pues, a vuestro lado, donde buscaría lo que los demás hombres me negaban.

»Fue un largo viaje que me hizo sufrir terribles tormentos. El otoño estaba ya muy adelantado cuando me alejé de la región en la que durante tanto tiempo había permanecido. No viajaba más que de noche, pues temía que, de salir a la luz del día, pudiera verme algún ser humano. Contemplaba la naturaleza que iba apagándose a mi alrededor. El sol apenas si calentaba ya y tuve que soportar lluvias torrenciales y copiosas nevadas. Los ríos, incluso los más caudalosos, estaban helados y el suelo se había convertido en una pista desnuda y resbaladiza. No encontraba lugares en los que guarecerme. ¡Ah! ¡Cuántas veces os colmé de improperios, cuántas veces maldije a aquel que me había dado la existencia! La natural dulzura de mi carácter se había transformado en odio y amargura. Cuanto más me aproximaba al lugar en que vivíais, mayor era mi deseo de venganza. Nevaba cada vez más a menudo y el hielo fue cubriéndolo todo, pero nada logró detenerme. Me guiaba por algunas indicaciones en el camino e, incluso, llegué a conseguir un plano de la región pero, a pesar de todo, me extraviaba con frecuencia. Mis pasiones no dejaban de atormentarme. Todo contribuía a encender en mí una furia que las más duras privaciones hacían aún más enconada. Y cuando, ya cercana la frontera suiza, sentí de nuevo el cálido beso del sol y vi renacer la naturaleza, pude comprender cuánta era la fuerza de mi amargura y de mi odio, puesto que la primavera sólo consiguió aumentarla, cuando normalmente hubiera debido llenar mi espíritu de sentimientos clementes.

»Fiel a la consigna que me había dado, reposaba durante el día y no me ponía en marcha sino cuando la oscuridad me protegía de cualquier encuentro inesperado. Una mañana, viendo que el sendero por el que andaba se adentraba en las profundidades de un bosque, me atreví a seguir mi camino a pesar de que el sol se había levantado ya. La claridad y calidez del aire me reconfortaron. Sentí renovarse en mí olvidadas emociones que creía muertas mucho tiempo atrás. Sorprendido por la novedad de aquellos sentimientos, me abandoné y, olvidando mi soledad y mi horrenda fisonomía, me atreví a ser feliz. Dulces lágrimas brotaron de mis ojos. Lleno de agradecimiento levanté mi rostro al sol que tanta dicha me otorgaba.

»Seguí a través del bosque las caprichosas sinuosidades del sendero, hasta llegar al límite del arbolado en el que encontré un profundo torrente de aguas tumultuosas sobre el que inclinaban los árboles sus copas reverdecidas. Me detuve unos instantes dudando sobre la dirección que debía tomar cuando escuché unas voces. Trepé a un ciprés que se hallaba próximo y apenas había tenido tiempo de esconderme cuando apareció una niña corriendo en mi dirección, como si, jugando, huyera de su acompañante. Siguió corriendo por la orilla del arroyo hasta que su pie resbaló y cayó al agua. Salté rápidamente de mi escondrijo y tras penosa lucha contra la fuerte corriente conseguí regresar, con la muchacha, a tierra firme. Se había desvanecido y me esforzaba por todos los medios en hacerla volver en sí cuando me interrumpió la llegada de un campesino. Sin duda se trataba de la persona de quien huía la pequeña. Al verme, se arrojó sobre mí y, quitándome la niña de entre los brazos, huyó hacia el bosque. Corrí tras él para preguntarle las razones de su acto pero, cuando lo advirtió, se detuvo, apuntó hacia mí su escopeta e hizo fuego. Me desplomé herido mientras él, con las piernas abiertas, seguía disparando contra las hierbas que le ocultaban mi cuerpo.

»¡Aquélla era la recompensa por mi buena acción! Había salvado una vida humana y, para agradecérmelo, me habían infligido una herida que me obligaba a retorcerme de dolor. Los sentimientos de bondad y cariño que me habían poseído pocos momentos antes se transformaron en una rabia demoníaca que hacía rechinar mis dientes. Torturado en mi carne y en mi espíritu, juré de nuevo odio eterno a todas las criaturas humanas y me propuse, sin ninguna vacilación esta vez, llevar a cabo implacablemente mi venganza. Pero el dolor era tan lacerante que no pude resistirlo. Noté cómo se espaciaban los latidos de mi corazón y perdí el conocimiento.

»Después de aquel suceso permanecí escondido en el bosque, durante algunas semanas de miserable existencia, intentando curar mi herida. La bala me había penetrado en el hombro pero ignoraba si seguía allí o había salido. De cualquier modo que fuese, no disponía de los medios necesarios para extraerla. Mis dolores se acrecentaban con el recuerdo de la injusticia y la ingratitud que había sufrido. Mi deseo de venganza aumentaba de un día a otro, quería llevar a cabo un desquite ejemplar, sin misericordia, adecuado a las angustias y ultrajes que yo había sufrido.

»La herida cicatrizó semanas más tarde y yo pude reemprender de nuevo la marcha. Mis fatigas ya no serían jamás aliviadas por el sol primaveral o la frescura de la brisa. La felicidad me parecía una burla. Ciertamente todo se coligaba contra mi miserable condición y sentía, con más crueldad todavía, que el gozo y el placer no se habían hecho para un ser como yo.

»Sin embargo, mis trabajos estaban llegando a término. Dos meses más tarde me encontraba en Ginebra.

»Llegué al anochecer y busqué cobijo en los campos de los aledaños para poder reflexionar sobre la mejor forma de ponerme en contacto con vos. El hambre y el cansancio me hacían sufrir mucho y era demasiado desdichado como para gozar la brisa vespertina o admirar el espectáculo del sol que se ocultaba tras las montañas del Jura.

»Pronto me sumí en un ligero sueño que me concedió por un momento el olvido de mis torturas. Desperté de pronto al oír a un chiquillo que corría hacia donde yo me hallaba con la inocente alegría de su edad. En cuanto le vi me asaltó el convencimiento de que él no podía albergar ideas preconcebidas y de que era muy joven todavía para haber adquirido el miedo a la deformidad. Si pudiera apoderarme de él y educarle, llegaría a ser mi compañero, mi amigo, y ya nunca volvería a sentirme solo en un mundo que, paradójicamente, estaba tan lleno de gente.

»Siguiendo mi impulso cogí al niño cuando pasó por mi lado y lo atraje hacia mí. Al verme, se tapó el rostro con las manos y se puso a gritar con fuerza. Resuelto, mantuve asidas sus manos y le dije:

»—No temas nada, pequeño mío; no te haré ningún daño. ¡Escúchame!

»—¡Suélteme! —gritó debatiéndose con violencia—. ¡Monstruo! ¡Es usted horrible! ¡Quiere cortarme a pedazos y comerme! ¡Es un ogro! ¡Si no me deja se lo diré a mi padre!

»—No digas más tonterías, amiguito. Nunca volverás a ver a tu padre. Tienes que venir conmigo.

»—¡Monstruo asqueroso! ¡Suélteme! Mi padre es síndico, es el señor Frankenstein y le castigará. No se atreva a llevarme con usted.

»—¡Frankenstein! Por lo tanto perteneces a la familia de mi enemigo, de aquel de quien he jurado vengarme. ¡Tú serás, pues, mi primera víctima!

»El pequeño no dejaba de forcejear y gritarme insultos que exasperaban mi odio. Le así por la garganta para lograr que se callara y, de pronto, vi cómo caía, muerto, a mis pies.

»Contemplé su cadáver y mi alma se llenó de alegría, de una diabólica sensación de victoria y, palmoteando jubilosamente, exclamé:

»—¡También yo puedo sembrar la desolación! ¡Mi enemigo no es invulnerable! Esta muerte le llenará de desesperación y mil sufrimientos caerán sobre su cabeza antes de que suene para él la hora de su propia destrucción.

»Mientras contemplaba a mi víctima vi un objeto que brillaba en su garganta. Me apoderé de él y lo miré. Era el retrato de una mujer adorable. A pesar de la furia que me dominaba no pude evitar que me sedujera y admirara. Contemplé hechizado los bellos ojos oscuros, rodeados de largas pestañas, los labios exquisitos. Pero pronto recordé, ciego de rabia, que había sido condenado a no gozar jamás de los placeres que una criatura como ella hubiera podido proporcionarme. Me dije que, si aquella mujer cuyo retrato estaba contemplando, pudiera verme a su vez, aquel angélico aire de bondad se convertiría en una expresión de enloquecedor espanto y de repugnancia.

»¿Es extraño, acaso, que aquellas reflexiones lograran sacarme de mis casillas? Me pregunto ahora cómo no me arrojé, en aquel mismo momento, sobre los seres humanos dispuesto a perder la vida, pero esforzándome en aniquilar el mayor número de ellos que me fuera posible, en vez de permanecer allí, lanzando lamentos y blasfemias.

»Enloquecido por los pensamientos que bullían en mi cerebro, fui alejándome de aquellos lugares buscando un lugar que fuera adecuado para esconderme. Descubrí por casualidad un cobertizo al parecer abandonado; en él, y sobre un montón de paja, dormía una mujer. Era joven, y pese a no poseer la radiante hermosura de la dama reproducida en el medallón que había robado, era también muy bella. Tenía el encanto y el frescor de la adolescencia. He aquí, me dije, una de las criaturas cuya encantadora sonrisa tan sólo a mí me es negada. Inclinado sobre ella murmuré:

»—Despierta, bella muchacha, aquí hay alguien que te ama y está dispuesto a cambiar su vida por una sola mirada cariñosa salida de tus lindos ojos. ¡Despierta, amada mía!

»La joven comenzó a agitarse y sentí cómo me recorría un estremecimiento de pavor. Con toda seguridad despertaría y, al verme, comenzaría a gritar para denunciarme, luego, como el asesino del niño. Aquel pensamiento encendió de nuevo mi cólera y despertó mis sanguinarios instintos. Ella y no yo sería quien sufriese. Ella pagaría el asesinato que yo había cometido y así vengaría los sufrimientos que me producía la eterna privación de los goces que sus compañeras hubieran podido procurarme. Mi crimen se había consumado por culpa de los de su especie y la muchacha pagaría por ello. Merced a las enseñanzas de Félix y a las crueles leyes de los hombres, había aprendido a hacer el mal. Volví a inclinarme sobre ella y puse el *pendentif* en uno de sus bolsillos. La muchacha se agitó de nuevo y huí.

»Vagué durante varios días por los lugares que habían sido el teatro de los acontecimientos deseando, a veces, encontraros y anhelando, otras, abandonar este mundo miserable. Por fin me dirigí a estas montañas, en las que he vivido consumido por una pasión devoradora que sólo vos podéis satisfacer. Estoy terriblemente solo, nadie quiere compartir mi vida; es imposible que nos separemos sin que prometáis concederme lo que os pida. Sólo una mujer tan monstruosa y deforme como yo estaría dispuesta a concederme su amor; una mujer que fuera en todo semejante a mí, que poseyera incluso mis defectos. ¡Y vos debéis crearla!»

XVII

El repulsivo engendro enmudeció y me miró con fijeza esperando, a todas luces, una respuesta. Pero yo me hallaba desorientado, perplejo, incapaz de ordenar mis pensamientos y comprender la trascendencia de aquello que me pedía. Continuó:

—Es necesario que me proporcionéis una compañera con la que compartir mi vida, con la que llevar a cabo un intercambio de simpatías y afecto sin el que no puedo vivir.

La última parte de su narración había despertado mi cólera. Mi inicial enfado había remitido al escuchar el relato de su penosa existencia cerca de los habitantes de aquella casa pero, ahora, sentía colmada mi paciencia. No pude contener mi furor.

—Me niego —le dije— y ningún tormento conseguirá que lo haga. Eres libre de convertirme, si lo deseas, en el más desdichado de los hombres, pero jamás conseguirás que me rebaje hasta este extremo a mis propios ojos. ¡Dios del cielo! ¿Crear un nuevo ser como tú y permitir que ambos, con vuestra inaudita maldad, sembréis la desolación en toda la tierra? ¡Vete! Ya conoces mi respuesta. Tortúrame si quieres, pero jamás lograrás nada de mí.

—Estáis equivocado —respondió el infame monstruo—. Pero, a pesar de todo, estoy dispuesto a discutir con vos en vez de proferir amenazas. Os he dicho ya que mi maldad proviene, tan sólo, de mi desdicha. ¿Acaso no me rechaza toda la humanidad? Vos, mi creador, deseáis destruirme y, de este modo, vencer. Pero reflexionad, decidme ¿por qué debo ser misericordioso para con los demás si ellos se muestran tan implacables conmigo? A vuestro entender no sería un crimen arrojarme en un abismo para destruir este cuerpo que construisteis con vuestras propias manos. ¿Por qué debo respetar al ser humano cuando éste alberga para conmigo tales deseos? Que conviva en buena hora conmigo; si aceptara, lejos de causarle el menor daño yo le haría todo el bien que de mí dependiera y, llorando de felicidad, le daría pruebas de mi gratitud. Pero no, eso es imposible. Los sentimientos de los humanos se levantan como un muro e impiden este acuerdo. Nunca me avendré a tamaña servidumbre. Tomaré venganza de todo el mal que me han causado. Si no pueden sentir amor por mí, ¡allá ellos!, sentirán miedo; y seréis vos, mi primer enemigo, quien lo sentiréis con mayor fuerza. Os juro que execraré para siempre vuestro nombre. ¡Tened cuidado! Me entregaré a la tarea de destruiros y no me consideraré satisfecho hasta que vuestro corazón se haya fundido en las oscuras profundidades de la desolación, hasta que os oiga maldecir el día en que nacisteis.

Se hallaba dominado por un terrible furor. Sus repulsivas facciones se contraían en una mueca tan horrenda que ningún ser humano hubiera podido contemplarlas sin terror. Pero, al cabo de unos instantes, se tranquilizó y siguió diciendo:

—Estaba decidido a discutir calmosamente con vos. Enojándome no consigo más que perjudicarme a mí mismo, puesto que os negáis a entender que sois vos, ¡vos!, el culpable de todas mis acciones. Si el más sincero de los hombres consintiera en concederme alguna muestra de benevolencia, yo se la devolvería centuplicada, sí, le daría cien veces lo recibido y más todavía. ¡Para ser grato a este solo ser dejaría en paz al mundo entero! Mas, ¡ay!, sueño en una felicidad que jamás podrá ser cierta. Y, sin embargo, no os pido más de lo que es justo: Reclamo una criatura femenina, un ser del otro sexo que sea tan horrendo como yo mismo. Con ello no obtendré, es cierto, más que un triste consuelo, pero es el único al que puedo aspirar y me contentaré con él. Juntos formaremos una pareja de monstruos; seremos rechazados por los demás seres, pero esto sólo conseguirá unirnos más el uno al otro. Nuestra existencia, es indudable, no será verdaderamente muy feliz, pero, al menos, no estará tan llena de maldad y, por fin, yo podré librarme de los sufrimientos que soporto ahora. ¡Creador mío, hacedme feliz! ¡Dadme la oportunidad de poder sentir gratitud para con vos! Dadme pruebas de que también yo soy capaz de obtener la simpatía de alguna criatura, aunque sea la de una sola; no os neguéis a llevar a cabo lo que con tanta insistencia os pido.

Había logrado que me compadeciera de él,

pero me estremecía con sólo imaginar las consecuencias que se derivarían de mi consentimiento a una petición semejante. Sin embargo, era preciso reconocer que muchos de sus argumentos estaban cargados de razón. Su historia y los sentimientos que, en aquel momento, revelaba demostraban que su espíritu no estaba desprovisto de una cierta elevación. Además y puesto que era su creador, ¿no debía otorgarle la parte de felicidad que estaba en mi mano conseguir para él? Sin duda, advirtió el cambio que mis disposiciones estaban experimentando porque añadió:

—Si aceptáis otorgarme lo que os suplico nunca, ni vos ni cualquier otro ser humano, volveréis a verme. Me estableceré en las enormes tierras deshabitadas de América del Sur. Yo no preciso, para alimentarme, la misma comida que el hombre; no devoro el cordero o al cabritillo para nutrirme con su carne. Bayas, bellotas y raíces me son manjar suficiente. Mi compañera será idéntica a mí y sabrá, también, contentarse con la misma comida. Nuestro lecho será de hojas secas, pero el sol brillará para nosotros como brilla para los demás seres y hará fructificar nuestros alimentos. La escena que os describo es agradable y feliz, debierais comprender que poniendo trabas a su realización mostráis una cruel e inútil tiranía. Es verdad que, hasta ahora, habéis demostrado ser muy injusto conmigo, pero creo ya distinguir en vuestros ojos una mirada compasiva. Dejadme que aproveche este instante que me es favorable para haceros prometer lo que con tanta impaciencia estoy esperando.

—Tienes previsto —respondí— alejarte para siempre de los lugares habitados e instalarte en regiones inhóspitas donde las bestias salvajes serán tus únicas compañeras. ¿Cómo podrás resignarte a tal aislamiento, precisamente tú que estás anhelando conseguir la simpatía y el amor humanos? Sin duda regresarás para intentar conseguir, de nuevo, su benevolencia y, como ahora, conseguirás tan sólo muestras de su hostilidad. Tus terribles pasiones se desencadenarán de nuevo y, entonces, tendrás una compañera que te asista en tu destructora obra. No, es del todo imposible; no sigas insistiendo porque no puedo concedértelo.

—¡Ay, qué mudables son vuestros sentimientos! Hace sólo un instante estabais conmovido. ¿Por qué os volvéis ahora atrás y no queréis escuchar mis súplicas? Os juro, por estos parajes donde vivo y por vuestra misma cabeza que me concibió que, si me otorgáis la compañera que os pido, me alejaré para siempre de la vecindad de los hombres y, si es preciso, buscaré para ello la más remota y salvaje región de la tierra. Estaré libre ya de mis malas pasiones pues, por fin, tendré a mi lado un ser que me otorgue su estima. Mi vida transcurrirá apacible y, cuando llegue mi muerte, no maldeciré el recuerdo de aquel que me dio la vida.

Sus palabras me causaron un extraño efecto. Comenzaba a comprenderle y cada vez era mayor mi necesidad de consolarle; pero cuando miraba su rostro, cuando contemplaba aquella informe masa inmunda que actuaba y hablaba como un ser humano, mi corazón se llenaba de repugnancia y mis compasivos sentimientos se transformaban en horror y en odio. Intenté dominar mis impulsos. Pensé que, aunque jamás pudiera simpatizar con él, no tenía derecho a privarle de la mínima parte de la felicidad que me estaba suplicando y que, además, únicamente yo estaba capacitado para concederle.

—Me juras —le dije— que no volverás a causar jamás daño alguno, pero has dado ya pruebas de inmensa perversidad y malicia que la desconfianza que siento hacia tus propósitos está plenamente justificada. ¿Quién puede asegurarme que, incluso ahora, no estás tendiéndome una trampa para conseguir, tan sólo, un mayor triunfo gracias al renovado poder que, con la ayuda de tal compañera, disfrutaríais ambos?

—¿Pero qué estáis diciendo? No puedo soportar que sigáis jugando conmigo. Os exijo una respuesta precisa. Si no puedo alcanzar el afecto y el amor entonces el vicio y el crimen serán mis objetivos. Por el contrario, el cariño de un ser semejante a mí acabaría con la misma razón de mis crímenes y yo me alejaría para olvidar y ser olvidado por el mundo entero. Mis vicios sólo son el fruto de tan forzosa y aborrecida soledad. Mis virtudes, por el contrario, se desarrollarán naturalmente cuando tenga a mi lado el afecto de otra criatura. Los sentimientos cariñosos de mi compañera me transformarán y, así, podré incorporarme al hermoso ciclo universal del que ahora estoy tan cruelmente excluido.

Permanecí unos instantes en silencio, reflexionando sobre cuanto me había dicho y sobre las diversas razones que había esgrimido. Recordé las pruebas de bondad y ternura que había dado al comienzo de su existencia y la degradación posterior que habían sufrido sus cualidades a causa, paradójicamente, del odio y el desdén que sus vecinos le habían manifestado. No olvidé, en mis reflexiones, su hercúlea fuerza y las horribles amenazas que había proferido. Un ser que podía vivir en una cueva rodeada de glaciares y que podía huir de sus perseguidores escalando las crestas de los abismos inaccesibles, era dueño de unas facultades que no podían ser subestimadas. Tras unos momentos de reflexión, llegué al convencimiento de que debía con toda justicia, y no sólo por él, sino también por mis semejantes, complacer su petición. En consecuencia, me volví a él y le dije:

—Bien, de acuerdo; te concederé lo que me pides, pero con una condición: has de jurarme solemnemente que abandonarás para siempre el continente europeo y que evitarás cualquier paraje donde puedas encontrarte con seres humanos. Y lo harás en cuanto te haya proporcionado la compañera de tu soledad.

—¡Lo juro —gritó— por el cielo y el sol, por el fuego de amor que devora mis entrañas! ¡Juro que, si escucháis mis súplicas, jamás volveréis a verme! ¡Regresad, regresad a vuestra casa y poned en seguida manos a la obra! Esperaré el fin de vuestro trabajo con una impaciencia infinita. No temáis, cuando llegue el momento yo estaré allí para hacerme cargo de mi compañera.

Tras aquellas palabras me abandonó en seguida, sin duda con el temor de que yo cambiara de parecer. Vi cómo descendía la ladera del monte más raudo que el vuelo de un águila y, pocos segundos después, se perdía entre los escarpados del mar de hielo.

Su narración había llenado una gran parte del día y el sol estaba ya ocultándose en el horizonte cuando se marchó. Me di cuenta de que debía apresurarme para llegar al valle, pues la noche no tardaría en caer, pero mi corazón estaba oprimido y caminaba con lentitud. Fue sorprendente que no me precipitara en algún abismo al perder pie en uno de aquellos angostos senderos alpinos, tan perplejo y conmovido me hallaba por los sucesos de aquella jornada. La noche era ya muy profunda cuando llegué al albergue situado a medio camino. Tomé asiento cerca de la fuente. Sobre mi cabeza brillaban las estrellas cuando las móviles nubes las descubrían, ante mí se recortaba en la oscuridad la sombría silueta de los pinos y vi, aquí y allá, algunos troncos tendidos en el suelo. Aquella majestuosa escena me produjo extraños pensamientos. Lloré con amargura y, uniendo mis manos, aullé en mi desesperación:

—¡Oh, estrellas y vosotras nubes y brisa! ¿No os compadecéis acaso de mis sufrimientos? Si es cierto que os apiadáis de mí libradme, pues, de mis recuerdos, de mis sensaciones y dejad que me hunda en la nada. Si, por el contrario, os soy indiferente, apartaos de mí y abandonadme a las tinieblas.

Ahora me parecen, ciertamente, pensamientos ridículos e insensatos, pero no es posible imaginar hasta qué punto me hacía sufrir el titileo de las estrellas ni cómo el más leve murmullo de la brisa sonaba a mis oídos como si se tratara del más ardiente *sirocco* (1) dispuesto a consumirme.

Comenzó a amanecer antes de que llegara a Chamonix. No quise concederme ni un segundo de reposo y, por lo tanto, me puse inmediatamente en marcha hacia Ginebra.

Ni en lo más hondo de mi corazón podía poner en orden mis sentimientos. Pesaban sobre mí, asfixiantes como moles de inmensas montañas y, por todo lo que tenían de excesivos, ahogaban con su peso mis tormentos.

En tal estado de ánimo llegué a mi casa y me presenté ante los míos. Mi aspecto huraño y desamparado produjo gran inquietud a mis familiares, pero yo me sentía sin fuerzas para responder a las angustiosas preguntas que me dirigían y apenas si llegaron a obtener de mí algunas palabras.

Me consideraba al margen de la sociedad, como si ya no mereciera el cariño de los míos, como si no me fuera ya posible gozar, jamás, de su afable compañía. ¡Y, no obstante, les amaba hasta la adoración! Para preservar su vida había decidido

---

(1) Viento característico de las costas mediterráneas. Ardiente y seco, sopla en dirección Sur o Sureste. Corresponde al simún de los desiertos árabes y al xaloc de las costas catalanas. (N. del T.)

consagrarme de nuevo a la más odiosa de las tareas. Sólo el recuerdo de lo que iba a emprender pudría todos mis pensamientos obligándome a vivir en una sempiterna pesadilla. Unicamente la idea que me horrorizaba tenía para mí consistencia real.

XVIII

Pasaron muchos días y muchas semanas, tras mi retorno a Ginebra, sin que lograra encontrar en mí el coraje suficiente para comenzar de nuevo mi obra de creación. Temía la venganza del monstruo si le decepcionaba y, a pesar de ello, no lograba vencer la repugnancia que sentía al recordar la repulsiva tarea que había tomado sobre mis espaldas. Me di cuenta de que no podría crear una compañera femenina para aquel engendro sin entregarme durante varios meses a laboriosos experimentos e investigaciones. Tenía conocimiento de ciertos descubrimientos realizados recientemente por un científico inglés, cuyas experiencias me serían muy valiosas, y pensaba solicitar permiso a mi padre para trasladarme a Inglaterra. Sin embargo, cualquier excusa me parecía buena para retrasar el momento de mi partida, puesto que cada vez me horrorizaba más pensar en el comienzo de un trabajo cuya realización inmediata no me parecía ya tan imprescindible. Ciertamente, había cambiado mucho. Mi salud, que llegó a ser muy precaria, se repuso sensiblemente y lo mismo sucedió con mi estado de ánimo; al menos lograba, de vez en cuando, apartar mi pensamiento de la funesta promesa. Mi padre veía mis progresos con profunda satisfacción. Buscaba con afán los medios más adecuados para disipar por completo la tristeza que, algunas veces, se apoderaba de mí. Cuando aquello sucedía yo tenía la impresión de que los rayos del sol, que tanto me hacían gozar, se habían ocultado tras un tapiz de negras nubes. Me encerraba en mí mismo, buscaba la soledad y pasaba jornadas enteras en el lago, silencioso e indolente, tendido en el fondo de una barca, observando las nubes y escuchando el rumor cadencioso de las olas que batían el casco. Era raro, no obstante, que el aire libre y la calidez del sol no lograran recomponer, hasta cierto punto, mi estabilidad emocional. Cuando regresaba a casa tras uno de aquellos paseos, mi sonrisa era más espontánea al saludar a los míos y sentía más ligero el corazón.

Un día, cuando volví de una salida semejante, mi padre, llevándome aparte, me dijo:

—Me satisface mucho, hijo mío, que hayas vuelto a encontrar el placer de tus antiguas distracciones y que parezcas ya restablecido por completo. Pero hay algo que me hace pensar que todavía estás enfermo: evitas con excesiva frecuencia nuestra compañía. Estuve mucho tiempo pensando en lo que podía sucederte y ayer tuve una idea que, en caso de ser cierta, te ruego encarecidamente me lo confirmes con toda franqueza. Cualquier reserva de tu parte estaría injustificada y no lograría más que aumentar nuestras preocupaciones.

Aquellas palabras me inquietaron.

—Ya sabes, Víctor, que tu matrimonio con nuestra querida Elisabeth siempre me ha parecido una promesa de felicidad, tanto para ti como para todos nosotros, y lo he contemplado como el rayo de sol que iluminaría mis postreros años. Siempre, desde que erais muy niños, os habéis sentido atraídos el uno por el otro; habéis crecido y estudiado juntos y la semejanza de vuestros gustos y aficiones parece predecir que os entenderéis perfectamente. Pero los juicios humanos, en lo que a esto se refiere, son muchas veces ciegos y es probable que, lo que me parecen circunstancias favorables al proyecto, sean precisamente aquellas que le hayan resultado funestas y lo estén reduciendo a la nada. Cabe en lo posible que ames a Elisabeth como a una hermana y que no aspires a convertirla en tu esposa. Es posible también que conozcas a una mujer que haya sabido adueñarse de tu corazón y que, considerándote el prometido de Elisabeth por razones de honor, sufras las consecuencias de una situación tan ambigua. Con ello quedaría explicada la cruel tortura que pareces soportar.

—Te aseguro, padre, que amo profundamente a Elisabeth. Nunca he conocido a una mujer que despertase en mí tal admiración y afecto. Mis esperanzas y mis deseos para el futuro coinciden con los tuyos.

—Tus palabras, querido hijo, me producen el placer mayor que he experimentado desde hace muchos años. Puesto que ésos son tus deseos, nuestra felicidad está asegurada pese a las desdicha que en estos últimos tiempos han caído sobre nosotros. Pero es precisamente la tristeza que estas desgracias te produjeron lo que yo quisiera disipar. Dime, por lo tanto, si tienes alguna objeción a que tu boda se celebre lo antes posible. Hemos sido víctimas de grandes desdichas y tan terribles sucesos me han quitado la tranquilidad cotidiana que mi edad precisa. Tú eres joven y no creo que, con la fortuna de que dispones, una boda precoz pueda destrozar los proyectos que hayas podido concebir. No pienses, de todos modos, que tengo la pretensión de ordenarte aquello que debes hacer para asegurar tu felicidad, ni tampoco que, si deseas retrasar la boda, esto me cause grandes preocupaciones. Mis palabras son fruto de la mejor buena voluntad y te ruego, por lo tanto, que me respondas sinceramente.

Yo había escuchado las palabras de mi padre pero, durante unos instantes, fui incapaz de darle la respuesta que aguardaba. Un cúmulo de pensamientos se agitaban en mi cerebro e intentaba ponerlos en orden para extraer de ellos alguna conclusión. ¡Ay!, la perspectiva de mi boda inmediata con Elisabeth, lejos de alegrarme, me sumía en la mayor consternación y en el terror. Estaba atado por una promesa solemne que aún no había cumplido y que no me atrevía a romper. ¿Qué desdichas iban a caer sobre mi familia si faltaba a mi palabra?, ¿podía pensar siquiera en casarme mientras se cerniera sobre todos nosotros tan terrible amenaza? No, antes debía cumplir mis compromisos y permitir que el monstruo se alejara llevándose a su compañera, y luego podría consumar un enlace del que sólo esperaba felicidad y paz. Tenía en cuenta, también, que para llevar a cabo mis proyectos me era necesario realizar un viaje a Inglaterra o enfrascarme en una interminable correspondencia con algunos científicos de aquel país, cuyos recientes descubrimientos e investigaciones me proporcionarían una serie de elementos que habrían de facilitar en mucho la realización de mi empresa. Entendernos por carta me parecía un método mucho menos eficaz. Además, cada día hallaba mayores inconvenientes al hecho de emprender, en casa de mi padre, la repugnante tarea, mientras seguía conviviendo con los míos como si nada estuviera ocurriendo. Muchos incidentes podían producirse a lo largo de mi creación y el menor de ellos bastaría para descubrir al mundo hechos que provocarían el horror universal. Advertía también que, a menudo, perdía el control de mí mismo y, en ese caso, no podría ocultar las sombrías reflexiones que me poseerían mientras estuviera entregado a tan repugnantes quehaceres. Era por completo necesario que me decidiera a abandonar mi familia. Una vez hubiera puesto manos a la obra mi trabajo terminaría rápidamente. Entonces podría ya regresar junto a los míos, tranquilo y con la felicidad en el corazón. Dando cumplimiento a mi promesa me desembarazaría para siempre del monstruo. Otras veces me entretenía imaginando que el engendro podía sufrir un accidente mortal y poner, así, punto final a mis torturas, liberándome de mi promesa.

Tras haber sopesado aquellos argumentos di a mi padre la respuesta que con tanta ansiedad estaba esperando. Le comuniqué mi deseo de visitar Inglaterra, ocultándole como es lógico la verdadera razón. Cuidé mucho de no despertar sus sospechas y le hablé con tanto ardor que me concedió de inmediato su autorización. Se sentía feliz viendo que, pasado mi largo período de depresión, semejante por sus síntomas a una verdadera locura, era capaz todavía de entusiasmarme con la idea de un viaje. Esperaba que el cambio de ambiente, y las distracciones que todo viaje lleva aparejadas, me devolverían por completo la salud y me harían regresar a los míos tal cual era antes de que me afectaran los crueles acontecimientos que habían tenido lugar.

La duración de mi viaje quedaba por completo en mis manos. En principio sería fijada en algunos meses o, como máximo, en un año. Mi padre tuvo la delicada atención de conseguirme un compañero de viaje. Sin decírmelo hizo, de acuerdo con Elisabeth, las gestiones necesarias para que Clerval se reuniera conmigo en Estrasburgo. Aquello contrariaba mis proyectos, pues hubiera preferido permanecer solo para disponerme mejor a la realización de mi empresa. Pese a ello, tener a mi lado un amigo no podía molestarme en la primera parte de mi viaje, por el contrario, significaba que podría ahorrarme las largas horas de meditación solitaria e, incluso, Henry, con su presencia, tendría el poder de impedir que el monstruo, de desearlo así, pudiera acercárseme. Si hubiera estado solo podía presentarse ante mí con la excusa de recordarme el cumplimiento de la promesa o para cerciorarse del progreso de mis trabajos.

Quedó decidido, pues, que marcharía a Inglaterra y que mi matrimonio con Elisabeth se celebraría en fecha inmediata a mi regreso. Mi padre, por razones de su avanzada edad, quería que la boda tuviese lugar lo antes posible. En cuanto a mí, si algo tenía fuerza bastante para hacerme olvidar mi aborrecida tarea y consolar en algo mis penas, era la esperanza del día en que, libre de mi promesa, podría desposar a Elisabeth y olvidar, en los goces de nuestra unión, todo mi horrendo pasado.

Sin embargo, mientras estaba entregado a los preparativos de mi marcha, experimenté una sorda angustia. En mi ausencia los míos continuarían ignorando la presencia de su enemigo y, por ende, no podrían protegerse de él si, irritado por mi marcha, se decidía a atacarles. Es verdad que me había prometido seguirme fuese a donde fuese. Y si ésta era su intención vendría tras de mí hasta Inglaterra. Era una posibilidad que me aterrorizaba pero que, al mismo tiempo, me tranquilizó un poco, puesto que, de esta forma, la seguridad de los míos quedaba garantizada. La idea de que todo podía suceder de distinta manera me torturaba. Decidí dejar que me guiaran mis impulsos momentáneos mientras estuviera sometido a la voluntad de aquel demonio, pues tenía el claro presentimiento de que el horrendo ser me seguiría en efecto y que, por lo tanto, mi familia no estaría expuesta a ninguna de sus terribles maquinaciones.

En la segunda quincena de setiembre abandoné por segunda vez mi país natal. Elisabeth se resignó a verme partir, puesto que yo había querido realizar el viaje, pero le entristecía mucho la idea de que me sentiría solo lejos de ella. Fue gracias a su intervención que mi padre me había dado a Clerval como acompañante; son inimaginables los mil pequeños detalles en que puede pensar una mujer enamorada. Ella hubiera querido, estoy convencido, rogarme que regresara pronto, pero sus encontradas emociones le impidieron hablar mientras, con los ojos llenos de lágrimas, me dirigía una muda y conmovedora despedida.

Me precipité al interior del vehículo que debía trasladarme lejos de mi hogar, olvidando hacia dónde me dirigía, tanta era la emoción que me embargaba. Lleno de los pensamientos más desoladores atravesé, casi sin darme cuenta, muchos lugares que poseían, sin embargo, una majestuosa belleza. Sólo podía recordar sin tregua al ser que me forzaba a efectuar tal viaje y el siniestro trabajo que me aguardaba. Tras varios días pasados en una sorda indolencia y durante los que recorrimos muchas leguas, llegué por fin a Estrasburgo donde tuve que aguardar durante dos días la llegada de Clerval, que venía de Alemania. Me produjo una inmensa alegría volverle a ver, pero, ¡ay!, qué cambiados estábamos, qué distintos nos habíamos vuelto.

Ningún espectáculo de la naturaleza le dejaba indiferente. No podía ocultar su admiración ante la belleza de un ocaso y su entusiasmo se desbordaba cuando, al amanecer, veía cómo iba elevándose el astro rojo que anunciaba el nuevo día. Me mostraba sin cesar los variables colores del paisaje y el aspecto del cielo.

—¡Eso es lo que yo llamo vivir! —gritaba—. Estoy gozando ahora, en toda su grandeza, cuanto la vida tiene de maravilloso. ¿Por qué estás tú, querido Frankenstein, tan triste y abatido?

En verdad yo daba pruebas de la más desoladora tristeza y permanecía insensible a la hermosura del cielo estrellado y a la del sol naciente que se reflejaba, con brillos dorados, en las cabrilleantes aguas del Rhin. Le aseguro, querido amigo, que le sería mucho más grato leer el diario de viaje de Clerval, sensible y gozoso admirador de paisajes, que escuchar las amargas reflexiones de esta criatura misérrima, perseguida por una maldición que le prohíbe, todavía, todo pensamiento alegre.

Habíamos decidido descender, navegando por el Rhin, de Estrasburgo hasta Rotterdam y embarcarnos allí en dirección a Londres. Durante la primera parte de nuestro viaje fluvial divisamos con mucha frecuencia islitas rodeadas por los sauces y contemplamos numerosos y bellos villorrios. Nos detuvimos toda una jornada en Mannheim y, cinco días después de abandonar Estrasburgo, llegamos a Maguncia. A partir de aquella ciudad, el Rhin adquiere un mayor pintoresquismo. La corriente es veloz y el río serpentea entre colinas, no muy altas ciertamente, pero de laderas escarpadas y espléndidas formas. Vimos las ruinas de innumerables castillos, al parecer inaccesibles, edificados en lo alto de los acantilados y rodeados de espesas florestas. El paisaje de aquella parte del Rhin es de una gran variedad. Abruptos montecillos se levantan en sus orillas y pueden verse desalmenados castillos que presiden pavorosos precipicios mientras, a sus pies, el Rhin deja oír el murmullo de sus foscas aguas. Luego, de pronto, tras rodear un promontorio se abre a vuestra vista un cuadro por completo distinto: feraces viñedos crecen sobre laderas verdes y suaves hasta llegar al río que, de vez en cuando, devuelve el límpido y risueño reflejo de prósperas ciudades.

Estábamos en épocas de vendimia y, mientras nos deslizábamos sobre el agua, podíamos escuchar el canto de los vendimiadores. Incluso yo, a pesar de mi melancolía, con el alma llena de sombríos pensamientos, no pude resistir la belleza bucólica de aquellos parajes. Tendido en cubierta, contemplando el azul del cielo, me parecía beber, como si fuera algún filtro mágico, la tranquilidad de la que tanto tiempo había carecido

Si aquéllas eran mis sensaciones, las de Henry eran inexpresables. Se creía transportado a algún país de hadas y gozaba, con evidente placer, de una felicidad que muy pocos hombres llegan a alcanzar.

—He contemplado ya —me dijo— los lugares más hermosos de nuestro país; conozco los lagos de Lucerna y Uri, en donde las montañas coronadas por la nieve descienden casi a pico hasta el agua, proyectando sus sombras oscuras e impenetrables, que serían lúgubres si islotes de verdor no alegraran la vista con la frescura de sus tonalidades; he visto cómo agitan el agua las tempestades cuando el viento huracanado levanta atorbellinadas masas líquidas, que dan una remota idea de lo que debe ser un océano desencadenado; he podido ver las olas estrellándose con rabia en los acantilados, justo en el paraje donde el monje y su amante fueron arrebatados por una tromba de agua y donde, según cuentan, pueden oírse todavía sus voces cuando se acalla el rugir del viento (1); conozco las montañas de Valais y las del país de Vaud; pero estos lugares, Víctor, me seducen mucho más aún que todos ellos. Los

_____

(1) La autora debe referirse aquí a alguna leyenda popular, semejante a las que tantas obras románticas inspiraron y, tal vez, extraída de las cuitas sentimentales de Abelardo y Eloísa u otra pareja semejante. (N. del T.)

montes suizos son, en verdad, extraños e imponentes, pero no tienen comparación posible con el divino encanto que parece desprenderse de este río. Mira aquel castillo dominando el precipicio y aquel otro, sobre la isla, casi oculto por la espléndida copa de sus árboles; y, más allá, el grupo de vendimiadores regresando de sus viñedos que se dirigen al pueblo, semioculto por los repliegues de aquella colina. Sí, sin duda los espíritus que guardan estos parajes tienen un corazón más comprensivo para con los humanos que los de nuestra patria, corriendo siempre entre los glaciares o permaneciendo escondidos en la cima de altos picachos.

¡Ah, Clerval, querido amigo! ¡Incluso hoy, recordando tus palabras y dedicándote los elogios que tan merecidos tienes, siento que me invade aún el gozo!

Sí, Henry se había educado en contacto con la poesía que tan generosamente nos ofrece la naturaleza. Su imaginación siempre despierta y su entusiasmo eran temperados por la gran sensibilidad de su espíritu. Su corazón estaba repleto de afecto y su amistad era de aquellas que parecen pertenecer tan sólo al reino de lo imaginario. El cariño de los humanos no bastaba para contentar su alma. El magnífico espectáculo de la naturaleza que en muchos otros corazones despierta sólo admiración, era para el suyo objeto de un culto lleno de la más encendida pasión.

The sounding cataract
haunted him like a pasion: the all rock
the mountain, and the deep and gloomy wood,
their colours and their forms were then to him
an appetite; a feeling, and a love,
tham had no need of a remoter charm,
by thouht supplied, or any interest
umborrow'd from the eye.

(«La sonora catarata
le conmovía como·una pasión; la roca altiva,
la montaña y la selva de sombra profundas,
sus formas y sus colores eran, para él,
un deseo, un sentimiento y un amor
que no necesitaba otros encantos
proporcionados por la imaginación u otro
[atractivo
que no se dirigiera a los ojos.») (1)

¿Dónde está ahora aquella criatura afectuosa y encantadora? ¿He perdido para siempre aquel espíritu desbordante de pensamientos, de imágenes llenas de fantasía y belleza que iban construyendo un maravilloso mundo de fantasmagorías? ¿Ha muerto tan deslumbrante alma? ¿No existe ya más que en mi memoria? ¡No, no es posible! ¡Aquel cuerpo de tan graciosas proporciones, de tan resplandeciente hermosura, me ha abandonado, pero su espíritu sigue vivo! ¡Todavía viene a visitar y servir de consuelo a su desgraciado compañero!

Perdóneme usted, querido amigo, este arrebato de dolor y de tristeza. Mis miserables palabras no pueden ser más que un tributo ridículo a la valía inapreciable de Henry Clerval, pero, por lo menos, han servido para apaciguar mi corazón dolorido por el recuerdo. Proseguiré ahora con mi historia.

Dejando atrás Colonia, seguimos descendiendo por el río hacia las llanuras de Holanda y decidimos que, luego, sería preciso continuar nuestro viaje en silla de posta, puesto que el viento nos era desfavorable y la corriente sería, allí, demasiado lenta para permitirnos progresar.

Las márgenes del Támesis nos parecieron muy

_____

(1) Fragmento de Tintern Abbey (La abadía multicolor), del poeta inglés Wordsworth. (N. del T.)

distintas a las del Rhin por lo llanas y lo fértiles. Vivimos alguna anécdota casi en todas las localidades que cruzamos. Pudimos contemplar el fuerte Tilbury que nos hizo pensar en la armada española, y luego atravesamos Gravesend, Woolwich y Greenvvich, ciudades de las que ya había oído hablar.

Por fin pudimos distinguir los innumerables campanarios de Londres, dominados por la impresionante cúpula de San Pablo y por la celebérrima Torre que se ha hecho famosa a lo largo de la historia inglesa.

XIX

Llegados a Londres nos dispusimos a pasar algunos meses en aquella maravillosa ciudad que goza de tan merecida fama. Clerval quería frecuentar a los hombres de genio que, en aquella estación del año, se hallaban en Londres en número bastante elevado. Para mí tales visitas no eran sino algo secundario. Estaba interesado, principalmente, en conseguir los conocimientos que me permitieran aprender todo cuanto consideraba necesario para el feliz término de mis trabajos. Por lo tanto me apresuré a entregar las cartas de presentación que llevaba conmigo y que estaban dirigidas a los más célebres y distinguidos filósofos naturales de Inglaterra.

Si me hubiera sido posible efectuar el mismo viaje en la época de mis primeros estudios, cuando estaba todavía lleno de felicidad, sin duda me habría proporcionado grandes satisfacciones. Pero una horrible maldición había caído sobre mi cabeza emponzoñando mi existencia y si ahora visitaba a aquellos sabios ilustres era, tan sólo, con el propósito de conseguir una documentación que ellos eran los únicos en poseer y que, por desgracia, había adquirido para mí la mayor importancia. Soportaba con mucho desagrado la compañía de extraños, pero, por el contrario, la de Henry me permitía alegrar mi corazón contemplando los espectáculos del cielo y de la tierra. Las palabras de mi amigo me tranquilizaban y, a su lado, podía entregarme a la ilusión de una paz recobrada. Los demás rostros, en cambio, me llenaban de pesadumbre. Me parecía que una infranqueable barrera se había interpuesto entre mis semejantes y yo, una muralla teñida por la sangre de Justine, la de William y la rememoración de los acontecimientos que estaban relacionados con aquellos nombres me hacía caer en las garras de una cruel angustia.

Veía en Clerval la imagen de la persona que yo mismo había sido. Era inquisitivo y estaba ávido de sabiduría y de experiencias. Las diferencias observadas entre las costumbres y los comportamientos de los suizos y los ingleses eran, para él, un inagotable material de distracciones y de enseñanzas. Estaba intentando llevar a cabo un deseo que había acariciado durante largo tiempo; quería marcharse a la India, creyendo que su conocimiento de las lenguas orientales y los estudios que había realizado sobre aquellos paisajes le permitían estar en condiciones de contribuir eficazmente al progreso de la colonización y el comercio europeos. Era precisamente en Gran Bretaña donde mejor podía prepararse para la puesta en marcha de sus proyectos. Estaba siempre muy atareado y su felicidad hubiera sido completa si mi incurable abatimiento no frenara repetidamente su euforia. Yo procuraba, por todos los medios que tenía a mi alcance, ocultarle mi estado de ánimo con el fin de no echar a perder los placeres que un país desconocido ofrece a aquellos que no están sumidos en el recuerdo de graves acontecimientos o en la preocupación por sucesos angustiosos. Pretextando compromisos distintos a los suyos, me negaba, a menudo, a acompañarle en sus salidas. Por mi parte, había comenzado a reunir los materiales que iba a necesitar, cosa que me era tan penosa como lo es, para un condenado al suplicio, el lento e interminable gotear del agua sobre su cráneo. Cada uno de los pensamientos que se referían a la tarea que me esforzaba por llevar a cabo era para mí una verdadera tortura, y cada una de las palabras que era preciso pronunciar para ello salía temblorosa de mis labios y hacía palpitar mi corazón.

Habían pasado ya varios meses desde nuestra llegada a Londres cuando recibimos noticias de un escocés que nos había visitado en Ginebra. Nos hablaba en su carta de las bellezas naturales que adornaban su país natal e insistía para que sus palabras nos decidieran a prolongar nuestro viaje, en dirección norte, hasta Perth, la hermosa ciudad en donde tenía su domicilio. Henry estuvo en seguida de acuerdo y yo, a pesar de que me producía horror la compañía de mis semejantes, deseaba contemplar de nuevo las montañas, los arroyuelos campestres y todas aquellas maravillosas galas con que la madre Naturaleza ha dotado a algunos de sus rincones más privilegiados.

Nuestra llegada a Inglaterra había tenido lugar a principios del mes de octubre y estábamos ya en febrero. Decidimos emprender de nuevo el viaje hacia el norte a finales del siguiente mes, pero no por la carretera principal que va de Londres a Edimburgo, sino por el camino de Windsor, Oxford, Matlock y los lagos del condado de Cumberland, esperando llegar a nuestro destino a finales del mes de julio. Empaqueté, pues, convenientemente, mis instrumentos quími-

223

cos y quirúrgicos y guardé en mis maletas los preciosos documentos que había conseguido. Tenía la intención de llevar a cabo mi tarea creadora en algún lugar alejado, en las altas montañas del norte, en donde estaba convencido de que encontraría la soledad necesaria.

Dejamos Londres el veintisiete de marzo y pasamos algunos días en Windsor, realizando largas caminatas por los magníficos bosques de sus alrededores. Para nosotros, habitantes de un país montañoso, era un paisaje enteramente nuevo. Los gigantescos robles, la abundancia de caza, las manadas de ciervos de majestuoso porte, todo aquello nos era, hasta entonces, desconocido.

Seguimos luego la marcha hacia Oxford y llegamos a la antigua ciudad universitaria con el ánimo repleto de los acontecimientos históricos que, ciento cincuenta años antes, habían tenido lugar en ella. Fue allí donde Carlos I reunió a sus tropas (1). La ciudad le había permanecido fiel mientras todo el país se alineaba al lado del Parlamento, bajo la bandera de la libertad. El recuerdo de aquel desdichado monarca y de sus compañeros, el afable Falkland, el orgulloso Goring, la reina y su hijo, daban un carácter particular a cada piedra de la ciudad en la que habían vivido. Teníamos la impresión de que espíritus de pasadas épocas se habían refugiado allí y gozamos descubriendo la huella de sus pasos. Pero, por si aquello no hubiera sido suficiente para satisfacer nuestra imaginación, la ciudad era por sí misma lo bastante hermosa como para llenarnos de asombro al contemplar los antiguos y pintorescos colegios, las maravillosas calles y el delicioso río Isis, que fluye a su lado atravesando prados y verdes espesuras, alar-

_____
(1) Se refiere a la revolución que, acaudillada por Cromwell, destronó y ejecutó al rey en 1649. (N. del T.)

gándose en un tranquilo remanso fluvial en donde se refleja el magnífico conjunto de torres, campanarios y cúpulas que emergen por entre los viejos árboles.

Tan encantador espectáculo me hubiera fascinado de no hallarme poseído por los sombríos recuerdos del pasado y por el horror a cuanto me reservaba el porvenir. Había nacido para la felicidad; durante mi infancia nuca me había dominado la tristeza y, si algunas veces estuve a punto de enfadarme, contemplar las maravillas de la naturaleza o el estudio de las más sublimes realizaciones humanas, siempre conseguía interesarme y alejar mi mal humor. Pero, ¡ay!, ahora no soy más que un árbol marchito, corroído por una implacable enfermedad.

A lo largo de nuestro viaje tuve, sin embargo, la repentina intuición de que estaba volviendo a la vida, de que lograría sobrevivir para recordar aquello que había sido y que pronto dejaría de ser: un mísero ejemplo de humanidad derrotada, algo que despertaba la compasión de los demás y mi propio horror. ¡Ah, si hubiera sabido lo que me reservaba el porvenir!

Estuvimos mucho tiempo en Oxford, paseando por sus alrededores y tratando de identificar todos los lugares que hubieran podido tener alguna relación con el período más animado de la historia inglesa. Nuestras exploraciones nos llevaron, varias veces, bastante lejos de la ciudad. Visitamos la tumba del ilustre Hampden y el lugar donde perdió la vida el gran patriota. Mi espíritu lograba evadirse, con frecuencia, de sus miserias y viles terrores para elevarse en la contemplación de los magníficos ejemplos de amor a la libertad y de autosacrificio que, con tanta fuerza, evocaban aquellos lugares. Por breves momentos osaba romper mis cadenas y contemplar lo que me rodeaba con el corazón lleno de sincera emoción. Pero las ataduras se habían clavado muy profundamente en mis carnes y pronto volvía a caer, tembloroso y desesperado, en poder de mi implacable criatura.

Dejamos Oxford con pesar y nos dirigimos, a continuación, hacia Matlock que era nuestro próximo objetivo. Los campos que rodean aquella ciudad se parecen mucho, por su paisaje, a los que nosotros conocíamos tan bien en Suiza. Pero todo a una escala considerablemente menor y sin que las montañas cubiertas de verdor luzcan, en la distancia, la corona de nieve que, en las cimas alpinas, se halla siempre dominando las colinas pobladas de abetos. Visitamos la maravillosa gruta y contemplamos largo rato las vitrinas dedicadas a la historia natural, cuyos objetos están colocados de una forma que recuerda las colecciones de Servok y Chamonix. El nombre de esta última ciudad, que Henry pronunció de repente, me hizo estremecer y sentir deseos de abandonar Matlock que, por asociación de ideas, había despertado en mí tan siniestros recuerdos.

Pasado Derby, y siguiendo siempre con nuestro viaje, permanecimos dos meses enteros en los condados de Cumberland y de Westmoreland. Entonces hubiera podido imaginar que habíamos vuelto a las cordilleras suizas. Las nevadas extensiones que cubrían la ladera norte de las montañas, los tranquilos lagos y el tumultuoso fluir de los torrentes eran espectáculos que yo conocía y estimaba. Aquel paisaje nos dio la ocasión de hacer jugosas comparaciones que gocé y que me permitieron, relativamente, abandonarme a la ilusoria sensación de felicidad. Como es natural, la alegría que Henry manifestaba era muy superior a la mía. La compañía de hombres cultos había enriquecido su espíritu, y ahora estaba descubriendo en su interior una capacidad y unas posibilidades que jamás hubiera podido imaginar cuando frecuentaba a seres que eran intelectualmente inferiores a él.

—Me agradaría vivir aquí —dijo—. En estas montañas no añoraría ni el Rhin ni Suiza.

Se daba cuenta, a pesar de todo, de que la existencia viajera no supone sólo satisfacciones, sino que es acompañada también por la fatiga. Su espíritu siempre se hallaba en tensión, y, cuando comenzaba a calmarse, su mismo modo de ser le impelía a dejar un tema en el que todavía seguía interesado para abordar una materia nueva que atrajera también su atención hasta que, a su vez, un nuevo objetivo venía a reemplazarla.

Apenas habíamos terminado nuestra visita a los lagos de Cumberland y Westmoreland, sintiéndonos ya atraídos por algunos de sus habitantes, cuando tuvimos que partir, puesto que la fecha de nuestra cita con el amigo escocés se estaba aproximando rápidamente. En lo que a mí respecta, no experimenté ningún pesar. Durante demasiado tiempo había retrasado ya el cumplimiento de mi promesa y sentía serios temores de que el monstruo pudiera enojarse y ejecutar imprevisibles actos. Al fin y al cabo, existía la posibilidad de que hubiese permanecido en Suiza y, si fuera así, ¿no vengaría mi retraso en quienes me amaban? Aquella idea me había atenazado y me hacía sufrir, especialmente en los momentos en que necesitaba algo de reposo y tranquilidad. Aguardaba con impaciencia febril las cartas de mi familia y, si se hacían esperar, me sentía desdichado y mil temores me asaltaban; pero cuando, al llegar alguna de ellas, reconocía la escritura de mi padre o de Elisabetth, apenas si osaba leerla y enterarme de las noticias que me traía. Imaginaba en otras ocasiones que el monstruo había seguido mis pasos y entonces me preguntaba si no sería capaz de asesinar, para vengarse, a mi compañero. Estaba siempre al lado de Henry y le acompañaba a todas partes como si fuera su sombra, con el deseo de protegerle de la maligna furia del destructor. Me sentía como si yo mismo fuera el culpable de un crimen cuyos remordimientos me obsesionaran. En verdad yo era inocente, pero, no obstante, había atraído sobre mí una maldición mucho más pesada y letal que la que pudiera desprenderse del crimen más monstruoso.

Visité Edimburgo con ojos y espíritu abstraídos, aunque la ciudad tiene encantos suficientes como para despertar el interés del hombre más distraído. No agradó a Henry tanto como Oxford, cuyo ambiente y antigüedad le habían fascinado, pero, sin embargo, la hermosura y prestancia de la ciudad moderna, el castillo romántico y sus aledaños, los más bellos del mundo, Arthur's Seat, Saint Bernard's Well y las colinas de Portland, le ofrecieron una compensación y le llenaron de alegría. Entretanto, yo deseaba, tan sólo, llegar por fin al término de nuestro viaje.

Salimos de Edimburgo al cabo de una semana y, tras pasar por Couper, Saint Andrew's y las orillas del río Tay, llegamos a Perth donde nuestro amigo nos estaba aguardando. Pero yo no me sentía en condiciones de reír y conversar con gente extraña, ni podía ponerme a su disposición y aprobar sus proyectos con el buen humor que es exigible a un invitado. Comuniqué a Clerval mi deseo de efectuar, a solas, una excursión por Escocia.

—Diviértete por tu lado —le dije— todo lo que puedas. Nos encontraremos aquí de nuevo. Es posible que, en un mes o dos, no vuelvas a verme, pero, te lo suplico, no intentes llevarme la contraria. Déjame un tiempo en la soledad y la paz a que aspiro. A mi regreso espero tener más ligero el corazón y un estado de ánimo más parecido al tuyo.

Henry trató de que reconsiderara mi decisión, pero al ver que estaba firmemente resuelto a llevarla a cabo, no insistió. Me rogó sólo que escribiera con frecuencia.

—Preferiría —me dijo— acompañarte en tus excursiones a quedarme con esos escoceses a quienes no conozco demasiado. Regresa pronto, amigo mío, para que de nuevo pueda sentirme como en mi casa, lo que será imposible mientras tú estés lejos.

Despidiéndome de mi amigo, decidí recorrer algunos apartados rincones de Escocia y dar comienzo a mi trabajo en la más absoluta soledad. Ahora no dudaba ya de que el monstruo me había seguido. Estaba seguro de que, como me prometió, se manifestaría en cuanto mi obra estuviera terminada por completo, para que yo le hiciera entrega de la compañera que le había prometido.

Tomada aquella resolución, recorrí las tierras altas del norte y elegí, al fin, como sede de mis últimos trabajos una de las más alejadas islas de Orkney. El sitio cubría a la perfección mis necesidades. No era mayor que una gran roca a cuyos flancos venían constantemente a estrellarse las olas.

El suelo de la isla era muy árido. No crecía en él más que una hierba raquítica, que servía de alimento a algunas vacas esqueléticas, y un poco de avena para los cinco habitantes, cuyo cuerpo, flaco y retorcido, hablaba muy a las claras de su deficiente alimentación. Aquella gente tenía que ir a recoger el pan y las legumbres, cuando podían permitirse semejante lujo, lo mismo que el agua potable, al continente, que se hallaba a cinco leguas de distancia.

La isla contaba tan sólo con tres misérrimas

chozas. Al desembarcar yo, una de ellas se hallaba disponible. La alquilé. La componían dos salas mugrientas que mostraban las señales de la más profunda miseria. El techo, construido con ramas y rastrojos, estaba prácticamente en ruinas. Las paredes jamás habían sido encaladas y la puerta se inclinaba hacia un lado colgando de unos goznes inservibles. Ordené que se llevaran a cabo las reparaciones que fueran necesarias, adquirí algún mobiliario y me instalé en mi nuevo hogar.

En condiciones normales, mi aparición en aquellos parajes hubiera debido sorprender a sus habitantes, pero estaban demasiado embrutecidos, a causa de su horrenda miseria, para que yo despertara en ellos el menor interés. Ni me observaban ni me molestaban de cualquier otro modo. Apenas si me expresaron su agradecimiento por los víveres y vestidos que les entregué; esto demuestra hasta qué extremo la miseria puede embotar los más elementales sentimientos de los hombres.

Dedicaba las mañanas al trabajo y, por las noches, cuando el tiempo no lo impedía, iba a caminar por la playa, cubierta de guijarros, y escuchaba el rumor de las olas que lamían mis pies. Era un paisaje monótono y, sin embargo, en constante mutación. Me acordaba de Suiza y de sus hermosos panoramas, tan distintos de aquella horrible desolación. Veía en mi imaginación las colinas en donde crecían los viñedos y los chalets que salpicaban los valles; veía los lagos en donde se reflejaba un cielo azul y dulce cuyas cóleras no eran, comparadas con la furia del océano, más que un juego de niños. No obstante, mi trabajo me resultaba más repulsivo y molesto cuanto más adelantado estaba. En ciertas ocasiones no me atrevía siquiera a penetrar en mi laboratorio durante toda la jornada. En otros momentos trabajaba sin descanso día y noche deseando terminar lo antes posible. Era ciertamente una obra repugnante la que estaba llevando a cabo. Durante mi primera creación, el entusiasmo no me había dejado ver el horror que salía de mis manos. Estaba absorbido por completo en mi trabajo. Pero ahora era distinto; conservaba toda mi lucidez y, con frecuencia, lo que estaba haciendo me sublevaba el corazón. Enfrascado en tan repelente ocupación, viviendo en una soledad en la que nada podía distraerme un solo segundo de la visión de mis inmundos manejos, mi moral comenzó a decaer. No me atrevía, en ocasiones, a levantar los ojos del suelo temiendo que, si lo hacía, encontraría frente a mí la criatura cuya aparición tanto horror me causaba. No me alejaba de mis vecinos por miedo a que el monstruo, sabiéndome solo, viniera prematuramente a reclamar su compañera.

Pese a todo ello, seguía con mis trabajos que pronto estuvieron muy adelantados. Deseaba llegar al final con una impaciencia anhelante sobre la que no quería interrogarme, pero en la que se mezclaban presentimientos oscuros y siniestros que casi me hacían desfallecer.

XX

Un anochecer estaba en mi laboratorio; el sol se había ya ocultado y la luna apenas si empezaba a aparecer al otro lado de las olas. La luz era insuficiente para permitirme trabajar y permanecía allí, sentado sin hacer nada, preguntándome si sería preferible dar por terminada la labor del día o si sería mejor permanecer despierto y continuar el trabajo para concluir cuanto antes mi asquerosa tarea. Mientras reflexionaba sin llegar a decidirme, otros pensamientos fueron llenando mi cerebro y me hicieron meditar sobre las posibles consecuencias de mi obra. Hacía tres años que, de la misma manera, había creado un monstruo cuya maldad inconmensurable sembró la desesperación en mi alma y me había llenado de remordimientos. Y ahora, me disponía a dar vida a un ser de las mismas características, cuyos futuros instintos e inclinaciones ignoraba también. Era posible que se mostrara mil veces más diabólico que su hermano y no tuviera otro objetivo que entregarse al crimen por simple deseo de hacer el mal. El monstruo, es cierto, se había comprometido a abandonar la vecindad de los hombres para ir a esconderse en lo más profundo de una región desértica y solitaria. Pero su compañera podía no aceptar la decisión y, puesto que probablemente estaba destinada a no ser más que una bestia pensante, podía negarse a cumplir un acuerdo que había sido tomado antes de que ella existiera. Era posible también que ambos monstruos comenzaran a odiarse, puesto que el que ya vivía aborrecía su propia fealdad y, era muy probable, la aborrecería mucho más cuando, en versión femenina, la tuviera sin cesar ante sus ojos. Y por lo que a ella respecta, ¿no despreciaría a su compañero cuando se hallara en condiciones de compararlo al hombre creado por Dios? Nada podía asegurarme que ella no le abandonaría y que él, al encontrarse de nuevo solo, no vería en ello un nuevo y más poderoso motivo de exasperación, puesto que, entonces, se sentiría despreciado por una criatura de su especie, tan repulsiva como él y la única con la que hubiera podido copular.

Incluso en el caso de que abandonaran Europa y se dirigieran a las vastas extensiones deshabitadas del Nuevo Mundo, una de las primeras consecuencias de la sed de amor que llenaba al monstruo sería la de empujarle a procrear. Por lo tanto, con el transcurso del tiempo podía extenderse sobre la tierra una raza de seres diabólicos que sumirían en el espanto a los hombres y que, es muy posible, al cabo de muchos años podrían, incluso, amenazar la existencia de todo el género humano. Yo no tenía derecho, fiándolo todo a mi propio interés, a infligir una semejante maldición a las generaciones futuras. Me había dejado engañar por los sofismas de la criatura que yo había creado; me había dejado asustar por sus infames amenazas, pero ahora, por primera vez, tenía clara conciencia de los efectos que podían desprenderse de la promesa que, tan ingenuamente, le había hecho. Me estremecí al pensar que la memoria del autor de tan inmundo engendro sería maldecida por los hombres futuros; yo sería maldecido; yo, el egoísta que no había dudado en comprar la propia seguridad al precio de la posible desaparición de todo el género humano.

Temblé a impulsos del espanto y creí perder el conocimiento cuando, al levantar el rostro vi, a la luz de la pálida luna, el diabólico ser que me espiaba a través de una ventana. Una mueca repulsiva cruzaba sus facciones mientras se inclinaba con avidez para comprobar el estado en que se hallaba la innoble tarea a la que me había empujado. Sí, había seguido mis pasos; había atravesado los bosques, se había cobijado en las grutas; se había ocultado en las grandes estepas deshabitadas y, ahora, estaba allí advirtiéndome de su presencia y exigiendo que llegara hasta el fin en el cumplimiento de lo que había prometido.

Vi que sus rasgos traslucían la maldad y la perfidia. Recordé, con el espíritu vacilante, al borde de la locura, que yo me había comprometido a crear un segundo monstruo, semejante a él y, entonces, temblando de horror y de cólera, destrocé la inmunda cosa en la que estaba trabajando. El monstruo me contemplaba, viendo la destrucción del proyecto de ser en el que había depositado sus esperanzas de felicidad, luego lanzó un diabólico alarido y desapareció tragado por la noche.

Salí de la habitación y, cerrándola con llave, me hice el firme propósito de no recomenzar, jamás, tan horrenda labor. Mis piernas parecían incapaces de sostener el peso de mi cuerpo y me retiré al dormitorio. Estaba solo. Nadie se hallaba a mi lado para consolar mi tristeza, para arrancarme a la tortura de mis siniestras reflexiones.

Pasaron dos horas durante las que permanecí asomado a la ventana, contemplando el mar. Estaba en calma, puesto que el viento había dejado de soplar, y toda la naturaleza parecía descansar bajo el atento ojo de la luna. Sólo algunas siluetas de barcos pesqueros se recortaban sobre las olas y, de vez en cuando, una ligera brisa me traía el eco de las voces de los pescadores que se llamaban de un bote a otro. Escuchaba el silencio sin advertir su terrible profundidad hasta que, de pronto, mi oído captó un ligero rumor de remos que venía de la orilla. Al poco rato pude escuchar como alguien desembarcaba cerca de mi vivienda.

Un minuto más tarde noté un breve chasquido, como si intentarán abrir, sin ser oídos, la puerta de mi casa. Una corriente de hielo recorrió mi espalda. Estaba seguro de saber quien era y estuve a punto de pedir ayuda a un pescador que vivía en la barraca más cercana a la mía. No pude hacerlo. Me hallaba como paralizado. Sentía la impresión, común en las pesadillas, de querer huir ante la amenaza de un terrible peligro y no poder lograrlo porque mis pies permanecían fijados al suelo por una fuerza irresistible.

Por fin, resonaron en el corredor unos pasos cautelosos, la puerta de mi habitación se abrió y el execrado monstruo se presentó ante mí y me dijo, mientras se acercaba, con voz sorda y amenazadora:

—Habéis destruido vuestra obra y no comprendo vuestras intenciones. ¿Acaso osaréis faltar a la promesa que me hicisteis? He soportado muchas fatigas y miserias. Me marché, siguiéndoos, de Suiza; tuve que deslizarme por las orillas del Rhin y trepar a las colinas. He permanecido mucho tiempo en las estepas de Inglaterra y en las más solitarias regiones de Escocia. He sufrido inimaginables torturas a causa del cansancio, el hambre y el frío. ¿Queréis ahora, tras todo ello, deshacer mis esperanzas?

—¡Vete! —grité—. Renuncio, efectivamente, a cumplir la promesa que te hice. Nunca, entiéndeme bien, nunca crearé un ser semejante a ti tan deforme, repulsivo y monstruoso.

—¡Miserable! —aulló—. Creí que era posible razonar con vos, pero me doy cuenta de que no merecéis mi benevolencia. Recordad, no obstante, la fuerza de que estoy dotado. Ahora os creéis muy desdichado, pero pensad un momento en mi poder y os daréis cuenta de que puedo todavía haceros mucho más infeliz. En mis manos está conseguir que hasta la luz del día os sea odiosa. Ciertamente vos sois mi creador pero, ahora, yo soy vuestro dueño. ¡Obedeced!

—Te equivocas —respondí—, los tiempos de mi indecisión han quedado atrás y, con ellos, los de tu poder. Las amenazas no podrán hacerme cumplir una promesa tan miserable e inmunda. Por el contrario, lograrán tan sólo reafirmarme en mi decisión de no entregarte la horrenda compañera que deseas. No estoy ya dispuesto a infectar el mundo con otro diablo tan sediento de sangre y de muerte como tú. ¡Vete digo! Mi decisión está tomada y es irrevocable. Todas tus palabras no servirán más que para acrecentar mi cólera.

El monstruo vio la determinación escrita en

mi rostro y, dándose cuenta de que yo no cedería, hizo rechinar sus dientes lleno de rabia impotente.

—¿Es justo, acaso, que todo hombre pueda encontrar esposa, todo animal su hembra, y que yo, sólo yo, permanezca solitario? Acordaos de que soy también capaz de sentir amor y de que esto me ha valido odio y desprecio. Vos, mi creador, podéis rechazarme pero, os lo advierto, tened cuidado. A partir de hoy conoceréis, tan sólo, la pena y el sufrimiento. Muy pronto recibiréis un golpe que os impedirá para siempre confiar en que llegaréis a ser feliz. ¿Creéis realmente que os permitiré gozar de la felicidad mientras yo sufro bajo el peso de las más horrendas desdichas? Es verdad, vos tenéis el poder de frustrarme para siempre, pero yo tengo la venganza, la venganza que me será, a partir de hoy, más necesaria que la luz del día y que los alimentos. Es posible que yo muera, cierto, pero antes vos, mi tirano, mi verdugo, maldeciréis la luz del sol que iluminará vuestra espantosa desgracia. ¡Temedme! No siento miedo y, por lo tanto, soy poderoso. Os acosaré con la astucia de una serpiente para mejor emponzoñar vuestra vida. ¡Os arrepentiréis del mal que me habéis causado!

—¡Calla, diablo infame! —grité fuera de mí—. Termina ya de envenenar el aire con tus abyectas palabras. He tomado mi decisión y no soy un imbécil que se deje influir por tus amenazas. ¡Márchate!

—Muy bien, me iré. Pero no olvidéis lo que os digo: ¡Asistiré a vuestra noche de bodas!

Me abalancé sobre él gritando:

—¡Bestia asquerosa! ¡Antes de firmar mi sentencia de muerte cuida de tu propia vida!

Levanté el puño para golpearle, pero me eludió y salió de la casa. Al cabo de pocos instantes le vi en su bote, deslizándose por sobre las aguas veloz como una saeta, y pronto desapareció de mi vista.

El silencio era otra vez total, pero sus palabras resonaban todavía en mi cerebro. Lancé espumarajos de furia sin poder concebir otro deseo que perseguirle y ahogarle en el mar. Horriblemente atormentado paseé de un lado a otro de mi habitación. Mis nervios sobreexcitados creaban mil imágenes que me torturaban haciéndome sufrir de un modo cruel. ¿Por qué no le había seguido para intentar darle muerte? Le había dejado, estúpidamente, escapar y, ahora, navegaba hacia el continente. Me estremecí al preguntarme quién sería la primera víctima que sacrificaría a su insaciable deseo de venganza y, de pronto, recordé sus postreras palabras: *¡Asistiré a vuestra noche de bodas!* Sería entonces, por lo tanto, cuando iba a cumplirse mi destino. Yo podría morir, pero, en tal caso, el odio del monstruo no tendría ningún objeto. Aquello me aterrorizó; imaginaba a mi hermosa Elisabeth derramando lágrimas de inconsolable dolor al descubrir que su marido le había sido arrebatado cruelmente en la misma puerta de su felicidad, y prorrumpí en llanto por primera vez desde hacía muchos meses. Me juré, entonces, a mí mismo, que el monstruo no me asesinaría sin que yo vendiera cara mi vida.

Por fin la noche terminó y el sol fue levantándose sobre el horizonte. Me calmé un poco, si puede llamarse calma a lo que nos domina cuando la violencia y la cólera dejan paso a la apatía y la desesperación. Salí de la cabaña que había servido de marco a la siniestra entrevista y bajé a la playa, por la que paseé durante largo tiempo. El mar me parecía una muralla infranqueable que se había levantado para siempre entre mis semejantes y yo. ¡E incluso un tal aislamiento me pareció deseable! A punto estuve de terminar con mi vida en aquella inhóspita roca. Aquello sería, es cierto, penoso, pero al menos no temería ya que la desgracia pudiera herirme con mayor crueldad. ¿Acaso si regresaba con los míos no era para morir asesinado o contemplar cómo perdían la vida, a manos del diabólico engendro, los seres a quienes yo más quería?

Erré por la isla como un alma en pena, padeciendo horribles tormentos en mi soledad. Hacia el mediodía, cuando el sol estaba en su apogeo, no pude resistirlo más y, tendiéndome sobre la hierba, me sumí en seguida en el más profundo sueño. Aquello me alivió mucho, pues no había dormido; mis nervios estaban muy alterados y mis ojos irritados por el llanto y la vigilia. Al despertar había recuperado mis fuerzas, de nuevo me sentía miembro de la especie humana y me puse a reflexionar con más tranquilidad sobre los pasados acontecimientos. Las palabras del monstruo seguían resonando todavía en mis oídos y me producían estremecimientos de pavor. Las creía fruto de una pesadilla y, no obstante, estaban grabadas en mi alma con una claridad terrible y real.

El sol se hallaba ya en el ocaso. El hambre me atormentaba y comencé a comer unas galletas de maíz que, sin darme cuenta, había llevado conmigo. Me hallaba aún sentado en la playa cuando atracó una barca no lejos de mí y un marinero, desembarcando, me trajo un paquete que contenía varias cartas de Ginebra y una de Clerval que me rogaba fuera a reunirme con él lo antes posible. Decía en ella que estaba perdiendo un tiempo precioso, que los amigos de Londres esperaban su regreso a la capital de Inglaterra para poder ultimar las negociaciones emprendidas para llevar a cabo sus proyectos de viajar a la India. No era posible retrasar más su marcha y, puesto que su viaje a Londres sería seguido, de inmediato, por un desplazamiento mucho más largo, me rogaba con insistencia que le dedicara el mayor espacio de tiempo posible antes de su partida. Me pedía que abandonara al momento mi soledad de la isla y me reuniera con él en Perth para que pudiéramos descender juntos hacia el sur. Aquella carta logró devolverme de nuevo a la realidad. Me dispuse a dejar la isla, pero no podría hacerlo antes de dos días, puesto que tenía que llevar a cabo una tarea que, sólo con imaginarla, conseguía provocar mis náuseas. Era preciso limpiar y embalar mis instrumentos, cosa que me obligaría a penetrar en la habitación que me había servido para llevar a cabo mis odiosas tareas y manipular los útiles que tanto horror me producían.

Cuando amaneció el día siguiente, armándome de valor, penetré en la estancia que había usado como laboratorio. Los inmundos restos de la criatura a medio terminar que yo, encolerizado, había arrojado a tierra, sembraban el suelo con sus pedazos. Me pareció haber destrozado la sanguinolenta carne de un ser humano. Me sobrepuse trabajosamente a mis arcadas y, con las manos temblorosas, saqué mis instrumentos de la habitación. Luego advertí que no podía cometer el descuido de dejar a mis espaldas aquellos macabros restos, pues si los campesinos los hallaban se llenarían de horror y de sospechas. Por consiguiente, los metí en una gran cesta y, tras lastrarlos con pesadas piedras, me propuse arrojarlos al mar aquella misma noche. Luego descendí hasta la playa y comencé la limpieza de mi instrumental.

Tras la entrevista con el monstruo, mis sentimientos habían dado un giro rotundo. Hasta entonces me consideraba esclavo de mi promesa y aquello me producía una profunda desesperación, pues me creía obligado a cumplirla fueran cuales fuesen las consecuencias que ello pudiese tener. En cambio, ahora la venda había sido arrancada de mis ojos y, por primera vez, podía ver las cosas con claridad. Ciertamente, la idea de reemprender mi creación no volvió a asaltarme, pero de todos modos ni siquiera imaginé que un simple acto de voluntad por mi parte hubiera podido anular las amenazas del monstruo. Lo único que sabía era que no volvería jamás a engendrar un ser semejante al que, tan desdichadamente, había creado. Me daba cuenta de que había estado muy cerca de cometer un acto de horrible y miserable egoísmo y extirpé por completo de mi interior cualquier pensamiento que pudiera obligarme a cambiar mi decisión.

La luna apareció entre las dos y las tres de la madrugada. Elegí aquel momento para llevar el cesto a un bote y bogar unas cuatro millas mar adentro. El lugar estaba completamente solitario, pero, sin embargo, pude contemplar las siluetas de algunas barcas regresando de la pesca y me alejé de ellas con toda la velocidad que pude sacarle a mi embarcación, pues temía ser visto como si me dispusiera a cometer algún horrible crimen. Durante unos segundos, la luna, que hasta entonces había brillado en todo su esplendor, fue cubierta por una nube. Aprovechando aquellos instantes de oscuridad, eché el cesto al agua. Escuché el ruido de su caída al mar y, luego, fue hundiéndose lentamente con un siniestro gorgoteo. Poco a poco, el cielo iba cubriéndose de nubes, aunque la temperatura seguía siendo agradable pese a que había refrescado a causa de una breve brisa que comenzó a soplar del nordeste y que me alivió. Experimentaba tal sensación de euforia que quise permanecer en el agua y, sujetando el timón con una cuerda, me tendí en el fondo del bote. La luna estaba ahora oculta por las nubes y me rodeaban espesas tinieblas. Sólo llegaba hasta mí el rumor de las olas que batían la quilla. Arrullado por aquel suave murmullo comencé a dormirme.

No sé cuánto tiempo transcurrió, pero, al abrir

los ojos, advertí que el sol estaba ya alto en el cielo. El viento había aumentado en violencia y levantaba unas olas que hacían peligrar mi frágil embarcación. Seguía soplando del nordeste y debía haberme conducido a gran distancia de mi isla. Traté de variar el rumbo, pero me di cuenta muy pronto de que, si lo intentaba, el bote zozobraría irremisiblemente. No tenía más solución que continuar navegando con el viento de popa. Reconozco que pasé mucho miedo. Carecía de brújula y estaba demasiado poco familiarizado con la región para poder orientarme por el sol. Me hallaba expuesto a adentrarme en el Atlántico y sufrir los tormentos de la sed y el hambre para verme engullido por fin por el océano cuyas olas inmensas se elevaban por encima de mi embarcación sacudiéndola violentamente. Habían pasado muchas horas desde que abandoné la isla y comenzaba a sentir mucha sed, simple preludio a unos tormentos que serían mucho mayores. Levanté la cabeza; el cielo estaba cubierto de nubes que huían en apresurados rebaños, empujadas por el viento.

—¡Monstruo! —grité—. Tu tarea se ha cumplido.

Pensaba en Elisabeth, en mi querido y anciano padre y en Clerval, en todos aquellos que quedarían abandonados a su suerte y sobre quienes la nauseabunda criatura iría a satisfacer, con toda tranquilidad, sus sanguinarias e implacables pasiones. Aquellos pensamientos me sumieron en tan horrendo delirio que incluso ahora, cuando todo ha terminado ya, no puedo evitar que un estremecimiento me recorra al recordarlo.

Transcurrieron así horas de mortal angustia; pero al atardecer, cuando el sol se acercaba a su ocaso, el viento fue remitiendo hasta convertirse en una suave brisa. Pronto, también, disminuyeron las olas que dejaron paso a una leve marejada. Me encontraba mal y me sentía incapaz de manejar el gobernalle, pero, de pronto, divisé a lo lejos, hacia el sur, una franja de tierras altas.

Derrengado como estaba por la fatiga y las terribles emociones vividas, aquella especie de retorno a la vida llenó mi corazón y noté cómo las lágrimas resbalaban por mis mejillas.

¡Ay, qué mudables son los sentimientos del hombre! ¡Qué extraño es nuestro amor a la vida! ¡No queremos desprendernos de ella aunque sólo nos produzca penas y sufrimientos!

Con una parte de mis vestidos intenté improvisar una vela y, cuando lo hube conseguido, puse febrilmente rumbo a la tierra que había divisado. A medida que iba acercándome me fue posible distinguir algunos campos cultivados, a pesar de que la costa parecía abrupta y rocosa. Pronto comenzaron a aparecer embarcaciones y yo me encontré devuelto, como por milagro, a la civilización.

Tomando como punto de referencia la torre de un campanario, cuya punta había empezado a divisar tras de una pequeña colina y por la que deduje que en aquella dirección hallaría un pueblo, puse proa hacia aquel lugar, puesto que, a causa de mi extremada debilidad, me pareció más oportuno no buscar otro paraje para desembarcar. Por fortuna contaba con algún dinero y, sin duda alguna, podría hallar en aquel pueblecito algo con que reparar mis fuerzas.

Dejando a mis espaldas un breve cabo divisé un villorrio de aspecto muy agradable que estaba dotado de un buen puerto, en el que penetré con el corazón lleno de alegría por haber podido salir tan bien librado de la desagradable situación.

Mientras me ocupaba en atracar el bote y doblaba las ropas que había utilizado como vela, advertí que algunas personas acudían corriendo hacia donde me encontraba. Se detuvieron cerca de mí observándome visiblemente sorprendidos por mi apariencia, pero, en vez de ofrecerme su auxilio, comenzaron a murmurar entre ellos, haciendo unos ademanes y unos gestos que, en otras circunstancias, hubieran despertado mi aprensión. Pero, sin duda a causa de mi debilidad, sólo pude darme cuenta de que estaban hablando en inglés y, por ende, me dirigí a ellos en este idioma:

—Buena gente —les dije—. ¿Quieren tener la amabilidad de decirme cómo se llama este pueblo y en qué región me encuentro?

—¡Muy pronto lo sabrá! —me respondió bruscamente uno de aquellos hombres—. Es posible que haya usted llegado a un paraje que no le guste en absoluto. En cualquier caso puede estar seguro de que nadie se tomará la molestia de preguntarle en qué casa quiere usted vivir.

Me sorprendió mucho que un desconocido me recibiera con unas palabras tan llenas de grosería y mi desconcierto fue mucho mayor cuando pude ver que todos cuantos me rodeaban tenían en sus rostros una expresión de enojo y hostilidad.

—¿Por qué me habla usted con tanta descortesía? —le pregunté—. Los ingleses no tienen, que yo sepa, la costumbre de recibir a los extranjeros con tan mala educación.

—Ignoro lo que suelen hacer los ingleses —respondió aquel hombre—, pero los irlandeses solemos odiar a los criminales.

Mientras iba desarrollándose este diálogo la muchedumbre se incrementaba con rapidez. Sus rasgos denotaban la curiosidad y la cólera. Aquello me molestó mucho y me produjo una cierta inquietud. Pregunté el camino para ir a la posada, pero nadie quiso responderme. Comencé entonces a caminar y un amenazador murmullo se levantó de la muchedumbre que me seguía y me rodeaba. En aquel momento, un hombretón de aspecto patibulario puso una mano en mi espalda y me dijo:

—Acompáñeme usted, señor. Le conduciré hasta el señor Kirwin que desea hacerle algunas preguntas.

—¿Quién es el señor Kirwin? —inquirí— ¿Qué es lo que quiere preguntarme, acaso no es éste un país libre?

—Sí, en efecto, es un país libre para la gente honesta. El señor Kirwin es el magistrado y será necesario que usted le cuente todo cuanto sepa sobre la muerte de un hombre que encontramos ayer asesinado.

Aquella respuesta me produjo un estremecimiento, pero me sobrepuse. Era inocente y me sería muy fácil probarlo. Seguí por lo tanto sin protestar a aquel hombre y me dejé conducir sin oponer resistencia hasta una de las más bellas casas del pueblo. Estaba a punto de desfallecer de hambre y cansancio; no obstante, y puesto que la multitud me rodeaba por todas partes, consideré que era necesario hacer acopio de mis últimas energías, pues una vacilación, en aquellas circunstancias, hubiera podido ser interpretada como indicio de mi culpabilidad. Estaba muy lejos de imaginar la desgracia que, muy pronto, iba a caer sobre mi cabeza para aniquilar, llenándome de horror y desesperación, cualquier temor a la ignominia y a la muerte que pudiera quedar en mí.

Quisiera ahora suplicarle que tenga un poco de paciencia, pues me será preciso recurrir a todo mi valor para evocar el encadenamimento de horrendos acontecimientos que fueron sucediéndose desde entonces.

XXI

Me llevaron rápidamente a presencia del magistrado; era un benévolo anciano de expresión afable y tranquila. Sin embargo, me miró con cierta hostilidad y, luego, dirigiéndose a los que me habían llevado hasta allí, les preguntó quiénes eran los testigos.

Media docena de hombres se adelantaron. El magistrado, señalando a uno de ellos, le ordenó que prestara declaración. El hombre comenzó diciendo que la noche anterior, acompañado de su hijo y de su cuñado Daniel Nungent, había salido de pesca, pero que hacia las diez de la noche se había levantado un fuerte viento del nordeste y habían preferido dar media vuelta y regresar. Continuó explicando que como la noche era muy oscura, pues la luna no había aparecido todavía, acordaron como en otras ocasiones que, en vez de regresar al puerto, atracarían en una rada que se hallaba a unas dos millas de distancia. Él iba delante y sus compañeros le seguían algo retrasados cuando, andando sobre la playa, había tropezado con algún objeto caído en el suelo. Sus camaradas acudieron a auxiliarle y descubrieron, a la luz de un farol, que se trataba del cuerpo de un hombre que, según todos los indicios, estaba muerto. Al principio creyeron que era el cadáver de un ahogado devuelto a la playa por el mar. Pero al examinarlo con más atención pudieron comprobar que sus ropas estaban secas e, incluso, que el cuerpo conservaba todavía un poco de calor. Lo llevaron apresuradamente a casa de una vieja mujer que vivía en los alrededores y, allí, habían intentado inútilmente hacerle volver en sí. La víctima era un joven de unos veinticinco años, bien parecido y vestido con elegancia. Según todas las apariencias había sido estrangulado, pues, exceptuando las amoratadas huellas de dedos que tenía en la garganta, no presentaba otro indicio de violencia.

La primera parte de aquella declaración no me afectó en lo más mínimo, pero cuando el testigo se refirió a las marcas de unos dedos sobre su garganta recordé, con una vaga sensación de inquietud, la forma en que había muerto mi hermano. Mis piernas comenzaron a temblar y se me nubló la vista hasta el punto de que me vi obligado a sostenerme en el respaldo de una silla para no caer. El magistrado, que me observaba con mucha atención, extrajo sin duda de mi actitud una conclusión que no me era favorable.

El hijo del pescador que había declarado en primer lugar estuvo en todo de acuerdo con las declaraciones de su padre, pero Daniel Nungent añadió a ellas un elemento nuevo. Juró que, poco tiempo antes de la caída de su cuñado en la playa, él había observado a muy poca distancia de la orilla una embarcación que era tripulada por un solo hombre y que, teniendo en cuenta la insuficiente luz que proporcionaban las estrellas y por lo que le había sido posible ver, aquella embarcación era la misma en la que yo había llegado al puerto.

A continuación se presentó una mujer, declarando que habitaba en una casa próxima a la playa y que se hallaba a la puerta de su vivienda, esperando el regreso de los pescadores, aproximadamente una hora antes de que se hubiera conocido el hallazgo del cadáver, cuando pudo ver un bote que se alejaba de la orilla, muy cerca del lugar en donde luego se encontraría el cuerpo.

Otra mujer declaró que los pescadores habían llevado a su casa el cuerpo de un hombre joven

246

que todavía no se había enfriado por completo. Dijo que le tendieron sobre la cama y, mientras Daniel Nungent salía a buscar al boticario, los demás friccionaron fuertemente sus miembros, pero que sus esfuerzos habían sido inútiles, ya que, en el momento de ser hallado, el hombre había muerto ya.

Luego fueron interrogadas numerosas personas en relación con mi llegada. Todos estuvieron de acuerdo en que era posible que, a causa del fuerte viento que se había desencadenado, yo me hubiera visto incapaz de gobernar la embarcación y, contra mi voluntad, hubiera tenido que regresar al lugar desde donde me había alejado de la costa. Afirmaron asimismo que era muy probable que yo hubiera acarreado el cuerpo desde otro lugar y al desconocer la configuración de la costa, le hubiese abandonado en aquella playa ignorando la escasa distancia que la separaba del pueblo.

Debidamente levantada acta de todas aquellas declaraciones, el señor Kirwin ordenó que me condujeran a la estancia en donde habían depositado el cadáver, en espera de que fuese enterrado. El magistrado deseaba comprobar el efecto que me produciría la contemplación del cadáver de mi supuesta víctima. Sin duda aquella idea se le había ocurrido al constatar la gran agitación que había demostrado cuando supe la forma en que se había cometido el asesinato.

Fui, por lo tanto, conducido hasta la posada en compañía del magistrado y de otras muchas personas. Me sentía extrañamente turbado por todas las coincidencias que tuvieron lugar aquella noche fatídica. No obstante, puesto que recordaba haber conversado con los habitantes de la isla poco tiempo antes de la hora en que había sido descubierto el cuerpo, no temía en absoluto las posibles consecuencias de aquel asunto.

Penetré en la cámara mortuoria y me aproximé al ataúd. ¿Cómo podré narrarle lo que experimenté al contemplar el cadáver? Aún ahora el horror me hiela la sangre y no puedo rememorar aquel terrible instante sin estremecerme de espanto. El interrogatorio de los testigos, mi conducción a presencia del magistrado, todo se borró de mi vista cuando vi, tendido frente a mí, el inanimado cuerpo de Henry Clerval. Víctima del más horrible vértigo, me arrojé sobre él gritando:

—¿También tú has perdido la vida por culpa de mis criminales maquinaciones? Dos de mis seres más queridos han muerto por mi causa y otras víctimas aguardan ahora que su destino se cumpla. ¡Pero tú, Clerval, tú, mi amigo, mi benefactor...!

Hay angustias morales de tal intensidad que la naturaleza humana es incapaz de resistir. Caí al suelo presa de violentas convulsiones y tuvieron que sacarme sin conocimiento de la habitación.

Fiebres altísimas siguieron a aquel desvanecimiento. Durante casi dos meses estuve suspendido entre la vida y la muerte. Más tarde supe que, en el curso de mis delirios, me había entregado a horribles divagaciones. Me había acusado en voz alta de los asesinatos de William, Justine y Clerval. A veces rogaba a quienes me atendían que me ayudaran a aniquilar al monstruo que había creado, otras tenía la impresión de que sus dedos inmundos me apretaban la garganta y lanzaba entonces violentos gritos de terror. Por fortuna, como me expresaba en mi lengua natal, el señor Kirwin fue la única persona que pudo comprenderme. Por lo que se refiere a los demás, mis desordenados gestos y mis alaridos delirantes les llenaban de horror.

¡Ah, por qué no habré muerto! Nunca ha existido sobre la faz de la tierra una criatura más absolutamente desdichada que yo. ¿Por qué no pude hundirme, en aquel mismo instante, en los abismos del olvido y la nada? La muerte arrebata continua e implacablemente tantas pequeñas criaturas de los brazos de sus parientes, que las amaban y habían depositado en ellas toda su esperanza. Tantas jóvenes esposas, tantos amantes que estaban locamente enamorados han sido segados en la flor de su edad para convertirse, de la noche a la mañana, en el alimento de los gusanos que pueblan su húmeda y fría tumba. ¿De qué barro estaba yo hecho que me era posible resistir tantas pruebas, tantos tormentos renovados sin parar y los sufrimientos que los acompañaban?

Mas, ¡ay!, había sido condenado a vivir. Transcurridos los dos meses recuperé el conocimiento y me hallé en la cárcel acostado sobre un jergón miserable, cercado de guardianes, rejas y cerrojos, de toda la tramoya siniestra que compone una mazmorra. Recuerdo perfectamente que era de día. No podía precisar los acontecimientos que había vivido y tenía sólo una vaga conciencia de que me había herido una enorme y horrenda desdicha. Pero cuando mis ojos hallaron làs míseras paredes de la celda, la ventana cruzada de barrotes, todo fue regresando a mi memoria y no pude contener un largo gemido.

Mi voz consiguió despertar a una vieja que dormía a mi lado, sentada en una silla. Era la encargada de cuidarme y estaba casada con uno de mis carceleros. Su aspecto delataba los vicios que acostumbran poseer las mujeres de su clase, las facciones de su rostro sombrío le daban el aire de quienes están muy acostumbrados a contemplar escenas de tristeza y de miseria sin dejarse conmover. Me habló en inglés. Su voz denotaba la mayor indiferencia y creí que la había escuchado otras veces, mientras permanecía en coma.

—¿Ya se encuentra mejor? —preguntó.

—Creo que sí —le respondí débilmente—, pero si todo lo que imagino es cierto, si no estoy viviendo una horrible pesadilla, siento mucho volver a la vida para experimentar tal horror y tal angustia.

—¡Ah, bueno! —prosiguió la vieja—. Si me está hablando del individuo al que ha dado el pasaporte, estoy de acuerdo en que sería mejor para usted el haber muerto, porque, si no me equivoco, quieren arreglarle a usted las cuentas. Aunque a mí, después de todo, me da igual. Me pusieron aquí para que le cuidara y procurara curarle. Creo que he cumplido bien mi misión. ¡Sería muy conveniente que todos actuásemos, en nuestras vidas, de la misma manera!

Volví disgustado el rostro ante una mujer que podía hablar tan inhumanamente a una persona que, poco tiempo antes, había estado a las puertas de la muerte. Me sentía muy débil todavía e incapaz, por lo tanto, de reflexionar sobre lo que me había ocurrido. Mi vida se había convertido en una pesadilla. Por unos momentos me pregunté si todo aquello había sucedido en realidad, ya que ningún recuerdo acudía a mi memoria con la claridad de las cosas vividas. Pero, a medida que las imágenes, muy vagas al principio, fueron haciéndose más distintas, la fiebre fue apoderándose otra vez de mí. Tenía la impresión de que las tinieblas me rodeaban y nadie se hallaba a mi lado para consolarme con palabras afectuosas o para tenderme una mano amistosa en la que poder apoyarme. El médico vino a visitarme y me recetó un brebaje que la vieja mujer se dispuso a preparar. Siguió mostrando una indiferencia total por mi persona y una expresión de frío desprecio. Pero ¿qué podía interesar a un condenado a muerte de no ser el verdugo encargado de colgarle?

Aquéllos eran los pensamientos que me poseían. Sin embargo, pronto pude saber que el señor Kirwin había tenido conmigo detalles de exquisita benevolencia. Ordenó que se me instalara en la mejor celda de la cárcel (aunque ello no la hacía menos miserable) y se preocupó de que me atendieran un médico y una enfermera. Es verdad que no acudía muy a menudo a visitarme, sin duda porque, a pesar de su deseo de consolar los sufrimientos de un ser humano, no quería ser testigo de las penosas divagaciones de un asesino. Venía de vez en cuando, para asegurarse personalmente de que no estaba desatendido. Sus visitas eran cortas y muy espaciadas.

Un día, cuando comenzaba ya a convalecer, me hicieron levantar del camastro para sentarme en una silla. Estaba muy delgado y mi rostro era de una palidez semejante a la de la muerte. Me mantuve allí, derrotado por el sufrimiento, pensando si no sería mucho mejor acabar con mi existencia y abandonar, por fin, un mundo en donde todo eran desdichas. Incluso llegué a imaginar que lo más conveniente sería declararme culpable y sufrir los rigores de la justicia como la infeliz Justine, más inocente que yo mismo. Estaba, precisamente, sumido en aquellas reflexiones cuando se abrió la puerta de mi celda dando paso al señor Kirwin. Su rostro revelaba simpatía y compasión. Tomando una silla, se sentó cerca de mí y me dijo en francés:

—Mucho me temo que este lugar le parezca muy miserable. ¿Puedo hacer algo para mejorar sus condiciones de vida?

—Le estoy muy agradecido —respondí—, pero la comodidad me importa poco. Jamás me será dado disfrutar en este mundo de la paz ni del confort.

—Le comprendo —prosiguió— y sé que la simpatía de un extraño no podrá aliviarle demasiado, puesto que se ve usted afectado por tan insólita desgracia. De cualquier manera, tengo plena confianza en que pronto podrá dejar un lugar tan siniestro, puesto que no me cabe duda de que podremos hallar un testimonio que demuestre su total inocencia del crimen que se le imputa.

—Es algo que no me preocupa —respondí—. Una extraña cadena de circunstancias y acontecimientos me ha dejado convertido en el más infeliz de los humanos. El dolor y los remordimientos me persiguieron y me persiguen aún. No tengo razón alguna para temer a la muerte.

—En efecto, pocas cosas podrían ser tan horrendas y desagradables como los sucesos que últimamente ha tenido que vivir usted. Por alguna incomprensible casualidad, la tormenta le arrojó a nuestra costa, famosa por su hospitalidad, y a pesar de ello se le detuvo y se le acusó de ser culpable de un asesinato. La primera cosa que le forzamos a ver tras su llegada fue el cuerpo de su desgraciado amigo, muerto y puesto en su camino por una mano criminal.

Aquella observación del señor Kirwin referente a los recientes acontecimientos me trastornó un poco y despertó en mí una viva curiosidad; el magistrado parecía estar ahora muy bien informado de todo lo que me concernía. Le comuniqué mi sorpresa y él respondió:

—En cuanto cayó usted enfermo ordené que me fueran entregados todos los papeles que se le hallaran encima. Los estudié con suma atención y la natural esperanza de encontrar en ellos algunos datos que me facilitaran la localización de su familia, para poder advertirles de la desgracia que le afligía. Encontré entre sus cosas muchas cartas y una de ellas pertenecía a su padre. Escribí, pues, inmediatamente a Ginebra y, desde entonces, han transcurrido ya dos meses. ¿Pero se siente usted mal? Está tiritando. No se atormente así, las emociones sólo conseguirán perjudicarle.

—Las dudas son, para mí, peores que cualquier mala noticia. Dígame de una vez cuántas nuevas violencias han tenido lugar y qué muerte debo llorar ahora.

—Cálmese. Los suyos se encuentran todos en inmejorable estado de salud. Y no acaba aquí todo; alguien ha venido a visitarle.

No sé por qué razón pude llegar a imaginar que el asesino había tenido la audacia de venir a mofarse de mis desdichas, intentando sacar partido de la muerte de Clerval para tratar, una vez más, de forzarme a llevar a cabo sus infernales deseos. Ocultando el rostro entre las manos, grité con desesperación:

—¡Oh, ordene que se marche! No quiero verle. Le suplico por Dios que no le permita entrar aquí.

El señor Kirwin me miro con sorpresa. Sin duda aquel arrebato no podía ser considerado más que como otro indicio de mi culpabilidad. Me habló severamente:

—Joven, creí que la presencia de su padre le sería agradable y no que provocaría en usted tal reacción.

—¡Mi padre! —exclamé sintiendo cómo iban suavizándose mis facciones mientras mi alma saltaba de la angustia al júbilo—. ¿Mi padre está de verdad aquí? ¡Qué bueno es conmigo, qué bien me trata! ¿Pero dónde está, por qué no viene a abrazarme?

Mi repentina mutación extrañó al magistrado y, sin duda, debió complacerle.

Posiblemente imaginó que mi anterior comportamiento se debía, aún, a los trastornos que me había producido la enfermedad. De cualquier modo, recobrando su expresión benevolente, salió de la celda en compañía de mi cuidadora. Algunos instantes más tarde entraba mi padre.

Nada hubiera podido proporcionarme, entonces, una mayor alegría. Tendí hacia él los brazos y exclamé:

—¿Estás sano y salvo todavía? ¿Y Elisabeth? ¿Y Ernesto?

Me tranquilizó en seguida, asegurándome que todos se encontraban bien y luego trató de levantarme el ánimo hablándome de los nuestros, el tema que más podía agradarme. Sin embargo, no tardó en darse cuenta de que una prisión no era el lugar adecuado para que fuera posible despertar mi buen humor.

—¡En qué horrenda situación te encuentro, hijo mío! —murmuró contemplando con tristeza las rejas que cruzaban mi ventana y las sórdidas paredes de la mazmorra—. Partiste de viaje en busca de distracciones, pero una terrible fatalidad parece correr tras de ti. ¡Desdichado Henry Clerval!

La sola mención del nombre de mi compañero fue bastante, en el estado en que me hallaba, para hacerme prorrumpir en llanto.

—¡Ay, sí, padre mío! —respondí—. Una terrible maldición pesa sobre mi vida y es necesario que siga yo existiendo para que pueda cumplirse. Si no hubiera sido por esta razón, estoy convencido de que hubiese hallado la muerte sobre el ataúd de Henry.

No nos dejaron conversar durante mucho tiempo, puesto que mi estado de salud era todavía muy delicado y necesitaba mucha tranquilidad.

El señor Kirwin explicó a mi padre que, si era sometido a esfuerzos mentales demasiado prolongados, corría el riesgo de perder las escasas fuerzas que todavía me mantenían.

Créame usted que la inesperada aparición de mi padre había sido para mí como la presencia del ángel guardián. Sabiendo que estaba a mi lado fui recobrando gradualmente la salud. Sin embargo, cuanto más mejoraba mi estado general, más me hundía yo en una oscura melancolía que nada podía disipar. Constantemente tenía en el pensamiento la imagen de Henry Clerval, tal como le había visto por última vez, con el rostro cubierto por la cerúlea palidez de la muerte. En numerosas ocasiones, el estado de sobreexcitación en que me sumían tales reflexiones hizo temer seriamente una recaída a aquellos que me cuidaban. ¡Ay! ¿Por qué se esforzaban en salvar una existencia tan miserable, a la que ni siquiera yo me sentía ligado? Sin duda alguna, para que pudiera cumplirse lo que el destino me tenía reservado, todo aquello cuyo término está ahora tan cercano. Pronto, sí, muy pronto, este apesadumbrado corazón cesará de latir y la muerte me liberará del terrible fardo de sufrimientos y angustias que acarreo desde hace tanto tiempo. ¡Cuando mi justiciera venganza se haya cumplido yo podré reposar! Pero me estoy precipitando. En aquel momento la muerte se hallaba todavía muy alejada de mí, pese a mi eterno anhelo de que llegara en seguida para librarme de mis penas y torturas. A lo largo de muchas horas permanecía en silencio, postrado, rogando que alguna catástrofe me aniquilara a mí y, al mismo tiempo, a mi enemigo.

El juicio se estaba aproximando; tres meses habían transcurrido ya desde mi ingreso en prisión y, pese a mi estado de debilidad, fui conducido hasta la capital del condado, a unas cien millas de aquel lugar, donde tenía su sede el Tribunal. El señor Kirwin en persona se encargó de convocar a los testigos de la defensa y tomó todas las precauciones necesarias para que ésta resultara efectiva. Por fortuna, me evitaron la vergüenza de aparecer en público como un criminal, puesto que no se trataba de juzgar si era o no reo de muerte, sino, tan sólo, si la acusación podía considerarse con bases suficientes. El jurado pronunció un «no ha lugar» cuando pudo probarse que, a la hora en que el cadáver de mi amigo fue hallado, yo estaba todavía en una de las islas Orkney. Quince días después de mi traslado a la capital, recuperé la libertad.

Fue para mi padre una gran alegría verme absuelto, así, de todas las acusaciones. Exultaba de júbilo ante la idea de que yo podría gozar nuevamente del aire libre y la perspectiva de nuestro regreso a la patria le alegraba todavía más. Yo no estaba en condiciones de compartir su entusiasmo. Mi vida había sido emponzoñada para siempre y aunque fuera el mismo sol el que brillaba sobre mi cabeza y sobre la de aquellos que tenían el corazón lleno de alegría, no podía ver a mi alrededor más que negras y terroríficas tinieblas, en las que no brillaba más luz que la de dos ojos fijos obstinadamente en mí. A veces se trataba de los expresivos ojos de Clerval, vidriosos en la muerte, con las órbitas medio ocultas por los párpados caídos; pero en otras ocasiones eran los glaucos ojos del monstruo como, al comienzo, había podido contemplarlos en Ingolstadt.

Mi padre trataba de despertar en mí sentimientos de cariño. Me hablaba de nuestra bella ciudad, a la que pronto vería de nuevo, de Elisabeth y de Ernesto, pero no lograba arrancar de mí más que algunos lamentos de desesperación.

Llegué, no obstante, a sentir cierto deseo de encontrar de nuevo la alegría. Pensaba entonces, con arrebatos de melancolía, en mi hermosa prima o me sentía lleno de añoranza por mi país, poseído por el ansia de contemplar el lago y el majestuoso Ródano, que tanto me habían agradado en mi infancia. Sin embargo, la mayor parte de mi tiempo lo pasaba sumido en una extraña somnolencia y, cuando aquello sucedía, todo cuanto me rodeaba me dejaba por completo indiferente. Los más hermosos panoramas no me hubieran seducido más que las paredes de mi prisión. Aquellos prolongados períodos de amargura y apatía estaban salpicados por paroxísticas crisis de angustia y desesperación y, si no hubiese permanecido constantemente vigilado, sin duda hubiera puesto fin a mi vida.

Pero me quedaba todavía un deber que cumplir. Aferrándome a este recuerdo logré por fin vencer mi egoísta desesperación. Había advertido, de pronto, que me era necesario regresar a Ginebra para velar, cuanto antes me fuera posible, por la seguridad de los míos. Tenía que vigilar la probable llegada del asesino y esforzarme en averiguar el lugar que le servía de escondrijo o aguardar a que se manifestara de nuevo, cosa que, sin ninguna duda, no tardaría en hacer. Estaba resuelto. Era preciso que lograra poner fin a la existencia de la más infame de las criaturas, del ser a quien, involuntariamente, yo había dotado de un alma más monstruosa si cabe que su asquerosa apariencia.

Mi padre, en cambio, deseaba retrasar lo más posible nuestra marcha, temiendo que no me hallara en condiciones de soportar las fatigas de tan largo viaje. Evidentemente estaba muy débil. Auténtico despojo viviente, no era más que la sombra de una criatura humana. Había perdido todas las energías y accesos de fiebre muy alta roían, día y noche, mis ya de por sí debilitadas fuerzas.

No obstante, formulé con tanto anhelo mis

peticiones de abandonar Irlanda lo antes posible y di muestras de tan gran agitación que mi padre terminó por acceder y tomó pasajes a bordo de un barco que zarpaba con destino a El Havre.

El viento era favorable. Aquella noche, tendido sobre el puente, contemplé las estrellas y escuché el murmullo de las olas, bendiciendo la oscuridad que me impedía ver aquella maldita tierra irlandesa. Mi corazón estaba repleto de una alegría febril ante la idea de que pronto vería de nuevo Ginebra. El pasado me parecía una espantosa pesadilla y, sin embargo, el bajel sobre el que viajaba, el viento que henchía las velas, el mar que me rodeaba, todo servía para recordarme que estaba viviendo una realidad y que Henry Clerval, mi amigo, el compañero que me era más querido, había muerto a causa de mis inconscientes maquinaciones, víctima de mis obras, asesinado por el engendro a quien yo había dado vida. Repasé con la imaginación el transcurso de mi vida: el tiempo pasado en la apacible compañía de los míos; el fallecimiento de mi madre; mi partida hacia Ingolstadt. Recordé, estremeciéndome, el loco entusiasmo que me había impulsado a la creación de mi implacable enemigo y la noche en la que conseguí darle vida. Presa de un torbellino de contradictorios sentimientos, me entregué al más amargo de los llantos.

A lo largo de mi convalecencia me había acostumbrado a ingerir todas las noches una dosis mínima de láudano, ya que sólo con el auxilio de aquella droga podía conseguir el descanso que me era imprescindible para mantenerme con vida. Martirizado por el recuerdo de mis torturas tomé, aquella noche, una dosis doble de la que me era habitual y, gracias a ello, concilié en seguida el sueño.

No obstante, ni durmiendo pude liberarme de

mis pensamientos y mi sueño estuvo a menudo lleno de terroríficas pesadillas.

Al amanecer tuve una visión particularmente angustiosa: experimenté con claridad la sensación de que el monstruo me oprimía la garganta con su zarpa y no podía liberarme de ella por más esfuerzos que realizara. Escuchaba lamentos y alaridos que resonaban en mis oídos.

Mi padre, que, siempre cerca de mí, velaba mi sueño, advirtió aquella extraña agitación y me despertó. Volví a tomar conciencia del mar, del cielo en el que se apelotonaban las nubes, pero, ¡loado sea el Cielo!, el monstruo no estaba allí.

Un sentimiento de seguridad, la extraña sensación de que me había sido otorgada una tregua antes de que, otra vez, catastróficos sucesos, parecidos a los que ya me habían herido, volvieran a golpearme, aportó la paz y la tranquilidad cercana al olvido que puede experimentar el alma humana, en los momentos en que sufre bajo los efectos de las más horrenda y dolorosa tensión.

XXII

Nuestro viaje por mar llegó a término sin ningún incidente y, tras desembarcar, nos dirigimos a París. Pronto debí reconocer que había sobrestimado mis fuerzas. Tuvimos que hacer un alto en el camino para reposar durante algunos días. Mi padre parecía no cansarse de prodigarme sus cuidados y rodearme de atenciones, pero, puesto que ignoraba el motivo exacto de mis sufrimientos, intentaba consolarme por medios completamente ineficaces. Hubiera deseado, por ejemplo, que me divirtiera haciendo vida de sociedad, yo que no podía soportar la presencia de mis semejantes. No, eso no es del todo cierto. Por el contrario, les consideraba seres iguales a mí y me atraían, incluso el menos dotado de todos ellos, como criaturas angélicas movidas por sentimientos divinos. Ciertamente me creía indigno de relacionarme con ellos. Había arrojado al mundo un enemigo cuyo único placer era el de hacer correr su sangre y regocijarse con sus lamentos. ¡Cómo me despreciarían, todos juntos y cada uno por su parte cómo me expulsarían de su lado si conocieran mis impíos actos y los crímenes que había provocado!

Mi padre no quiso insistir, ante la firme voluntad que manifesté de no mezclarme en sociedad; pero ello no le impidió tratar, por otros medios, de aliviar mi tristeza. Un día se le ocurrió la idea de que me sentía avergonzado por haber sido sospechoso de asesinato y haber comparecido ante la justicia. Intentó hacerme comprender que esa clase de orgullo no tenía justificación.

—Padre —le dije—, no me has entendido bien. En verdad los hombres, sus afectos e incluso sus pasiones, se sentirían humillados si un ser tan depreciable como yo quisiera, en semejante caso, mostrar el menor orgullo. Justine, la infeliz Justine, también era inocente, más inocente incluso que yo mismo, y, como yo, fue acusada de un crimen, pagando con la vida un acto que no había cometido. Y lo más horrendo de ello es que yo fui el culpable. Sí, soy su asesino, al igual que el de William y el de Henry. ¡Puede considerarse que los tres murieron a mis manos!

A lo largo de mi permanencia en la cárcel, mi padre me había escuchado ya pronunciar palabras semejantes, pues yo solía repetirlas. A veces, cuando me acusaba así, parecía desear una explicación más amplia, pero en la mayoría de ocasiones consideraba mis palabras como fruto del delirio. Sin duda creía que esta idea me había asaltado durante el período más agudo de mi enfermedad y que estaba tan clavada en mí que se manifestaba incluso durante mi convalecencia. Yo evitaba darle toda explicación, puesto que, de hacerlo, fatalmente me hubiera visto obligado a hablar del monstruo y de su creación, cosa que no deseaba en modo alguno porque estaba convencido de que si mencionaba a mi engendro sería tomado por loco. Por otra parte, ni siquiera estando seguro de lo contrario me hubiera decidido a compartir mi secreto con alguien, ya que mi revelación no tendría otra consecuencia que despertar su consternación y su más vivo horror. Por esta causa me resistía tenazmente al deseo de afecto que a menudo se apoderaba de mí, mientras que, pese a ello, lo hubiera dado todo por comunicar a alguien mi secreto. Sin embargo, algunas veces dejaba escapar, apenas sin darme cuenta, palabras e insinuaciones muy semejantes a las que antes he citado. No podía hacer revelaciones, pero sólo con pronunciar frases como aquéllas me sentía muy aliviado.

En aquella ocasión, mi padre no pudo disimular su profunda sorpresa.

—Víctor, hijo mío —me dijo—, ¿qué estás pensando? Te suplico que no vuelvas a decir esas cosas.

—¡No, no estoy loco! —grité con vehemencia—, el sol y el cielo son testigos de mis acciones y podrían confirmar lo que te digo. ¡Yo soy el asesino de estas víctimas inocentes! Todas murieron por culpa de mis obras. Mil veces hubiera preferido dejar que mi sangre se escapara gota a gota si de esta forma me hubiese sido posible salvar sus vidas; pero no podía librarles de la muerte sin arrojar sobre todo el género humano un horrendo peligro.

Mis últimas palabras, que sólo yo entendía,

acabaron de convencer a mi padre de que mi espíritu estaba trastornado. Cambió en seguida de conversación para, así, conseguir desviarme de mis tristes reflexiones. Deseaba poder borrar de mi memoria el recuerdo de mi viaje a Irlanda. Nunca volvió a referirse a ello, al igual que no mencionaba tampoco mis otras desventuras. Poco a poco fui tranquilizándome. El pesar estaba asentado con fuerza en mi corazón, pero ya no hablaba de «crímenes» con tan incoherentes palabras. Me resigné a llevar en secreto mis remordimientos. De esta manera logré, con fuerza de voluntad, enmudecer la voz de la desesperación que me impelía a gritar la verdad al rostro del mundo. Mi comportamiento se hizo más apacible, más ordenado de lo que había sido antaño, tras mi memorable excursión por el mar de hielo.

Algunos días antes de dejar París, ya en dirección a Suiza, recibí la siguiente carta de Elisabeth:

Ginebra, a 18 de mayo de 17...

Querido primo:

He sentido gran alegría al recibir una carta de mi tío desde París. No estáis, pues, tan lejos de mí y espero que podré veros antes de dos semanas. Mi pobre primo, cuánto has sufrido. Espero encontrarte todavía más pálido de lo que estabas cuando dejaste Ginebra. El invierno ha pasado tristemente, puesto que me torturaba la ansiedad de tu espera. No obstante, deseo volver a verte con el rostro tranquilo y el ánimo lleno de paz y serenidad.

Temo, sin embargo, que experimentes todavía los mismos sentimientos que tanto te hicieron sufrir hace un año e, incluso, que el tiempo los haya avivado en vez de calmarlos. No quisiera molestarte en estos momentos, pero una conver-

sación que tuve con mi tío, previa a su partida hacia Irlanda, hace imprescindible que te diga algo antes de que nos veamos de nuevo.

¿Qué quiere decir?, te preguntarás; ¿qué puede querer explicarme Elisabeth? Si, en efecto, ignoras lo que quiero preguntarte, entonces todas mis dudas tendrán ya su respuesta. Pero estás lejos de mí y, posiblemente, esta explicación te produzca, a un tiempo, temor y alegría. Espero que sea así y no puedo permanecer más tiempo sin escribir lo que tan a menudo he querido decirte, mientras estabas fuera, sin que nunca me haya atrevido a hacerlo.

Ya sabes, Víctor, que desde nuestra infancia mis tíos concibieron un proyecto que les era muy querido; el de que contrajéramos matrimonio. Nos lo dijeron cuando éramos todavía muy jóvenes y comenzamos a mirar este proyecto como algo que iba a realizarse con toda seguridad. Fuimos siempre compañeros de juegos y me parece poder añadir que, al crecer, nos convertimos en los más entrañables amigos. Sin embargo, sucede a menudo que los hermanos sienten entre sí un gran cariño, simplemente espiritual, y cabe dentro de lo posible que sea esto lo que creas que te une a mí. ¡Dímelo, querido Víctor! Te ruego que me respondas con toda sinceridad, pues en ello va nuestra mutua felicidad. ¿Acaso amas a otra?

Has viajado, has vivido muchos años en Ingolstadt y quiero decirte, amigo mío, que cuando el año pasado te vi tan desgraciado y rehuyendo el contacto con todas las criaturas para refugiarte en tu soledad, pensé que quizá lamentabas nuestro compromiso tácito y te creías obligado por el honor a satisfacer la voluntad de tus padres, aun en contra de tus propias inclinaciones. Pero estoy divagando. Te aseguro, Víctor, que te amo y que has sido siempre, en mis sueños, mi querido y constante compañero. Sin embargo, miro

*por tu felicidad tanto como por la mía al decirte
que un matrimonio que no respondiera a tu elec-
ción, formulada con entera libertad, me haría
desgraciada para siempre. Lloro al escribir estas
líneas ante la idea de que pudieras sacrificar, hundido como te hallas en las más terribles desdichas, cualquier esperanza de amor y felicidad a tu
noción del* honor. *Yo, que te amo con cariño de-
sinteresado, podría, sin proponérmelo, provocar
tu infelicidad al interponerme en la realización
de tus deseos. ¡Ah, Víctor! Ten la seguridad de
que tu prima y compañera de juegos te ama con
demasiada sinceridad como para querer que sus
sentimientos te causen tristeza. Sé feliz, amigo
mío, y, si respondes a mi pregunta, ten la convicción de que nada en el mundo pòdrá turbar mi
tranquilidad.*

*No dejes, sobre todo, que mi carta sea para ti
causa de preocupación. No respondas a ella ni
mañana, ni pasado, ni siquiera antes de tu vuelta
si ello debe producirte algún trastorno. Mi tío
me informará sobre tu salud y si, a tu regreso,
puedo ver en tus labios una sonrisa que se deba
a mis actuales esfuerzos, no pediré otra recompensa.*

Elisabeth Lavenza

La carta trajo a mi memoria las últimas palabras del asesino: *Asistiré a vuestra noche de
bodas.* Aquello era una condena a muerte; el ma-
ligno engendro lo intentaría todo para destruirme,
para arrancarme una felicidad que, al menos en
parte, me permitiría olvidar mi tenebroso pasado.
Albergaba la intención de cocluir su serie de crímenes con mi asesinato. ¡Pues bien, de acuerdo!
En aquel momento estaríamos cara a cara en una
lucha a muerte. Si él vencía, yo hallaría la paz
eterna y el monstruo no volvería a tener poder

sobre mí. Si yo triunfaba, sería un hombre libre. ¡Pobre libertad la mía! Semejante a la de un campesino cuando, asesinada ante sus propios ojos su familia, su cabaña en llamas y confiscadas sus tierras, es expulsado, sin casa y sin recursos, y se encuentra solo, ¡pero libre! Sí, mi libertad sería algo semejante, pero con una diferencia, pues tendría en Elisabeth un tesoro inestimable que no evitaría, ¡ay!, el que yo sintiera los remordimientos de mis culpas persiguiéndome hasta el fin de mis días.

¡Mi dulce y querida prima! Leí y releí su misiva mientras los más dulces sentimientos despertaban en mi corazón inspirándome deliciosos sueños de amor y de gozo; pero la manzana había sido mordida y el dedo del ángel vengador se extendía ya expulsándome del Paraíso. Sin embargo, estaba dispuesto a dar mi vida para garantizar la felicidad de Elisabeth. Si el monstruo cumplía su palabra, mi muerte era inevitable, y me preguntaba si mi matrimonio podría acelerar el cumplimiento de aquel sino. Era probable que mi aniquilación se adelantara algunos meses pero, por otra parte, si el verdugo llegaba a sospechar que retrasaba la ceremonia a causa de sus amenazas, urdiría otro medio, quizá más terrible, de vengarse. Había jurado *asistir a mi noche de bodas*, pero aquello no significaba en absoluto que esas palabras le impidieran manifestarse en otras ocasiones. ¿Acaso no había matado a Clerval, para demostrármelo, poco después de proferidas sus amenazas? Decidí que, como mi matrimonio haría felices a mi padre y a Elisabeth, no podía permitir que las palabras del destructor retrasaran mi boda ni un solo día.

En tal disposición de ánimo respondí a Elisabeth. Mi carta estaba llena de amor y tranquilidad:

Temo, amada mía, que ya no podamos gozar mucha felicidad en este mundo; sin embargo, todo cuanto yo espero sólo puede llegarme de ti. ¡Desecha tus injustificados temores! Es a ti, sólo a ti, a quien deseo dedicar mi vida y mis esfuerzos. Pero acarreo una pesada carga, Elisabeth, un terrible secreto. Cuando lo conozcas, el horror te dominará y, lejos de sorprenderte, mi pesadumbre te parecerá muy justificada y no comprenderás cómo he podido sobrevivir a ella. Te contaré la horrenda historia el día siguiente al de nuestra boda, pues es imprescindible, amada mía, que estemos unidos por una absoluta confianza. Te ruego que, entretanto, no hables con nadie de lo que te digo, ni siquiera con simples alusiones. Insisto especialmente en ello y sé que cumplirás lo que te pido.

Una semana después de recibida la carta de Elisabeth, llegamos a Ginebra. Mi amada me recibió con un afecto infinito y las lágrimas acudieron a sus ojos cuando advirtió mi debilidad y mis mejillas ardientes de fiebre. Ella estaba también cambiada. Había adelgazado y perdido buena parte de aquella deliciosa vivacidad que tanto me seducía antaño. Pero su belleza y la dulzura de su mirada compasiva hacían de ella una compañera más adecuada al ser abatido y mísero que yo era.

La relativa tranquilidad de que había gozado no fue duradera. Los recuerdos volvieron a asaltarme con implacable agudeza y casi me enloquecían. Cuando pensaba en cuanto había sucedido perdía literalmente la razón; en ocasiones me sentía dominado por un insensato furor, en otras estaba abatido y desanimado. No miraba ni hablaba a nadie. Permanecía así, inmóvil, abrumado por el cúmulo de desgracias que habían caído sobre mí y por todas las que, con seguridad, caerían todavía en el futuro.

Sólo Elisabeth lograba sacarme de esas crisis de desesperación. Con la dulzura de su voz me calmaba cuando mi cólera estallaba, y, cuando caía en la indiferencia, ella sabía despertar mis sentimientos humanos. Lloraba conmigo y por mí. En los momentos de tranquilidad me reñía con dulzura e intentaba despertar en mí una mayor resignación. ¡Ay, los desgraciados pueden resignarse, pero no los culpables! Las torturas que los remordimientos me infligían anulaban hasta el consuelo que, a veces, procura una pena excesiva.

Poco después de nuestro regreso, mi padre nos propuso que contrajéramos en seguida matrimonio. Como yo no contestara, preguntó:

—¿Debo entender, acaso, que quieres a otra?

—De ninguna manera, padre —respondí—. Amo a Elisabeth y espero con impaciencia el momento de desposarla. Fijemos, pues, el día. Prometo que me consagraré por completo, en la vida o en la muerte, a hacer la felicidad de mi esposa.

—Querido Víctor —dijo mi padre—, no digas esas cosas. Es cierto que grandes desgracias se han abatido sobre nuestra familia, pero que esto sirva, al menos, para unirnos todavía más y volcar así el amor que sentíamos por quienes han desaparecido sobre aquellos que están aún con vida. Nuestro pequeño círculo se ha reducido, permanezcamos no obstante más unidos si cabe por los lazos de afecto y por las comunes desgracias. Y, cuando el tiempo haya logrado moderar nuestra desesperación, nacerán nuevos y queridos seres cuyo cariño reemplazará dignamente al de aquellos que tan cruelmente nos han sido arrebatados.

Aquéllos eran los consejos de mi padre; pero yo no podía olvidar la constante amenaza del monstruo y no le parecerá extraño que, a causa de la habilidad que había demostrado en la consecución de sus designios, le considerara virtualmente invencible, por lo que sus últimas amenazas me parecían inevitables. No obstante, no sentía ningún temor ante la muerte si con ella evitaba la de Elisabeth, y fue con el corazón lleno de gozo, con alegría incluso, que estuve de acuerdo con mi padre, siempre que Elisabeth aceptara, en celebrar la boda al cabo de diez días. Creía, al dar mi conformidad, que estaba decidiendo mi destino.

¡Dios todopoderoso! Si por un solo instante hubiera llegado a imaginar lo que el monstruo pretendía realizar, antes de consentir en tan desgraciada unión, me hubiese resignado a salir para siempre de mi patria y errar por el mundo, como un renegado, privado de todo afecto y amistad. ¡Ay! Como si fuera dueño de poderes mágicos, el diabólico engendro me hizo permanecer ciego ante los horrores que pensaba llevar a la práctica. Estaba convencido de que adelantaba mi propia muerte y no hacía más que preparar la del ser que me era más querido que cualquier otro. ¿Fue cobardía de mi parte o algún oscuro presentimiento? Fuera cual fuese el motivo, lo cierto es que, a medida que transcurrían los días y se iba aproximando la fecha de nuestro enlace, sentía que el corazón se me oprimía cada vez más. Sin embargo, procuraba ocultar mis sentimientos bajo una capa externa de alegría que hacía iluminarse el rostro de mi padre con una sonrisa de satisfacción; no conseguí engañar, pese a ello, la mirada siempre atenta de Elisabeth. Ella esperaba nuestra próxima unión con una apacible alegría en la que se mezclaba algo de temor a causa de las desgracias que tan recientemente habíamos sufrido. Sentía, sin duda, cierto miedo a que lo que se nos presentaba como una tangible felicidad pudiera desaparecer de pronto como si de un

268

sueño se tratase, sin dejar otras huellas de su paso que una profunda y eterna pesadumbre.

Los preparativos seguían adelante. Recibíamos numerosas visitas de felicitación, cada una de las cuales era portadora de su más alegre sonrisa. Yo me esforzaba por domeñar la angustia que me poseía y me entregué, con fingido ardor, a los preparativos que mi padre había dispuesto, mientras pensaba que, muy posiblemente, estaba dando los últimos toques a la decoración de mi propio asesinato. Gracias a las diligencias realizadas por mi padre, el gobierno austríaco había devuelto a Elisabeth una parte de la heredad que le correspondía. Estaba formada por una pequeña finca situada a orillas del lago Como. Convinimos que, en cuanto la ceremonia hubiera finalizado, iríamos a instalarnos en Villa Esperanza, que se levantaba en la propiedad de Elisabeth, en donde dejaríamos transcurrir los primeros días de nuestra felicidad.

Durante aquel tiempo yo había tomado todas las precauciones que consideraba oportunas para garantizar mi defensa en el caso de que el monstruo se decidiera a atacarme abiertamente. Iba siempre armado con un par de pistolas y un puñal, y me mantenía alerta, dispuesto a desbaratar cualquier intento de su parte. Aquello contribuyó a que recobrara mi tranquilidad. Realmente, cuanto más se aproximaba la boda más ilusorias me parecían las amenazas del monstruo, hasta el punto de que llegué a mirar como un error el pensamiento de que podían comprometer mi felicidad futura. De esta forma, los goces que esperaba hallar en el matrimonio cada vez me parecían más asegurados, y tanto escuché de quienes me rodeaban que nada podría oponerse ya a la consecución de nuestra dicha que acabé por creérmelo yo mismo.

Elisabeth se mostraba satisfecha, pues la tranquilidad de mi comportamiento ayudaba a mantener la paz de su propio espíritu. Sin embargo, cuando llegó la fecha que debía dar cumplimiento a todos nuestros anhelos y unir para siempre nuestros destinos, fue presa de la melancolía como si algún presentimiento funesto se hubiera apoderado de su alma. Sin ninguna duda debía pensar en el terrible secreto que había jurado revelarle al día siguiente de nuestro matrimonio. Mi padre, por el contrario, estaba radiante de felicidad y, en la excitación de los últimos momentos, atribuyó la tristeza de su sobrina a una timidez muy comprensible en una joven que estaba a punto de casarse.

Cuando concluyó la ceremonia, los invitados, que habían acudido en gran número, se reunieron en la mansión de mi padre. Se había decidido que Elisabeth y yo iniciaríamos nuestra luna de miel atravesando el lago. Pernoctaríamos en Evian y, a la mañana siguiente, nos pondríamos en camino hacia el lago Como.

El día era magnífico y el viento soplaba favorablemente. Todo parecía unirse para depararnos un maravilloso viaje a Citerea (1). En aquellos momentos no tenía ninguna duda sobre que aquellos instantes felices iban a ser los postreros que la vida me reservaba.

Navegábamos a respetable velocidad. El sol caía con fuerza sobre la cubierta, pero un gran toldo nos preservaba de sus rayos. Admirábamos el majestuoso paisaje que iba deslizándose ante nuestros ojos mientras costeábamos las márgenes en las que, a veces, se nos ofrecía el monte Saleve, las hechiceras orillas de Montalegre y, dominando

---

(1) Citerea es una pequeña isla situada al noroeste de Creta que, según la mitología, fue elegida por Afrodita —diosa del amor— para llegar a tierra tras su nacimiento en medio de las olas. Se utiliza por ello para designar el país del amor. (N. del T.)

el espléndido conjunto, la famosísima mole del Montblanch y las montañas coronadas por la nieve, que le rodeaban intentando competir con él; otras veces contemplábamos, en la orilla opuesta, el poderoso Jura enarbolando sus sombrías laderas que parecían oponer una muralla insalvable a todos cuantos quisieran abandonar el país o a los extranjeros que intentaran invadirlo para reducirlo a la esclavitud.

El sol comenzaba a declinar. Cruzamos ante la desembocadura del río Drance y vimos los meandros que su curso traza entre barrancos y vallecitos. En aquel paraje los Alpes se acercan al agua y nos sentíamos empequeñecidos por el impresionante circo montañoso que, al este, flanqueaba el lago. La torre del campanario de la iglesia de Evian brillaba recortada sobre el oscuro fondo de las selvas que rodean la ciudad, custodiada por el imponente conjunto de altas cumbres.

Cuando el sol entró en su ocaso, el viento fue amainando hasta no ser más que una débil brisa, apenas suficiente para ondular la superficie del agua y agitar con suavidad la vegetación. Ibamos aproximándonos a la orilla desde la que llegaban a nosotros los deliciosos aromas de las flores y el perfume embriagador del heno acabado de segar.

En el momento de echar pie a tierra, el sol se ocultó por entero tras las sierras y sentí que renacía en mi interior la desconfianza y el miedo que, muy pronto, iban a tener una horrible justificación y que ya no habrían de abandonarme nunca más.

XXIII

Cuando desembarcamos acababan de dar las ocho. Paseamos unos instantes por la orilla, gozando de la quietud del crepúsculo, y nos dirigimos de inmediato a la posada en donde, cuando hubo anochecido, contemplamos desde el balcón el maravilloso paisaje de agua, selvas y montañas que las tinieblas llenaban ahora de misterio. El viento del sur, que había cesado casi por completo, cambió al oeste y se puso a soplar con violencia. La luna, tras haber alcanzado su cenit, comenzaba a declinar; las nubes corrían ante ella, más veloces que una bandada de buitres, haciéndola desaparecer en algunos momentos. Las aguas del lago comenzaban a ser agitadas por las olas. De pronto se desencadenó una lluvia torrencial.

Durante el día, yo había permanecido absolutamente tranquilo, pero al llegar la noche, cuando no me fue posible distinguir con claridad los objetos, me asaltaron mil temores. Presa de terrible ansiedad empuñé la culata de una de mis pistolas mientras me esforzaba en atravesar con la vista las tinieblas. El más pequeño rumor me sobresaltaba, pero estaba firmemente resuelto a vender cara mi vida y a continuar luchando hasta que uno de los dos pereciera.

Elisabeth se había dado cuenta al principio de mi excitación sin formularme ninguna pregunta. Sin embargo, había algo en mi actitud que acabó por asustarla. Me preguntó temblorosa:

—¿Qué es eso que tanto te preocupa, Víctor? ¿De qué tienes miedo?

—No te inquietes, querida —le respondí—.

Cuando haya pasado esta noche, el peligro habrá desaparecido. ¡Pero la espera es horrible, sí, horrible!

Una hora larga transcurrió así, aguardando; pero me di cuenta de que el combate que me disponía a librar sería un espectáculo demasiado horrendo para Elisabeth. Le rogué que se acostara, dispuesto a no reunirme con ella hasta que no supiera las intenciones del monstruo.

Me dejó solo y proseguí durante mucho tiempo recorriendo los pasillos de la dormida posada, inspeccionando con suma atención todos los rincones donde pudiera esconderse mi enemigo. Pero éste se mantenía invisible y yo comenzaba a pensar que, por una providencial casualidad, no había podido realizar su amenaza cuando escuché, de pronto, rasgando el silencio de la noche, un espantoso alarido que parecía provenir de la habitación en donde reposaba Elisabeth.

La estremecedora verdad se me apareció dejándome petrificado. Mi sangre se heló en las venas. Un nuevo grito levantó en mí delirantes ecos y corrí hacia la alcoba.

¡Dios santo! ¿Cómo no caí fulminado en aquel preciso instante? ¿Por qué existo todavía para narrar la aniquilación de mi mayor esperanza, la muerte de la más pura criatura?

Estaba atravesada en el lecho, sin vida, con las facciones convulsas y el hermoso rostro, pálido y semioculto por la desordenada cabellera. Desde aquella maldita noche, hálleme donde me halle, contemple lo que contemple, la veo así, muerta sobre el lecho nupcial, con los brazos todavía vacilantes, tal como la dejó el asesino una vez cumplida su odiosa tarea. ¿Cómo puedo vivir después de aquello? ¡Ay, la vida es tenaz, se agarra con fuerza a quienes más la odian! Mi vista se nubló y perdí el sentido.

Cuando volví en mí, pude ver que la gente de

la posada me rodeaba mirándome aterrorizados. Pero su espanto era ridículo comparado con el mío. Me levanté y volví mi rostro hacia la habitación en donde yacía el cuerpo de Elisabeth, mi amor, mi esposa, hermosa y querida, viva aún momentos antes. No estaba ya en la posición en que la había hallado. La cabeza descansaba sobre uno de sus brazos y su rostro estaba ocultó por un pañuelo. Era posible imaginar que seguía dormida. Me arrojé sobre ella y la abracé con pasión, pero la quietud y frialdad de sus miembros me recordaron, dolorosamente, que aquella a quien estrechaba contra mi pecho ya no existía, ya no era la Elisabeth a la que con tanta ternura había amado. En su garganta podían verse las horrendas marcas de aquellos dedos brutales y ni el menor aliento escapaba de sus pálidos labios.

Mientras me inclinaba así sobre ella, sintiendo todas las agonías de la desesperación, algo me hizo levantar la cabeza. Hasta entonces las ventanas habían permanecido oscuras y me sobresaltó comprobar que la habitación se iluminaba con la blanca luz de la luna. Los porticones estaban abiertos y vi, con inenarrable horror, la pavorosa y aborrecida silueta del monstruo recortándose en una de las ventanas. Una mueca hedionda deformaba sus facciones cuando, sonriendo burlonamente, señaló con su inmundo dedo el cadáver de mi esposa. Me abalancé contra aquella bestia feroz y, extrayendo una de las pistolas que llevaba al cinto, hice fuego. Pero consiguió eludir la bala y, huyendo a la velocidad del rayo, se zambulló en el lago.

El ruido del disparo atrajo inmediatamente mucha gente, a la que indiqué el lugar por donde había desaparecido el inhumano engendro, arrojándose a las olas. Tomamos algunas barcas, exploramos el lago e, incluso, echamos algunas redes. Todo fue inútil. Tras varias horas de vana búsqueda regresamos sin haber podido hallar la menor huella del asesino. La mayoría de mis compañeros creía que el fugitivo era fruto de mi imaginación. Sin embargo, en cuanto llegaron a tierra, comenzaron a registrar los alrededores. Organizaron distintas patrullas que, atravesando bosque y viñedos, se dispersaron en todas direcciones.

Quise acompañar a una de aquellas partidas, pero no había recorrido aún veinte pasos cuando la cabeza comenzó a darme vueltas y, tras titubear unos metros al igual que un beodo, caí al suelo extenuado. Un velo cubría mi vista y la fiebre secaba mis labios.

En aquel estado, sabiendo apenas lo que había ocurrido, fui depositado sobre una cama. Desde allí recorría incesantemente con la mirada la habitación, como tratando de localizar a aquella que había perdido.

Transcurridos unos instantes, me levanté y, casi sin darme cuenta, me arrastré hasta la estancia en donde reposaba el cuerpo de mi amada. Llorosas mujeres rodeaban su cadáver, me uní a ellas y, abrazando los restos de mi esposa, di libre curso a mi llanto.

Ninguna idea se imponía con claridad a mi cerebro. Mis errabundos pensamientos iban de un punto a otro y se concentraban, confusos, en mis sufrimientos y en sus causas. Mi espíritu, estupefacto y horrorizado, permanecía envuelto en niebla. El asesinato de William, la ejecución de Justine, la muerte de Clerval y ahora la de mi querida esposa; todo bailaba en mi cerebro. Ignoraba si, en aquel instante, mis últimos amigos estaban también amenazados por la maldita criatura. Quizá mi padre se agitaba ya entre las manos asesinas mientras el joven Ernesto yacía a sus pies sin vida. Aquella imagen me hizo estremecer y me devolvió a la realidad. Me levanté decidido a regresar de inmediato a Ginebra.

No había caballos disponibles. Sólo era posible, por lo tanto, efectuar el viaje a través del lago, pero el viento no era favorable y llovía torrencialmente. De todos modos como apenas si había amanecido, podía confiar en que, por la noche, estaría ya en mi destino. Contraté algunos remeros y yo mismo tomé uno de los remos, pues había observado que el ejercicio físico amortiguaba, hasta cierto punto, los sufrimientos del espíritu. Pero lo inmenso de mi pesadumbre y la excitación que me embargaba me hacían incapaz de cualquier esfuerzo. Abandoné el remo y, ocultando la cabeza entre las manos, me dejé dominar por el dolor. Al levantar los ojos vi los parajes que me eran familiares en los tiempos remotos de mi felicidad y que, aún la víspera, había contemplado en compañía de aquella que, ahora, no era más que un fantasma de mi recuerdo.

La lluvia amainó por unos instantes y pude ver, como ya lo había hecho el día anterior, los peces que evolucionaban bajo el agua. Nada hace sufrir más al alma que una mutación repentina y profunda. El sol podía ahora brillar o el cielo podía estar oscuro, pero ya jamás volverían a parecerme los mismos. El monstruo había aniquilado hasta el menor resquicio de mi felicidad. Ninguno de los seres que Dios ha creado fue jamás, sin duda, tan desgraciado como lo era yo. Nada de parecida crueldad podía haber ocurrido desde que el hombre existía.

¡Para qué narrarle extensamente los acontecimientos que siguieron a aquella catástrofe! Mi existencia de adulto no había sido sino una sucesión de horrores y ahora alcanzaba el punto culminante del sufrimiento. Lo que queda de mi historia no puede interesarle mucho. Uno a uno me fueron arrebatados los seres a quienes amaba y quedé solo, hundido en la desesperación.

Las fuerzas me han abandonado casi por completo y me limitaré a resumir lo que queda con la mayor brevedad.

Llegué a Ginebra por la noche. Mi padre y Ernesto vivían todavía. Pero el anciano se derrumbó ante la trágica nueva que yo le traía. Todavía le recuerdo, ¡bondadoso y venerable padre! La luz huyó de sus ojos, pues había perdido para siempre a la que había sido su gozo: Elisabeth, «más que una hija», a quien amaba con el afecto que puede sentir un hombre cuando, ya próximo al fin de sus días, no tiene sino unos pocos seres a quienes dedicar su afecto. ¡Maldito, maldito engendro infame que llenó de desolación a aquel anciano bondadoso, y le hizo morir lleno de la más terrible tristeza! No pudo soportar las desdichas que se abatían cruelmente sobre su cabeza encanecida y el resorte de su existencia se rompió súbitamente. No pudo levantarse ya de la cama y, transcurridos algunos días, expiró en mis brazos.

¿Qué fue entonces de mí? No lo recuerdo. Perdí la noción de cuanto me rodeaba y me envolvieron profundas tinieblas. Soñaba, a veces, que pasaba por prados llenos de flores o por alegres valles acompañado por aquellos a quienes tanto había querido y despertaba, una vez tras otra, encerrado en una celda. Poco a poco hallé de nuevo el recuerdo de mis tristezas y mi horrorosa situación. Por fin me liberaron. Creyendo que estaba loco, me habían encerrado, a solas, en una celda. Me dijeron que había permanecido en ese estado durante muchos meses.

Ser de nuevo libre me hubiera parecido un don maravilloso si, al tiempo que tomaba conciencia de nuevo, no sintiera despertar en mi alma el deseo de vengarme. Día y noche, al recuperar el recuerdo de mis desdichas, pensaba en el monstruo culpable de todos mis males en el demonio infame que con tanta ligereza había creado, lleno de destrucción y de muerte. Una desenfrenada furia se adueñaba de mí en cuanto lo recordaba. Deseaba, rezaba por ello con todo fervor, que cayera en mis manos para recibir el castigo de sus odiosos crímenes.

Mi cólera no se satisfizo durante mucho tiempo con inútiles deseos. Maquinaba sin cesar los medios más adecuados para perseguirle y, así, transcurrido un mes desde mi liberación, me dirigí a uno de los altos magistrados de la ciudad diciéndole que quería formular una acusación. Le dije que sabía quién era el asesino de los miembros de mi familia y que esperaba de él el ejercicio de toda su autoridad para que fuera posible la detención del culpable.

El magistrado me escuchó con benevolencia.

—Esté usted seguro —me prometió— de que no ahorraremos ningún esfuerzo para encontrar al asesino.

—Le estoy muy agradecido —dije—. Hágame, pues, el favor de levantar acta de mi declaración; sé que le voy a narrar una historia extraña y temería que usted no me creyera si un hecho, completamente inverosímil, no garantizara su veracidad. Por otra parte, aunque extraordinaria, es demasiado coherente como para que pueda parecerle a usted una pesadilla. Además no tengo ninguna razón para mentirle.

Hablaba con voz tranquila y serena. Había resuelto acabar con el destructor y aquello, al proporcionarme un objetivo definitivo, consoló hasta cierto punto mis penas y me reconcilió, de momento, con la vida.

Expliqué, por lo tanto, toda mi historia, conciso, pero con firmeza y precisión, citando datos concretos y sin permitir que la cólera me dominara.

Al comienzo, el magistrado parecía absolutamente incrédulo, pero a medida que iba avanzando en mi historia, fue escuchando con una mayor atención e interés. A veces notaba cómo un estremecimiento de horror le recorría, otras daba pruebas de un vivo asombro, teñido, sin embargo, de escepticismo. Acabé diciendo:

—Este es el ser a quien acuso, y pido que se ejerza sobre él todo el poder de la ley; exijo que sea detenido y se le juzgue lo antes posible. Esta es su obligación como magistrado y espero que sus sentimientos personales no pongan trabas, esta vez, a la actuación de la justicia.

Mis últimas palabras le hicieron mudar de expresión. Había prestado atención a mi historia con aquella mezcla de credulidad y escepticismo que despiertan las narraciones de fantasmas o de cualquier otra manifestación de orden sobrenatural; pero cuando le exigí que tomara una posición oficial, su incredulidad se manifestó rotundamente. No obstante, me dijo no sin cierta dulzura:

—De buen grado le ayudaría; pero el ser que usted me ha descrito está, al parecer, dotado de poderes que harían inútiles mis esfuerzos. ¿Quién se atrevería a perseguir a un animal capaz de cruzar, corriendo, los glaciares, de vivir en cavernas y grutas donde el ser humano jamás osaría entrar? Además, han transcurrido ya muchos meses desde que los crímenes fueron cometidos y nadie podrá decirnos hacia dónde huyó el asesino ni la región en la que habita actualmente.

—Es indudable que siempre estará allí donde yo esté —dije—. Y si, como creo, se ha refugiado en los Alpes, podríamos darle caza como si fuera un oso o una gacela y destruirle, así, como la más feroz de las bestias. Pero ya sé lo que usted está pensando: no siente el menor deseo de perseguir a mi enemigo y aplicarle el castigo que merece.

El furor hacía brillar mis ojos. El magistrado pareció atemorizarse.

—No se enfade usted —me dijo cautelosamente—. Le repito que haré todo lo que esté en mi mano, y si logro capturar al monstruo tenga la seguridad de que será castigado. Pero temo, oyendo lo que usted me ha contado sobre sus sobrehumanos poderes, que se trate de una empresa casi irrealizable. Por lo tanto, aunque le prometo que haremos todo lo posible, no debe esperar usted más que una decepción.

—¡Es inaudito! —me indigné—. ¡Todo lo que le he contado no ha servido para nada! Mi deseo de venganza no le ha afectado en absoluto y, sin embargo, y aun reconociendo que es un vicio, debo asegurarle que es mi única pasión. Mi furor no tiene límites cuando recuerdo que el asesino que yo lancé a la vida sigue existiendo y moviéndose con toda libertad. Me niega usted lo que tengo derecho a pedir. No me queda, por lo tanto, más que una solución; yo me encargaré de destruir al engendro.

Temblaba de cólera contenida. Sin duda había en mi actitud aquel frenesí y, es muy probable, un poco de aquella fanática pasión que ponían de manifiesto los antiguos mártires.

Pero a los ojos de un magistrado ginebrino, cuyo espíritu está absorbido por ideas muy alejadas a la devoción y a la entrega heroica, tanta elevación de alma debía aparecer como insólitamente cercana a la locura. Trató de tranquilizarme, como una niñera tranquiliza a un chiquillo demasiado excitado y se atrevió, incluso, a conceptuar mis declaraciones como efecto de un delirio.

—¡Pero cómo puede ser usted tan ignorante! —exclamé—. A pesar de toda su supuesta ciencia no sabe usted nada de nada. ¡Cállese! Ignora de lo que está hablando.

Salí tembloroso y colérico, regresando a mi casa con la intención de encontrar los medios de poner en práctica mis designios.

XXIV

Era tal el estado en que me encontraba, que no podía ordenar mis pensamientos. Me dominaba una fría cólera y sólo el deseo de venganza me sostenía, haciéndome soportar los desfallecimientos, dominando mis sentimientos e impidiéndome flaquear en los instantes en que, sin él, me hubiera abandonado al delirio y a la muerte.

Mi primera decisión fue la de abandonar para siempre Ginebra. La desgracia me había hecho aborrecer una tierra a la que amaba intensamente cuando era feliz y querido. Me hice con una importantísima cantidad de dinero, reuní las joyas de mi madre y emprendí el camino. Daba así comienzo a una peregrinación que sólo la muerte podrá interrumpir. He recorrido la mayor parte del globo y, como es lógico, he padecido las torturas que deben afrontar quienes se enfrentan con el desierto y con la selva virgen. Me pregunto ahora cómo he podido sobrevivir a todas ellas. En numerosas ocasiones, ya al límite de mis fuerzas, me he acostado en la arena, solo por completo, rogando para que el cielo me concediera la muerte. Pero mis ansias de venganza superaron los desfallecimientos, puesto que no podía soportar la idea de morir si mi enemigo seguía existiendo.

Pero me estoy precipitando. Mi primera preocupación cuando hube salido de Ginebra, fue hallar un rastro que me permitiera seguir las huellas del monstruo. No tenía ningún plan definido. Durante muchas horas recorrí las afueras de la ciudad sin saber qué dirección debía tomar. Al anochecer me hallé, sin pretenderlo, a la puerta del cementerio donde reposaban los restos de William, Elisabeth y mi padre. Penetré en él y me dirigí al lugar en que se hallan sus tumbas. Sólo el murmullo de las hojas, que la brisa mecía suavemente, turbaba el silencio. Casi había anochecido por completo y el fúnebre panorama hubiera impresionado a la criatura más insensible. Me pareció sentir a mi lado el espíritu de mis amados difuntos. El acerbo dolor que mi presencia en aquel camposanto me había producido, muy pronto se transformó en cólera y desesperación. Ellos habían muerto y, en cambio, su miserable asesino seguía existiendo; era necesario que, a pesar de mis deseos, continuara viviendo para conseguir destruirle. Me postré en la hierba, besé la tierra con mis labios temblorosos y grité:

—¡Por la sagrada tierra en la que estoy postrado, por los queridos espíritus que me rodean, por la profunda e inconsolable pesadumbre que me devora; también por ti, ¡oh noche!, y por los fantasmas que te pueblan, juro perseguir al inmundo culpable de tan terribles desgracias hasta que uno de los dos pierda la vida en nuestro implacable combate. Proseguiré viendo la luz del sol, puesto que ello me permitirá conseguir tan dulce revancha. ¡Os conjuro, fantasmas de los muertos, y a ti, espíritu de la venganza, para que me ayudéis y me conduzcáis en mi empresa! ¡Perezca el diabólico y aborrecible engendro en la peor de las muertes! ¡Que también él sepa, a su vez, la desesperación que con tanta crueldad me atormenta!

Había comenzado el juramento en un tono lleno de la solemnidad y el fervor que me prestaba el convencimiento de que los espíritus de aquellos a quienes tanto había amado me protegían. Pero, muy pronto, la cólera se apoderó de mí y las palabras se ahogaron en mi garganta.

En el silencio nocturno restalló, entonces, una estruendosa y diabólica carcajada. Resonó en mis oídos larga y dolorosamente. Los montes se encargaron de multiplicar sus ecos y me pareció que todo el infierno se reía, burlándose de mí. Sin duda, en aquel momento hubiera permitido que me poseyera el torbellino de mis sentimientos y hubiera puesto fin a mi vida de no haber estado convencido de que mis oraciones habían sido escuchadas y, por lo tanto, me sintiera seguro de que llegaría a consumar mi venganza. La horrísona carcajada fue extinguiéndose y una voz que me era muy conocida, una voz odiada, dijo cerca de mi oído, en un murmullo perfectamente audible:

—¡Estoy contento ahora, miserable! ¿Habéis decidido seguir viviendo? Muy bien, eso me satisface.

Me precipité corriendo en dirección al lugar donde parecía haber surgido la voz; pero una vez más el monstruo consiguió eludirme. El brillante disco luminoso de la luna apareció en aquel instante iluminando, por unos momentos, la inmunda silueta que huía a toda velocidad. La perseguí sin conseguir alcanzarla.

Desde aquel momento, mi acoso no ha cesado. Guiándome por vagos indicios, descendí siguiendo el curso del Ródano hasta llegar así a las azules aguas del Mediterráneo. Una noche sorprendí al asesino cuando se deslizaba a bordo de un bajel que se disponía a zarpar rumbo al mar Negro. ¡Ay!, a pesar de mi estrecha vigilancia consiguió escapar.

Sus esfuerzos para evitar que le hallara eran evidentes, pero, por fin, encontré sus huellas y, siempre siguiendo sus pasos, atravesé el Turquestán y luego Rusia. En algunas ocasiones, campesinos aterrorizados por la aparición del engendro me indicaban la dirección de su huida; pero, más tarde, fue él mismo quien se encargó de dejar tras de sí algunos indicios de su paso, temiendo sin duda que, desesperado de poder alcanzarle, me abandonase a la muerte.

Comenzó a caer la nieve y me fue ya más fácil seguir, sobre las llanuras del norte, las huellas de sus gigantescos pies. Usted que se encuentra al comienzo de su existencia, que ignora aún lo que son contratiempos y pesadumbres, no puede llegar a comprender cuánto he sufrido y cuánto sufro todavía. El frío y el hambre son sólo mis menores tormentos. Estoy poseído por un demonio y vivo en un constante infierno. No obstante, el espíritu del bien está conmigo; dirigía mis pasos y me libraba de dificultades insalvables en apariencia, cuando mi determinación estaba ya a punto de flaquear. En algunos momentos, sí, agotado por el cansancio y el ayuno, sentía que las fuerzas me abandonaban, encontraba en la casa de algunos de mis semejantes, incluso en las regiones más desérticas y deshabitadas, una comida reparadora que me devolvía las energías y me prestaba nuevo aliento. Eran, claro, alimentos bastos y sencillos, como los que suelen comer los pastores de tales parajes, pero no me cabía duda de que habían sido depositados en mi camino por los espíritus cuyo auxilio había recabado. A menudo, cuando todo lo que me rodeaba estaba seco y me moría de sed, una nube aparecía en el firmamento sereno y, tras dejar caer la lluvia necesaria para saciarme, desaparecía en lontananza.

Siempre que podía, caminaba a lo largo de

los cursos de agua; por el contrario, el monstruo procuraba evitarlos, sabiendo que era en sus orillas donde con más frecuencia encontraría aglomeraciones de seres humanos. En otros lugares me era muy difícil hallar algún ser vivo y, a menudo, tuve que alimentarme con la carne de algún animal cazado en el camino. Por suerte podía disponer de mucho dinero y me era fácil conseguir de este modo los favores de los nómadas, aunque fuera sólo la utilización del fuego y de sus instrumentos de cocina, regalándoles, incluso, el resto de los animales que había cazado, una vez separada la porción que destinaba a mi alimento.

Esta clase de vida me asqueaba y sólo el sueño me procuraba algo de alegría. ¡Bendito sueño! ¡Cuántas veces, encontrándome ya al límite de mis fuerzas, sintiéndome desanimado, me he dormido y los sueños me han proporcionado la ilusión de la felicidad! Los benéficos fantasmas velaban por mí y me prodigaban el alivio de aquellos momentos de olvido, con el fin de que pudiera recuperar las fuerzas necesarias para llevar a cabo la misión que había tomado sobre mis espaldas. Sin su auxilio hubiera sucumbido mil veces bajo el peso de las torturas y los sufrimientos. A lo largo del día, la espera y la perspectiva de la noche me sostenían y animaban, pues en el sueño volvía a ver a mi esposa, a todos aquellos que me habían sido queridos y mi país natal; contemplaba de nuevo las bondadosas facciones de mi padre, escuchaba la dulce voz de Elisabeth y encontraba a Clerval en todo el esplendor de su vida y de su juventud.

Muchas veces, agotado por una caminata extenuante, me convencía, mientras andaba, de que estaba soñando y de que, cuando hubiera caído la noche, despertaría a la realidad para hallar a los seres a quienes amaba. ¡Ay, con cuánta ternura les quería! ¡Cómo les abrazaba cuando venían a visitarme en mis sueños! Incluso despierto me decía que ellos vivían en realidad, aunque habitaban en otro mundo. Entonces, la sed de venganza que me devoraba se calmaba y reemprendía la persecución del monstruo, más como un deber que el Cielo o alguna oscura fuerza me habían impuesto, que para seguir los deseos de revancha de mi propio ser.

Ignoro lo que el asesino sentía, pero llegó a grabar algunas inscripciones en los troncos de los árboles o en las piedras, siempre con la intención de orientarme y de despertar mi furor.

Mi poder no ha concluido todavía; seguís con vida, pero mis fuerzas están intactas. Seguidme; pienso dirigirme a los hielos eternos del Polo Norte. Allí sufriréis el frío, al que yo soy insensible. Si me seguís de cerca, encontraréis, algo más adelante, una liebre muerta; comed y recuperad vuestras energías. ¡Coraje, enemigo! Es preciso seguir luchando, como siempre, por nuestras vidas; ¡os aguardan todavía muchas horas de sufrimiento!

¡Infame demonio! ¡Qué me importaban a mí tus burlas! De nuevo juro que he de vengarme, de nuevo te prometo, repulsiva criatura, atormentarte hasta la muerte. Mi persecución no terminará más que cuando uno de los dos deje de existir. Y, llegado este momento, con qué júbilo iré a reunirme en el más allá con Elisabeth y con todos los seres a quienes amo y que ahora preparan el premio a mi agotadora tarea, a mi sombrío peregrinaje.

Cuanto más avanzaba hacia el norte, más espesa se hacía la nieve y el frío era de tal intensidad que apenas si podía soportarlo. Los campesinos se habían refugiado en sus chozas y sólo algunos de entre ellos, más resistentes que los demás, se exponían a salir de caza, para conseguir las presas que aseguraran su supervivencia. Los ríos se habían helado y me resultaba ya imposible pescar pez alguno, cosa que me privaba de mi principal alimento.

La victoria de mi enemigo iba consolidándose a medida que mis dificultades aumentaban. Un día encontré otro mensaje:

¡Preparaos! Vuestro sufrimiento no ha hecho más que empezar. Abrigaos con pieles y haced acopio de provisiones; pronto llegaremos a una parte del viaje que os torturará de modo que me producirá gran alegría, pues el odio que os tengo es eterno.

Aquellos sarcasmos sólo conseguían aumentar mi furor y mi constancia. Juré una vez más no olvidar mi promesa y, rogando al Cielo que quisiera ayudarme, proseguí con idéntico ahínco cruzando inmensas regiones desérticas. Por fin, en el horizonte, apareció el océano Glaciar Artico. ¡Ay, qué distintas sus aguas de las azules ondas del sur! Cubierto por el hielo, no se distinguía de tierra firme más que por su aspecto, aún más abrupto, y por su aspereza. Cuentan que los griegos lloraron de júbilo cuando contemplaron, desde las colinas de Asia, las aguas del Mediterráneo, congratulándose de haber puesto por fin término a sus vicisitudes. Yo no derramé lágrimas ante el océano Artico, pero me postré de rodillas agradeciendo a los espíritus su auxilio y su guía que me habían permitido llegar, sano y salvo, al lugar donde, sin prestar atención a las burlas de mi enemigo, esperaba poder enfrentarme finalmente con él.

Hacía algunas semanas que me había procurado un trineo y varios perros, lo que me permitía desplazarme con mucha mayor celeridad. El rastro que iba dejando mi adversario me demostraba que la distancia que nos separaba se reducía y que, por lo tanto, en vez de perder terreno como hasta entonces había sucedido, iba acercándome lentamente a él. Tan veloz llegó a ser mi avance que, cuando comencé a divisar el océano, no me llevaba más que un día de ventaja. Consecuentemente, tenía esperanzas bien fundadas de conseguir alcanzarle antes de llegar a la orilla. Emprendí de nuevo mi carrera con renovado ardor y pronto llegué a la costa en donde se levantaba un miserable caserío. Pregunté a la gente que vivía en él si habían visto a mi enemigo y obtuve los datos que necesitaba para proseguir la persecución. Efectivamente, un monstruo gigantesco había llegado la noche anterior; iba armado de un fusil y varias pistolas y su horrendo aspecto hizo huir a los moradores de la aislada cabaña. Se había procurado víveres y provisiones para el invierno, depositándolos sobre un trineo tirado por numerosos perros que habían sido también robados a los indígenas. Antes de que amaneciera, y con gran alivio de aquellas aterrorizadas personas, se puso de nuevo en marcha sobre el helado océano, en dirección a un punto donde nadie creía que existiera tierra alguna. En opinión de aquella gente, el fugitivo moriría muy pronto, víctima del frío o por haber caído en una de las grietas que se abrían con mucha frecuencia en el hielo.

Aquella noticia me dejó, al principio, sumido en la mayor desesperación. ¡Había logrado escapar! Ahora estaba obligado a emprender una marcha peligrosa e interminable, a través de insólitas montañas de hielo, bajo los rigores de una temperatura que muy pocos de los humanos, incluidos los habitantes de aquellas regiones, podían soportar durante mucho tiempo y que yo, nativo de una tierra cálida y soleada, no resistiría. No obstante, la idea de que el diabólico engendro podía escapar y, por lo tanto, vencerme, me llenó de cólera; mi sed de venganza se hizo irresistible y, como un alud imponente, barrió cualquier otro sentimiento.

Tras descansar unos momentos, durante los cuales me pareció estar rodeado por los espíritus de mis muertos que me incitaban a proseguir mi misión, me dispuse a continuar la marcha.

Permuté mi trineo terrestre por otro diseñado especialmente para deslizarse por la pista quebrada y desigual del océano helado. Luego, habiéndome provisto de los víveres necesarios, me lancé, a mi vez, hacia el norte.

No sé cuántos días han transcurrido desde entonces, pero he padecido torturas que nadie hubiera sido capaz de soportar sin el deseo que abrasaba mi corazón de castigar los infames crímenes de la inmunda criatura.

Muy a menudo, las altas montañas de hielo, con sus escarpadas paredes, me cerraban el camino obligándome a efectuar largos rodeos. Con frecuencia también contemplé de muy cerca las grietas del hielo que se estremecía y amenazaba con engullirme. Pero pronto volvía a consolidarse la capa helada que, de nuevo, era una pista segura.

Un día calculé que, por la cantidad de provisiones consumidas, habían transcurrido tres semanas desde que me adentré en el océano. La esperanza no realizada de alcanzar al fugitivo me había hecho prorrumpir en llanto más de una vez. Mis valientes perros habían conseguido, al precio de esfuerzos titánicos, conducir mi trineo hasta la cima de una montaña de hielo y uno de ellos había sucumbido agotado. Contemplaba lleno de angustia la ilimitada extensión del hielo cuando, de pronto, distinguí en la distancia un minúsculo punto oscuro. Traté de averiguar de qué se trataba y no pude reprimir un grito de entusiasmo cuando vi que era un trineo sobre el que viajaba la deforme silueta de mi enemigo. ¡Ah, qué ardientes esperanzas llenaron mi corazón! Cálidas lágrimas brotaron de mis ojos y rodaron por mis mejillas. Las enjugué rápidamente con el temor de que, al nublarme la vista, me hicieran perder contacto con el monstruo. Pero me hallaba tan excitado que no conseguí dominarme y, por fin, sin poder contenerme, lloré como un niño.

No podía, sin embargo, perder el tiempo; desaté los arneses del perro muerto, di abundante alimento a los restantes y, tras reposar una hora, proseguí mi camino. El trineo de mi enemigo se hallaba aún a la vista. No le quitaba los ojos de encima más que cuando, algunas veces, se escondía tras las montañas de hielo. Le estaba ganando terreno poco a poco, pero incesantemente y, transcurridos dos días, lo tenía sólo a media milla de mí. Mi corazón parecía querer estallar de alegría.

Mas, ¡ay!, cuando estaba a punto de dar alcance a mi enemigo y, por fin, conseguir batirme con él, mis esperanzas se vieron de nuevo traicionadas. Desapareció de pronto y perdí sus huellas. El hielo crujía a mi alrededor. Bajo la capa helada comenzó a oírse el amenazador y furioso batir de las olas. Quise seguir adelante, pero me fue imposible. Soplaba un viento huracanado, el mar rugía cada vez con más fuerza y el hielo se abrió con un atronador estallido. El violento seísmo fue, sin embargo, muy breve; pocos minutos después estaba separado de mi enemigo por una muralla de aguas tumultuosas, flotando sobre un témpano que se había desgajado de la llanura helada y que se fundía rápidamente. Me preparé a sufrir una horrenda muerte.

Transcurrieron así unas horas de terrible ansiedad. Uno detrás de otro, muchos de mis perros fueron pereciendo y yo mismo estaba ya a punto de entregar mi alma cuando avisté su navío, que daba cabezadas sujeto por el ancla. La esperanza volvió en seguida a mí e intenté conservar los últimos destellos de una vida que huía de mi cuerpo. No sabía que los barcos se atrevieran a llegar tan al norte y aquello me produjo viva sorpresa.

Rompí en un santiamén mi trineo y con sus pedazos improvisé algo que pudiera servirme de remo. De esta forma y tras ímprobos esfuerzos, conseguí acercar mi témpano al bajel. Estaba decidido, pese a todo y en caso de que ustedes navegaran en dirección sur, a seguir solo en medio de las olas antes que renunciar a mi persecución. Esperaba que usted pudiera cederme un bote y, así, me permitiera continuar mi acoso al monstruo. Pero, por fortuna, se dirigían al norte. Cuando me izaron a bordo mis fuerzas estaban completamente exhaustas y corría a pasos agigantados hacia una muerte que no quiero, todavía, aceptar, puesto que mi tarea no ha sido llevada a cabo.

¡Ay! ¿Cuándo me permitirán los espíritus que me guían llegar hasta mi enemigo y poder gozar por fin del descanso eterno al que aspiro con tanto ardor? ¿O, quizás, está escrito que debo morir mientras él me sobrevive?

En caso de que esto sucediera, júreme usted, Walton, que él no gozará de mi muerte. Júreme que le buscará y que llevará a término mi venganza, arrebatándole la vida.

¡Pero no, no puedo exigirle que me jure algo semejante, no puedo exponerle a usted a las terribles torturas que me he visto forzado a soportar! ¡Soy demasiado egoísta!

Aunque si, cuando yo ya no exista, él se manifiesta, si los dioses de la venganza lo traen hasta usted, júreme que no podrá triunfar y que no seguirá viviendo para acrecentar, más todavía, el cúmulo de sus monstruosos crímenes.

¡Pero desconfíe de él! Es elocuente y persuasivo. Al comienzo logró conmoverme con sus falaces argumentaciones. No se fíe de sus palabras. Su alma tan inmunda como sus facciones está repleta de maldad y traición. ¡No le escuche, Walton!

Acuérdese usted de William, de Justine, de Clerval, de Elisabeth y de mi infortunado padre; acuérdese usted del infeliz Víctor Frankenstein y entierre la espada en su corazón.

En aquel momento, yo estaré a su lado y guiaré su brazo.

PROSIGUE EL DIARIO
DE ROBERT WALTON

Ahora que conoces ya tan insólita y horrible historia, ¿no sientes, Margaret, que, como a mí, la sangre se te hiela en las venas? Algunas veces, el sufrimiento abatía al desdichado y le forzaba a interrumpir su narración. En otras ocasiones, sus palabras surgían con dificultad y tenía la voz rota por la emoción y por una angustia enloquecedora. Con frecuencia, sus bellos ojos, tan expresivos, brillaban indignados, pero en distintas ocasiones estaban llenos también de la más infinita tristeza. A veces dominaba sus sentimientos y sus palabras, relatando las mayores atrocidades con voz apacible, sin demostrar la menor excitación. Pero, súbitamente, como un volcán que hace erupción, su cólera estallaba, su rostro se enrojecía debido a la intensidad del furor y cubría de insultos a su verdugo.

Debo informarte de que su relato me parece coherente y que lo considero auténtico; te advertiré, además, que las cartas de Félix y de Safie que me ha mostrado y el paso de la monstruosa criatura cerca de nuestro navío, han logrado convencerme de la veracidad de su historia mucho mejor que la más persuasiva de sus afirmaciones. ¡El monstruo es real, estoy seguro! No puedo ya dudarlo y, no obstante, el asombro y la admiración ante la gesta de Frankenstein me dominan. He tratado varias veces de que me dijera cómo había logrado conferir la vida a su criatura, pero en lo que respecta a este asunto permanece inconmovible.

—¿Se ha vuelto usted loco, amigo mío? —me dijo—. ¿De qué iba a servirle el que diera satisfacción a su curiosidad? ¿Acaso desea crear también un ser diabólico que se convierta en su enemigo y de todo el mundo? ¡No, no insista! Que mis torturas le sirvan de lección; no quiera que caigan sobre su cabeza tales sufrimientos.

Se había percatado de que, desde el comienzo de su relato, yo había tomado notas mientras le escuchaba. Me rogó que se las enseñara y, con su propia mano, hizo algunas correcciones encaminadas a conseguir que los diálogos mantenidos con su engendro tuvieran una mayor vida y autenticidad.

—Puesto que ha anotado usted mi historia —dijo—, no deseo que pase a la posteridad en forma que desvirtúe los hechos.

Una semana entera transcurrió mientras me contaba su historia, mucho más insólita que todo cuanto pueda concebir la imaginación. En verdad, Frankenstein me ha seducido tanto por su relato como por su noble y dulce carácter. Desearía aliviar su terrible tristeza, pero no puedo aconsejar a alguien tan infeliz, tan completamente desesperado, para que vuelva a encontrar sabor a la existencia. No, ciertamente, la única alegría que podrá gozar todavía es la que experimente preparando su pobre alma doliente para el eterno descanso que da la muerte. Disfruta, no obstante, del relativo consuelo que le proporcionan la soledad y el delirio. Cuando habla con los seres que le fueron queridos, obtiene de esta comunicación espiritual un cierto alivio para sus penas, así como una incitación a la venganza. Cree a pie juntillas que, lejos de ser fantasmas provocados por su fiebre, son realmente espíritus que vienen a visitarle desde el más allá. Esta sincera convicción confiere a sus delirios una solemnidad que los hace más interesantes todavía y que me impresiona tanto como si fueran producto de la más indiscutible realidad.

Nuestras conversaciones no se limitan tan sólo a su historia y a la de sus sufrimientos. Da muestras de una extensa cultura, en especial literaria, y de una inteligencia despierta y muy comprensiva. Su elocuencia cautiva y convence hasta el punto de que me es imposible escucharle, cuando narra un episodio patético ·o cuando surgen de sus labios las emociones provocadas por la piedad y el amor, sin que los ojos se me arrasen de lágrimas. ¡Qué magnífico hombre debió ser en los tiempos de su felicidad para mostrar tan sobrehumana nobleza en la desgracia! Tiene perfecto conocimiento de su real valía y ello no consigue más que resaltar la magnitud de su caída.

—En mi juventud —dijo cierto día— me creía destinado a llevar a cabo grandes cosas. Mi naturaleza es en extremo sensible pero poseía entonces una gran serenidad de juicio, lo que, al parecer, me auguraba espléndidos triunfos. El convencimiento de mi valía me ha sostenido en las situaciones en que otros se hubieran dejado vencer, pues consideraba un crimen malgastar en vanas lamentaciones un cerebro que podía ser de mucha utilidad a mis semejantes. Cuando recordaba lo que había conseguido —nada menos que la creación de un ser sensible y racional— me convencía de que mi lugar no estaba entre la ingente muchedumbre de los inconstantes. Pero este convencimiento que me sostenía al principio de mi carrera, antes de que las desdichas cayeran sobre mí, me da ahora la medida de mi propia decadencia. Todas mis esperanzas y proyectos han sido aniquilados. Como el ángel que aspiraba al poder supremo, he sido arrojado a las llamas de un infierno eterno. Tenía la imaginación muy viva y, a pesar de ello, una gran capacidad de concentración y de análisis. Gracias a la unión de estas dos cualidades pude concebir y llevar a cabo mi idea: la creación artificial de un ser humano. Incluso ahora no puedo dejar de sentir cierto entusiasmo cuando recuerdo los sueños en que me sumía cuando mi obra no estaba, todavía, terminada. Exultaba, a veces, de júbilo ante el espectáculo de mi poder y, otras, me estremecía al pensar en sus posibles consecuencias. Volaba con la imaginación hacia las más altas esferas. Desde la niñez había concebido las mayores esperanzas y ambiciones. ¡Ay, amigo mío, qué bajo he caído! Si hubiera podido verme usted en otro tiempo, le sería ahora imposible reconocerme. Desconocía casi por completo lo que era el desaliento y parecía estar destinado a un brillante porvenir; sin embargo, mi decadencia es irreversible.

¡Ah, querida Margaret! ¿Perderé a tan admirable compañero? He deseado durante tanto tiempo encontrar a alguien que se le pareciera, alguien que me apreciara y simpatizara conmigo y, cuando lo he hallado, cuando en estos mares remotos encuentro al amigo de mi corazón, temo que sólo me sirva para conocer su valía y verlo, luego, expirar. Desearía devolverle sus deseos de vivir, pero no quiere ni hablar de ello.

—Le agradezco, Walton —me dijo—, la buena disposición que demuestra para con alguien tan mísero como yo. ¡Ay, usted me habla de nuevos afectos, de nuevos amores! Pero ¿cómo podrían reemplazar a los que ya he perdido? ¿Qué otro hombre podría ocupar en mi corazón el lugar de Clerval? ¿Qué mujer podría reemplazar a Elisabeth? Aunque el amor que sintamos por ellos no se vea reforzado por su calidad humana, los compañeros de la niñez tienen sobre nuestra alma una influencia que no puede suplir ningún amigo conocido con posterioridad. Saben de nuestras primeras inclinaciones que, pese a modificarse más tarde, no se borran jamás de nuestro espíritu y pueden, gracias a ello, juzgar mejor nuestros actos y ver con mayor claridad la honestidad de sus motivos. Un hermano no podrá jamás sospechar que el otro le engaña si esta inclinación no ha despertado en él desde edad muy temprana, mientras que un amigo, pese a que su afecto sea muy intenso, puede experimentar, incluso a su pesar, cierta desconfianza. Los compañeros que he tenido la fortuna de encontrar me eran queridos no sólo por hábito, parentesco o estrecho contacto, sino también por sus cualidades personales. Vaya a donde vaya, siempre conservaré en la memoria la imagen de Elisabeth, las amistosas palabras de Clerval. Ambos han muerto y sólo el deseo de vengarles puede, en mi horrenda soledad, incitarme a conservar la vida. Si estuviera consagrado a un trabajo noble, lleno de posibilidades de favorecer a mis semejantes, podría, es cierto, seguir viviendo para llevarlo a cabo. Pero éste no es mi caso. Debo perseguir a mi engendro para destruirle. Sólo entonces habré cumplido mi misión sobre la tierra y podré morir en paz.

2 de setiembre.

Querida hermana: Te escribo mientras me amenaza un grave peligro e ignoro si tendré la fortuna de regresar a nuestra querida Inglaterra y ver de nuevo a quienes vivís en ella. Estamos cercados por las montañas de hielo, que no nos permiten la salida y amenazan en todo instante con aplastar mi bajel como si se tratara de una débil cáscara de nuez. Los valientes a quienes convencí de que me acompañaran se vuelven a mí para que les saque de tan difícil trance, pero no puedo hacerlo. Nuestra situación es espantosa y, pese a ello, no quiero perder ni la confianza ni el valor. Es horrible pensar que la vida de tantos hombres a mí confiados está amenazada por mi culpa. Si perecemos, sólo mis temerarios proyectos serán los causantes de tanta muerte.

¿Y cuáles no serán tus sufrimientos? Si perecemos nunca lo sabrás y, durante mucho tiempo, aguardarás ansiosa mi regreso. Pasarán años, a lo largo de los cuales vivirás horribles períodos de desaliento, más terribles aún porque guardarás, a pesar de todo, en tu corazón, un destello de esperanza. ¡Ay, querida hermana! Llegar a ocasionarte tanta tristeza me sería todavía más doloroso que mi propia muerte. Pero tú tienes marido y hermosos hijos; debes ser feliz. ¡Permita el cielo que sigas siéndolo!

Mi desdichado huésped me mira con la más afectuosa compasión. Trata de devolverme la esperanza y habla como si la existencia fuera para él algo de valor. Me recuerda cuantos navegantes se adentraron en estas regiones y, tras pasar por circunstancias parecidas a ésta, consiguieron regresar. Aun sin desearlo, sus palabras me hacen entrever una posibilidad de salvación. Incluso la tripulación es sensible a los efectos de su elocuencia; basta con que los marineros escuchen su voz para que renazca en ellos la esperanza. Sabe despertar su energía y hacerles mirar los grandes bloques helados como si fueran montículos de arena que pueden barrer con sólo desearlo. Pero, por desgracia, la mejoría de mi huésped fue tan transitoria como el valor que sabe despertar en mis hombres. Cada día que transcurre, las esperanzas frustradas les llenan de nuevo pavor y temo que el miedo les obligue a amotinarse.

5 de setiembre.

Acaba de producirse un acontecimiento singular y, aunque es muy probable que jamás recibas estas notas, no quiero dejar de relatarlo.

Permanecemos todavía rodeados por los bloques de hielo y el peligro de que nos aplasten es aún muy grande. Hace un frío intenso y muchos de mis desgraciados compañeros han encontrado la muerte en estos inhóspitos parajes.

La salud de Frankenstein empeora de día en día. La fiebre hace brillar constante y anormalmente sus ojos; está agotado y, cuando lleva a cabo algún esfuerzo, cae luego en una apatía absoluta.

Anoté hace unos días que temía la posibilidad de que se produjera un motín. Pues bien, esta mañana, mientras contemplaba apenado los lívidos rasgos de mi compañero, sus entornados ojos y sus inertes miembros, fui arrancado de mis tristes reflexiones por la presencia de algunos hombres que querían hablar conmigo. Les hice pasar a mi camarote y, el que actuaba de portavoz, me comunicó que habían sido comisionados por la tripulación para rogarme algo que, en justicia, no podía negarles. Estamos cercados por el hielo y es probable que no salgamos de ésta; sin embargo, mis hombres temían que, en caso de que cedieran los témpanos y, por lo tanto, quedara expedito el camino hacia el sur, yo sería lo bastante temerario como para querer continuar nuestro viaje, condenándolos así a nuevas penalidades. Creían que tendríamos mucha suerte si lográsemos escapar de esta situación y me pedían que les diera promesa formal de que, si el barco quedaba libre del hielo, pondríamos de inmediato proa al sur.

Esta petición despertó mi cólera. No había perdido aún las esperanzas de que mi expedición fue-

301

ra un éxito y, por ello, no había considerado la posibilidad de un abandono en caso de que el deshielo del mar nos diera la ocasión de proseguir. Pero no tenía ningún derecho a rechazar su petición y me disponía a responder cuando Frankenstein, que hasta entonces había permanecido en silencio, se levantó de pronto, con los ojos centelleantes y las mejillas encendidas por un repentino rubor. Dirigiéndose a los parlamentarios, dijo:

—«¿Qué significa esto? ¿Qué es lo que estáis exigiendo a vuestro capitán? ¿Acaso vosotros abandonáis tan fácilmente lo que os interesa? ¿No decíais que ésta iba a ser una expedición gloriosa? ¿Por qué lo decíais? Sin duda no porque pensarais que las aguas por las que navegaríais serían tan apacibles como las de los mares del Sur, sino, por el contrario, porque sabíais que estaban llenas de peligros y horrores; porque, a cada nueva dificultad, vuestro ánimo debería dar pruebas de coraje y entereza; porque la aventura estaba erizada de peligros e, incluso, podía amenazaros la muerte. Por todo ello esta expedición podía llamarse gloriosa; por todo ello esta empresa era honrosa. Estabais predestinados a que os consideraran como bienhechores de la humanidad y vuestros nombres pasarían a la historia como los de hombres valientes que habían afrontado la muerte por honor y para beneficiar a sus semejantes. ¿Y qué pretendéis ahora? Al primer peligro o, si os parece mejor, a la primera dificultad importante, vuestro coraje se tambalea y decidís retiraos, aceptando dejar tras de vosotros el recuerdo de que no fuisteis lo bastante valerosos para afrontar el frío y el riesgo. Aceptaréis que digan de vosotros: "Temblaban de frío y se volvieron a casita para arroparse junto al hogar." En verdad, para ello no se precisaba tanta preparación; os hubierais podido ahorrar una travesía

302

tan larga y evitar a vuestro capitán la vergüenza de un fracaso, para acabar demostrando, tan sólo, que sois unos cobardes. ¡Sed hombres, o mejor, sed superhombres! Permaneced fieles a los objetivos que os habéis trazado, aguantad los contratiempos con la dureza de las rocas. Este hielo que, según parece, tanto miedo os causa, no está hecho del mismo material que vuestra alma; es vulnerable y no podrá venceros, si ponéis en la tarea todo vuestro ardor. No retornéis junto a los vuestros con la frente marcada por el estigma de la vergüenza. ¡Regresad como héroes que han combatido con valor y han triunfado; como hombres que ignoran lo que sea dar la espalda al enemigo!»

Su voz había resonado clara y vibrante, adaptándose perfectamente a los sentimientos que con tanta exaltación exponía. Sus ojos brillaban tan llenos de energía y heroísmo, sus palabras habían sido tan elocuentes, que era imposible escuchar con indiferencia su brillante parlamento.

Mis hombres se miraron sin saber qué responder. Les rogué, a mi vez, que se retiraran para reflexionar sobre lo que mi amigo les había dicho. Prometí que no seguiríamos avanzando hacia el norte si ésta era su decisión; sin embargo, añadí, esperaba que tras haber considerado la cuestión cambiarían de idea.

Salieron y me volví hacia Frankenstein, pero había caído en tal abatimiento que parecía muerto.

¿Cómo terminará todo esto? Me formulo sin cesar esta pregunta. Prefiero la muerte a regresar, cubierto de vergüenza, sin haber podido alcanzar mis objetivos. Mas, ¡ay!, éste parece ser mi destino. Sin estar sostenidos por la idea de la gloria y el honor, mis hombres no serán capaces de soportar los sufrimientos que la expedición les tiene reservados.

7 de setiembre.

¡La suerte está echada! He aceptado dar media vuelta si los hielos nos lo permiten. Todas mis esperanzas se han visto aniquiladas por culpa de la cobardía y la indecisión de mis hombres; regresaré profundamente decepcionado y seguiré ignorando los secretos que esperaba descubrir. Necesitaría mucha más paciencia de la que poseo para soportar con tranquilidad esta jugarreta del destino.

12 de setiembre.

¡Ya es cosa hecha! Regresamos a Inglaterra. Mis ansias de ser útil a mis semejantes y mis sueños de gloria se han evaporado y, para completar mi desdicha, he perdido a mi amigo. Voy a intentar, querida hermana, explicarte con detalle los tristes sucesos de estos últimos días y, puesto que navegamos rumbo a Inglaterra, hacia ti, no quiero que el desaliento me domine.

El día 9 de setiembre, escuchamos en la distancia fuertes crujidos que semejaban truenos mientras el hielo comenzaba a ceder. Los témpanos se rompieron y gigantescos pedazos de hielo fueron lanzados en todas direcciones. Corríamos un gran peligro, pero, como por el momento no podíamos hacer otra cosa que permanecer quietos, dediqué toda mi atención a mi desdichado amigo, cuya salud había empeorado hasta el punto de que le era ya imposible levantarse de la cama. El hielo se rompió a nuestras espaldas y fue arrastrado con rapidez en dirección norte. Comenzó entonces a soplar una leve brisa del oeste y, el día 11, estaba por completo expedito el camino hacia el sur.

Cuando la tripulación se dio cuenta de ello,

todos comprendieron de inmediato que el regreso a sus respectivos hogares estaba prácticamente asegurado y prorrumpieron en gritos de loca alegría. Frankenstein, que se había adormecido, despertó y me preguntó cuál era el motivo de aquel escándalo.

—Mis hombres están celebrando su próximo regreso a Inglaterra —le respondí.

—Es decir, que ha decidido usted dar media vuelta.

—¡Muy a mi pesar, así es! No puedo negarme a lo que me piden. No tengo derecho alguno a llevarles hacia nuevos peligros contra su voluntad. Me veo forzado a regresar a Europa.

—Usted es muy dueño de hacerlo; por mi parte, pienso quedarme. Puede, si así lo desea, renunciar a su objetivo, pero el mío ha sido fijado por el cielo y no puedo abandonar mi deber. Estoy muy débil, es cierto, pero los espíritus que me ayudan en mi venganza me prestarán las fuerzas que necesito.

Mientras pronunciaba aquellas palabras intentó incorporarse en el lecho. Sin embargo, agotado por el esfuerzo, cayó de nuevo sobre la almohada y perdió el sentido.

Transcurrió mucho tiempo antes de que volviera en sí y, a menudo, me pareció que había muerto. Acabó, no obstante, por abrir los ojos. Su respiración era dificultosa y no podía hablar. El médico de a bordo le dio a beber un brebaje reconstituyente y me recomendó que le dejara descansar diciéndome, también, que le quedaban muy pocas horas de vida. Hice acopio de una paciencia que me permitiera soportar esta nueva y cruel desgracia. Me mantuve sentado a la cabecera de su lecho. Tenía los ojos cerrados y, al parecer, dormía; sin embargo, pronto me llamó con voz muy débil e, indicándome por señas que me aproximara a él, me dijo:

«—¡Ay! Me abandonan las fuerzas en las que confiaba. Siento que el fin se acerca y es probable que él, mi enemigo, mi verdugo, esté todavía con vida. No piense usted, Walton, que en mis últimos instantes mi alma rebosa aún el odio y la sed de venganza que le manifesté días pasados. Creo, sin embargo, que estoy en mi derecho al desear la muerte de mi adversario. He meditado mucho sobre mis pasadas acciones y, examinándolas atentamente, no he hallado en ellas nada reprensible. Creé, lleno de un loco entusiasmo, un ser racional completo y tenía ciertamente, por ello, la obligación de velar por su felicidad y su confort en todo aquello que de mí dependiera. En verdad estaba obligado a ello. Pero yo tenía para con los seres de mi misma especie un deber mucho mayor. Un deber al que debían ser supeditados todos los demás, puesto que, de su cumplimiento, podía depender la futura tranquilidad de la especie humana. Impulsado por esta creencia me negué —con toda razón— a crear una segunda versión de mi engendro, tan monstruosa como la primera. El diabólico ser ha dado pruebas de una perversidad y de un egoísmo muy superiores a los que jamás ha conocido el mundo. Asesinó a quienes me eran más queridos; se consagró a la destrucción de inocentes criaturas, de seres llenos de sensibilidad, sabiduría y bondad, y nadie puede vaticinar cuándo se sentirá satisfecho su deseo de venganza. A pesar de que también él es desgraciado, su muerte se ha hecho imprescindible para evitar la desdicha de los demás. La labor destructora me correspondía, pero he fracasado. Impulsado por torpes y egoístas sentimientos le supliqué que terminara la misión que no he podido realizar. Ahora se lo pido de nuevo, pero en nombre sólo de la razón y la virtud.

»No puedo, sin embargo, pretender que abandone usted su patria y sus amigos. Si regresa a Inglaterra no va a tener, posiblemente, la ocasión de encontrar al asesino, pero dejo en sus manos la tarea de juzgar todo este asunto y determinar lo que deba hacerse, pues mi razón y mis pensamientos comienzan a turbarse ante la proximidad del fin. No me atrevo a pedirle lo que considero justo, pues es posible que, incluso ahora, me deje influir por la pasión.

»La idea de que el monstruo pueda seguir existiendo y se entregue de nuevo a sus espantosos crímenes, me inquieta y horroriza. Y, sin embargo, en este momento de liberación, soy feliz por primera vez desde hace muchos años. Los fantasmas de aquellos a quienes quise se acercan tendiéndome los brazos, dispuestos a recibirme. ¡Adiós, Walton! Busque la felicidad y la paz. Evite la ambición, aun aquella que, aparentemente inofensiva, se dirige a la ciencia y a la gloria de los descubrimientos. Pero no tengo derecho a hablarle así. Es posible que, allí donde yo fracasé, otro logre alzarse con el triunfo.»

Mientras pronunciaba aquellas palabras, su voz iba desfalleciendo hasta que se extinguió del todo. Media hora más tarde intentó hablar de nuevo, pero no tuvo fuerzas para ello. Oprimió dulcemente mi mano y sus ojos se cerraron para siempre mientras sus labios se abrían en una débil sonrisa.

¡Ah, Margaret! ¿Cómo hallar palabras que me permitan glosar la prematura muerte de este espíritu magnífico? ¿Qué podría hacer para explicarte mi profunda tristeza? Cuanto consiga escribir será ridículo e inadecuado. Las lágrimas abrasan mis mejillas y la pesadumbre me nubla los ojos. Pero navego rumbo a Inglaterra y encontraré, a su lado, el bálsamo que consolará mis penas.

Me interrumpen. ¿Quién ha hecho este ruido?

Son las doce de la noche, la brisa sopla suavemente y los hombres de guardia no acostumbran a provocar tal estrépito en el puente, al menos a tan altas horas de la noche. Pero he vuelto a escuchar algo extraño, parece una voz de hombre, aunque suena mucho más ronca. Si no me equivoco viene del camarote donde reposan los restos de Frankenstein. Es preciso que vaya a ver lo que sucede. Buenas noches, hermana mía.

¡Cielo santo! ¡Qué horripilante escena acabo de vivir! Todavía me siento aterrorizado y me pregunto si tendré fuerzas para contártela. Mas es necesario que lo haga, pues, de lo contrario, la historia que he ido anotando con tanta atención estaría incompleta al faltarle el colofón de este postrer e insólito episodio.

Entré en el camarote donde yacen los despojos de mi infeliz y admirado amigo. Una silueta indescriptible estaba inclinada sobre su ataúd. Era un hombre de gigantesca estatura y deforme constitución. Tenía agachada la cabeza y sus facciones desaparecían tras las sucias y largas mechas de su enmarañado pelo, pero una de las manos, que se tendía hacia el cadáver, podía verse con toda claridad. Tenía la textura y el color de una momia. Cuando el repulsivo ser se dio cuenta de mi presencia, acalló sus gemidos y saltó hacia la ventana. Nunca había contemplado nada tan espantoso como su inmundo y repugnante rostro. Cerré sin darme cuenta los ojos y traté de recordar la actitud que había decidido tomar ante el destructor en caso de que éste hiciera su aparición.

Le grité que no se moviera.

Al oírme se detuvo, me contempló sorprendido y se volvió, de nuevo, hacia el cadáver de su enemigo. Parecía haberme olvidado. Cada uno de sus actos, cada uno de sus gestos, revelaba el furor u otra pasión indomeñable.

—¡También él ha sido mi víctima! —gritó—. Con su muerte acaba la serie de mis crímenes. El horrendo drama ha finalizado. ¡Ah, Frankenstein, hombre admirable! ¿De qué puede serviros que ahora implore vuestro perdón? ¡Yo, que he destruido despiadadamente vuestra vida, arrebatándoos a quienes más queríais! ¡Ahora estáis aquí, sumido, ¡ay!, en el frío de la muerte y no podéis ya contestarme!

Parecía que el dolor le atormentaba. Mi primera intención fue la de cumplir el último deseo de mi amigo y acabar, por tanto, con el repelente individuo. Pero, poco a poco, mi primera intención dejó paso a una cierta curiosidad y compasión. Me aproximé a la extraña criatura. No me atrevía a mirar su rostro, cuya bestial hediondez era, ciertamente, insoportable. Traté de dirigirle la palabra, pero los sonidos no conseguían salir de mi garganta. El monstruo continuaba haciéndose confusas y amargas recriminaciones. Logré, por fin, dominar mis sentimientos y aprovechando un momento de silencio, le dije:

—Tu arrepentimiento llega, en verdad, muy tarde. Si hubieras escuchado la voz de tu conciencia y atendido los remordimientos antes de que tu infame sed de venganza te empujara a los peores crímenes, Frankenstein, cuya muerte lamentas ahora, viviría aún.

—¿Imagina usted —me respondió— que yo no sufría a causa del dolor y de los remordimientos? Este hombre no ha podido sufrir, mientras yo llevaba a cabo mis horribles acciones, la milésima parte de la angustia que a mí me atenazaba. Un terrible egoísmo me impulsaba a cometer aquellos crímenes mientras mi corazón era torturado por el arrepentimiento. ¿Cree acaso que los estertores del joven Clerval, cuando le estaba estrangulando, sonaron en mis oídos como una música deliciosa? Mi corazón fue creado para llenarse de amor y simpatía, por ello, cuando me he visto impelido por la pena y el odio, a deleitarme únicamente en la destrucción, no lo hice sin sufrir de una forma que usted jamás podrá imaginar.

»Tras la muerte de Clerval regresé a Suiza con el corazón destrozado. Me apiadaba de Frankenstein y estaba aterrorizado por lo que había hecho. Me aborrecía a mí mismo. Pero cuando supe que él, el culpable de mi existencia, de mis atroces desdichas, se atrevía a intentar ser feliz; cuando supe que, mientras yo sufría por su causa la soledad y la desesperación, él buscaba la satisfacción de sus sentimientos y pasiones, satisfacción que a mí me estaba vedada, la envidia y la indignación volvieron a despertar mi deseo de venganza. Recordé la amenaza que había proferido en la isla y me dispuse a cumplirla. Sabía que aquello iba a ocasionarme nuevos y terribles sufrimientos, pero yo no era dueño, sino esclavo, de unas pasiones que me horrorizaban y a las que no podía resistir. Y cuando la muchacha murió... No, aquella vez no experimenté ningún remordimiento. Pude llevar a cabo aquel crimen prescindiendo de todo sentimiento, ahogando cualquier escrúpulo, para poder hundirme mejor en la desesperación. El mal se convirtió entonces para mí en el bien. Llegado a este extremo ya no podía elegir: arrastrado por la fuerza de los acontecimientos me vi obligado a adaptar mi naturaleza al estado de ánimo que había elegido. Llegar a cumplir por entero mi diabólico proyecto fue, para mí, una pasión indomeñable. Y ahora me doy cuenta de que se ha apagado. ¡El será mi última víctima!»

Me había dejado conmover, al comienzo, por su desesperación, pero al recordar las palabras de Frankenstein referentes a su elocuencia y su poder de persuasión, al posar de nuevo mis ojos sobre el inanimado cuerpo de mi amigo, sentí cómo la cólera me dominaba.

—¡Monstruo! —grité—. No es muy correcto que vengas ahora a lamentarte de la desolación que tú mismo has creado. Echaste una antorcha encendida sobre un grupo de casas y, cuando todo ha ardido ya, te sientas sobre las humeantes pavesas para llorar la destrucción que has causado. ¡Hipócrita engendro! Si aquel a quien pretendes llorar todavía existiese, seguiría siendo ahora la víctima perseguida por tu maldita venganza. No, no es piedad lo que sientes. Gimes sólo porque aquel a quien creías tu presa ha escapado, por fin, a tu poder.

—¡No, esto no es cierto! —protestó el monstruo—. Pero comprendo que interprete usted así mis actos. Puede creer que no tengo ninguna intención de despertar su simpatía. Jamás podré esperarla de hombre alguno. Cuando deseaba la comprensión humana, era porque quería compartir con los demás el amor, la virtud y los afectuosos sentimientos que mi corazón contenía. Pero, muy pronto, el impulso hacia el bien no fue más que un recuerdo, y la felicidad y el amor que tanto había destado se convirtieron en amarga y odiosa desesperación. ¿A quién podía acudir ahora para que simpatizara conmigo? Estoy ya resignado a vivir en soledad, mientras perduren mis tormentos y he aceptado que, cuando muera, sólo el horror y la repulsión acompañen mi recuerdo. Mi imaginación se complació, tiempo atrás, en ideas de virtud, fama y placer. Tiempo atrás yo esperaba, ingenuo de mí, hallar algunas criaturas que, ignorando mi fealdad y mi inmundo aspecto, me amaran por las excelentes virtudes que mi corazón atesoraba y que sólo esperaban una ocasión para revelarse. Me llenaba de elevados conceptos, de honor y de afecto. Pero el crimen me ha degradado y me ha convertido en algo más despreciable que las peores alimañas. No existe una sola falta, una sola desdicha, una sola miseria en todo el mundo que pueda compararse con las mías. Cuando repaso la horrenda sucesión de crímenes, me parece incomprensible que sea yo la misma criatura cuyos pensamientos estaban antes llenos de sublimes imágenes que hablaban de la belleza y la magnificencia del bien. ¡Así ha sucedido! El ángel rebelde se convirtió en un monstruoso diablo, pero hasta ese enemigo de Dios y de los hombres cuenta, en su desolación, con amigos y compañeros. Yo estoy solo.

»Usted que se llama amigo de Frankenstein, parece estar enterado de mis crímenes y mis desgracias. Pero por mucho que él le haya contado, es imposible hacerse la idea de los días y meses en que he soportado mi miseria, consumido por vanas e irrealizables pasiones. Pues, aunque destruyera las esperanzas de mi creador, no por ello mis deseos quedaban realizados, muy al contrario, día tras día crecían en ardor e insatisfacción. Deseaba el amor y la amistad, pero me eran cotidianamente negados. ¿No es esto una cruel injusticia? ¿Debo acaso ser considerado como el único criminal, cuando todos los humanos han pecado contra mí? ¿Por qué no desprecia usted a Félix que me arrojó de su lado con horror y asco? ¿Por qué no maldice al campesino que disparó sobre mí que acababa de salvar la vida de su hija? ¡No, para usted ellos son seres llenos de pureza! Yo, el miserable, el proscrito, soy tan sólo un monstruo hecho para ser golpeado e injuriado. Hasta en este momento, cuando siendo el arrepentimiento de mis crímenes, no puedo evitar que la sangre hierva en mis venas ante el recuerdo de tanta injusticia.

»Pero me equivoco al rebelarme. Es cierto, ¡ay de mí!, que soy un asesino. He sacrificado a seres afables e indefensos; he estrangulado despiadadamente a inocentes chiquillos, sorprendiéndoles en su sueño, y he oprimido con mis manos la garganta de un muchacho que jamás me había causado ningún mal. He arrastrado a mi creador a la miseria y la desesperación, cuando era un hombre excepcional, símbolo viviente de todo cuanto los humanos poseen de admirable. Le he acosado hasta verle convertido en esto. Aquí yace ahora, pálido y helado por la muerte. Me desprecia usted, pero la repulsión que experimenta no iguala a la que siento por mí mismo. Contemplo las manos que lo han llevado a cabo, pienso en el corazón que concibió tales monstruosidades y aguardo anhelante el momento en que estas manos malditas permanezcan quietas para toda la eternidad y mis actos no vuelvan a torturarme.

»No tema usted, no cometeré más crímenes. Mi tarea ha terminado. Ni su vida ni la de ningún otro ser humano son necesarias ya para que se cumpla lo que debe cumplirse. Bastará con una sola existencia: la mía. Y no tardaré en efectuar esta inmolación. Dejaré su navío, tomaré el trineo que me ha conducido hasta aquí y me dirigiré al más alejado y septentrional lugar del hemisferio; allí recogeré todo cuanto pueda arder para construir una pira en la que pueda consumirse mi mísero cuerpo. De este modo nadie podrá hallar mis restos y ningún investigador tendrá la desdichada idea de crear un ser semejante a mí. Pronto moriré. Ya jamás volveré a sentir la tortura de los remordimientos y nunca me poseerán ya sentimientos insatisfechos e insaciables. El hombre que me creó ya no existe y, cuando también yo haya muerto, nuestro recuerdo desaparecerá de la memoria de los hombres. Jamás contemplaré de nuevo el sol y las estrellas; jamás sentiré, de nuevo, sobre mi rostro la fresca caricia del viento. La luz, las sensaciones, los pensamientos; todo desaparecerá y, sólo entonces, podré alcanzar la felicidad. Años atrás, cuando las más atrayentes visiones que puede ofrecer el mundo aparecieron por primera vez ante mis ojos, cuando gocé la calidez vivificante del verano, cuando escuché el rumor de las hojas y el cantar de los pájaros, todas aquellas cosas que lo fueron todo para mí, la idea de la muerte me hacía llorar. Ahora esa muerte que entonces hubiera rechazado ha llegado a ser mi última esperanza de consuelo. Emponzoñado por mis crímenes, acosado por los amargos remordimientos, sólo en la muerte hallaré reposo.

»¡Adiós, le dejo! Es usted el último hombre que ven mis ojos. ¡Adiós también a vos, Frankenstein! Si aún vivierais y desearais todavía satisfacer en mí vuestra venganza, habríais de saber que la habéis logrado mucho mejor dejándome conservar la vida que aniquilándome. Pero me equivoco al acusaros. Deseabais mi muerte para evitar que siguiera cometiendo crímenes, quizá más horrendos todavía. Y, pese a ello, si por alguna razón desconocida la muerte no os ha privado de la posibilidad de oír y pensar, os comunico que no podíais haber logrado una mejor venganza. Habéis sufrido inmensamente, pero mis torturas han sido mucho mayores aún, pues los zarpazos del remordimiento no dejarán de acosarme y de enconar mis heridas hasta que mi aniquilación los acalle para siempre.

»Pronto —concluyó con apesadumbrado y solemne entusiasmo— moriré a mi vez y dejaré de sufrir como lo he hecho hasta ahora. Pronto se extinguirá el fuego que me atormenta. Ascenderé, triunfante, a mi pira y exultaré de júbilo en la tortura de las llamas. Lentamente su brillo se irá apagando y el viento esparcerá mis cenizas por el mar. Mi espíritu descansará en paz allí donde, si es todavía consciente, todo habrá sin duda cambiado.»

Dichas estas palabras, se arrojó por la ventana del camarote a un témpano que flotaba al costado del navío y en el que había dejado su trineo. Las olas se lo llevaron en seguida y se perdió, a lo lejos, en la oscuridad de la noche.

INDICE